Nunca seremos normales

Silvia Núñez del Arco

Nunca seremos normales

Memorias de un amor que parecía imposible

ÍNDICE

A Jaime y Zoe

Es el amor, tendré que ocultarme o huir.

[...]

Estar contigo o no estar contigo es la medida de mi tiempo.

[...]

Es, ya lo sé, el amor: la ansiedad y el alivio de oír tu voz.

Jorge Luis Borges, "El amenazado"

NOTA DE LA AUTORA

Esta es la historia de cómo me enamoré de un hombre veinticuatro años mayor que yo y de cómo fui madre a los veintidós. Nada de esto estaba en mis planes, pero cuando sucedió, por alguna razón, estuve feliz.

Cuando todo empezó, decidí que para no sufrir tenía que vivir el momento. Desde un principio supe que si me hacía ilusiones me iban a romper el corazón. Contra todo pronóstico, esta historia tiene un final feliz. Pero eso no quiere decir que en el camino no haya habido lágrimas. Esta también es la historia de cómo un día me di cuenta de que tenía que dejar de vivir el momento y pensar en el día siguiente. Estoy segura de que en el camino cometí algunos errores y en este libro no los voy a ocultar, pues creo haber aprendido de ellos. Por eso, aquí va mi versión de los hechos sin exageraciones y, salvo la licencia de haber cambiado los nombres de algunos personajes, sin ficción.

Cómo nos conocimos

A Jaime lo conocí el 2007 en un estudio de televisión en Lima. Él hacía un programa en vivo todos los domingos por la noche llamado *El Francotirador*, tenía cuarenta y dos años, se había divorciado y tenía dos hijas adolescentes. Jaime era famoso por su inteligencia, por su forma de entrevistar, por ciertos libros eróticos y por decir sin pudor en televisión, ante una sociedad todavía conservadora, que era (o es) bisexual, que era capaz de enamorarse de un chico y también de una chica.

Yo no era famosa. Estudiaba Psicología en la universidad. En mi círculo de amigos era conocida por estar siempre contenta, por mi paciencia para escuchar los problemas ajenos, por ser algo deslenguada en clase y por tener buen culo. Hacía cuatro años que tenía un novio del que, la verdad ya estaba un poco harta. Fue mi primer amor. Lo amé ciegamente y creo que él también me amó, pero nuestra relación empezó cuando éramos dos adolescentes, y a esa edad los chicos quieren experimentar con más de una mujer. Al menos eso leí en un comentario que puso en algún blog de citas al cual accedí espiando su correo electrónico: "Amo a mi enamorada, pero siento que tengo que experimentar con otras mujeres". Eso había ocurrido cuando teníamos dos años de relación. Después de eso todo se fue lentamente al carajo. Sin embargo, me tomó aún mucho tiempo darme cuenta de que nunca me iba a decir la verdad.

Entonces, creo que una de las cosas que primero me atrajeron de Jaime fue su sinceridad brutal para decir las cosas. Lo conocí leyéndolo, no tanto por la televisión, porque su programa salía tarde por la noche del domingo y yo dormía temprano para ir al colegio por la mañana. Fue ya de grande, en la universidad, que pude verlo en la tele.

Lo curioso fue que su personaje de televisión no me llamó la atención tanto como el de sus novelas. Cada uno de los libros que leí estaba inspirado en su vida, en sus conflictos con su sexualidad, con su familia, con las drogas. Todo eso me resultó muy interesante y solo en esos momentos entendía por qué había decidido estudiar Psicología. Tal vez porque una parte de mí se identifica con el caos, o quizás porque hay otra parte de mí que siempre quiere solucionar los problemas de los demás, con bastante más dedicación que los míos. Cuando estaba en el colegio, podía escuchar los conflictos amorosos de mis amigas o amigos y aconsejarlos con una paciencia que hoy ya no encuentro en mí. Quizás porque ahora soy madre, elijo bien mis batallas. Pero en ese momento de mi vida, podía escuchar al teléfono durante horas los poemas que mi mejor amiga le había escrito a su exnovio, y que me los leía para que yo le diese mi opinión, o simplemente para que la escuchase en silencio. Por alguna razón, toda mi vida me he sentido cómoda en la oscuridad, en el dolor. No tanto para sufrir o pasarla mal, sino para tratar de solucionarlo. Como si yo hubiera venido al mundo para solucionar los problemas de los demás. Y cuando leí los libros de Jaime, no es que pensé: voy a salvarlo. Pero sí vi mi reflejo en ese torbellino de dolor y desamor, en el que siempre quiere ayudar a los demás, que sale en la tele y sonríe con desparpajo, pero está roto por dentro.

Quizás fue justicia poética que mi exnovio me indujera a leer los libros de Jaime. Una tarde estábamos en mi casa viendo tele y él se acercó a mirar los libros que estaban en la repisa de su lado. Sacó *Los últimos días de la prensa* y empezó a leerlo. Me pareció rarísimo verlo leer un libro por más de cinco minutos, así que dejé de ver la tele y empecé a leer el libro con él. Diez minutos después él se aburrió, pero yo seguí leyendo y luego descubrí que el libro estaba firmado por mi abuela Carlota. Eso significaba que mi abuela lo había leído y si hay alguien en mi familia con quien siempre me identifiqué, fue con ella. Una parte de mí sintió que al leer ese libro estaba honrando su memoria, otra parte de mí se enganchó con el personaje principal, el alter ego de Jaime, y así fue como al terminarlo no dudé en buscar otro libro suyo y después otro más, y pronto había leído ocho de sus novelas en un período de dos meses. Entonces mi exnovio tuvo una brillante idea: "¿Por qué no vamos un domingo a su programa como parte del público?". Así comenzó todo.

Fuimos mi novio y yo. Yo, sin ninguna expectativa. No pensaba siquiera saludarlo y menos pedirle una foto. Mi intención era solamente sentarme en el público, mirarlo de lejos, reírme de sus bromas y aplaudir en cada corte.

Pero algo pasó al final del programa. Él se iba apurado, a diferencia de otras veces en las que se detenía a tomarse fotos y a firmar autógrafos (en esa época todavía se firmaban autógrafos). Esta vez, en cambio, salía deprisa disculpándose, diciendo que no podía tomarse fotos, porque tenía que correr al aeropuerto. Jaime se abría paso entre la gente escoltado por su productora. Yo estaba en el extremo opuesto del estudio y en ese momento mi novio había ido al baño. De pronto algo lo hizo voltear, girar la cabeza hacia mí. Se detuvo de golpe —la productora chocó con él por detrás— y me hizo un *hola* con la mano, sonriéndome. Yo no dudé en devolverle el saludo. Todo ocurrió a pocos metros de distancia y jamás entendí cómo así había volteado a verme, qué le había llamado la atención al punto de que detuviera su marcha de modo tan abrupto cuando parecía tan apurado. Esa noche yo había ido en buzo y zapatillas y no estaba maquillada, pero algo en mí le había llamado la atención. La inquietud que había estado sintiendo por él al leer sus libros se convirtió en interés. Decidí que eso no podía quedar en un saludo: tenía que conocerlo.

Volví sola una semana después. No sentía que estuviera traicionando a mi novio, al menos no estaba haciendo algo que él no me hubiera hecho antes. Mi novio me había mentido tantas veces que, por una vez que yo le dijera que me iba a quedar en casa viendo tele cuando en verdad tenía otros planes, aún estaba lejos de que estuviéramos a mano. Fui al estudio y saludé a Jaime al final del programa. Le regalé una foto mía leyendo un libro suyo. Era una foto inocente en la que solo se me veían los ojos. El resto de mi cara estaba cubierta por el libro. En el reverso escribí: "Si ser tu amiga es un peligro, yo sí lo quiero intentar". Por entonces él decía en televisión que ser su amiga o amigo era un peligro por esa mala costumbre que tiene de contarlo todo en un libro o en un artículo en el periódico. Sin embargo, cuando escribí la palabra *amiga* en verdad pensaba en eso, no había en mí una doble intención. Todo lo que sabía de él por entonces ya lo he dicho: bisexual, divorciado, dos hijas. También sabía que tenía un amigo novio o amante argentino con el cual llevaba una relación abierta, pero de eso hablaré más adelante. Tenía en claro, sí, que la diferencia de edad entre nosotros no era poca. Pero en ese momento sentía que quería conocerlo más, hablar con él, ser su amiga. Nuestro primer encuentro me había intrigado. Por eso le regalé la foto.

Y su reacción al verla superó mis expectativas. Cuando leyó lo que escribí en la parte posterior de la foto, me dio un largo abrazo y me preguntó cómo me iría a casa. Le contesté que ya había pedido un taxi. Entonces él se ofreció llevarme a casa. La productora lo miró con mala cara porque le incomodaba que Jaime se distrajera tanto conmigo. Por suerte él no le hizo caso.

Me llevó a casa en su camioneta y fue todo muy inocente. Manejó despacio, conversamos un poco. Le conté que había leído sus libros, que escribía de vez en cuando. Me escuchó con una paciencia que no había conocido en otras personas. Sus manos eran grandes, olía a perfume, todavía tenía puesto el traje y la corbata. Fue extraño pero lindo. Por primera vez sentí que estaba frente a un hombre de verdad. Yo estaba acostumbrada a tratar con los chicos de mi edad, quizás un poco mayores, que hablan sin parar, que van tan rápido en sus bromas y maniobras al volante no sé si porque creen que eso los hace listos o machos. Pero a mí nada de eso me atraía, porque en esa época, mi novio había decidido vender su auto para comprarse una moto, y cada dos o tres meses tenía un accidente a alta velocidad que lo dejaba en la clínica, hablando incoherencias, todavía atontado por el golpe y los sedantes. Quizás por eso me atrajo tanto la calma, la suavidad de Jaime. Cuando llegamos a mi casa, no trató de besarme y eso me gustó. Confirmé que estaba con un hombre y no con un chico caliente más. Escribió su teléfono y su mail en un papel que hasta ahora guardo y prometió llamarme la semana entrante para ir a tomar un café.

La primera cita

Un sábado al mediodía sonó mi celular y era él. No pensé que iba a llamarme. Yo estaba en pijama. Contesté agitada. El corazón me empezó a latir a mil cuando escuché su voz. Jaime Baylys, mi escritor favorito, acababa de llamarme para encontrarnos y para mí era como estar soñando despierta. Me dijo para vernos en una hora en el McDonald's de Camacho. Le dije que sí como si ya estuviera lista para salir. En realidad, me di una ducha rápida, casi fría, me puse unos jeans ajustados, una camiseta Hollister y unas Converse; me sentía elegantísima.

Esperaba sentada en la puerta del McDonald's cuando llegó en su camioneta verde. Vi su cara a través del parabrisas y pensé: "Es un señor. Estoy saliendo con un señor". Subí y me preguntó adónde quería ir. Le dije que no sabía. Era difícil encontrar un lugar donde estuviésemos cómodos, donde pudiésemos estar sin que nos tomasen fotos, sin encontrarnos con algún amigo de mi papá. Me sugirió ir al hotel en el que se quedaba. En ese entonces, octubre del 2007, él no vivía en Lima. Vivía en Miami de lunes a viernes y los fines de semana viajaba a Lima para ver a sus hijas y hacer el programa en vivo. Un ritmo de vida que más adelante le pasaría la factura, pero de eso también hablaré después.

Lo del hotel, ante mis ojos, era una prueba más de que estaba viviendo una vida de soltero. Si bien en su programa de televisión hablaba con cariño de su exesposa, en la práctica estaba divorciado hacía diez años, no tenía sexo con ella hacía siete. Era un hombre divorciado con un novio argentino al cual nunca le ocultó nuestra relación. Suena horrible cuando trato de explicar todo en una sola frase. Y como dije antes, voy a contarlo todo. Pero vamos por partes.

Creo que sintió mi tensión, o quizás mi temor, cuando mencionó el hotel, porque cuando estábamos por llegar, puso una mano en mi rodilla y me dijo que no me preocupara, solo íbamos a almorzar. Y que elegía ese lugar porque sabía que, siendo el hotel donde él dormía todos los fines de semana, íbamos a poder conversar tranquilos, sin fotos, sin demasiadas miradas perturbadoras. Y así fue. Nos sentamos a la mesa en una esquina. Yo pedí ravioles de ricotta y un jugo de fresa. Él un jugo de papaya y una sopa de cebollas. No recuerdo bien de qué hablamos. Le pregunté por qué siempre llevaba lentes de sol. Fue entonces cuando se los sacó y pude mirarlo a los ojos de cerca. Tenía una mirada cansada, coqueta, unos ojos negros que brillaban con cierta tristeza. Yo era una niña a su lado. Pero estaba cómoda. Había algo en mí que lo inquietaba. Y entonces supe que a mí también me gustaba. Me gustaba su ternura al mirarme, su inseguridad al contar algo personal, sus palabras protectoras, su interés en saber qué hacía en mis ratos libres y si de verdad me gustaba la universidad. Era tan distinto al personaje de la televisión, pero tan parecido al que yo había conocido en sus libros. Quizás al haberlo leído conocía mejor su lado más humano, más vulnerable. Casi ni comí de los nervios. No podía creer que hacía cuatro meses había estado leyendo sus libros con devoción y hoy lo tenía en frente, haciéndome preguntas, mirándome a los ojos.

Cumplió su promesa, porque solo comimos en el hotel. Al salir del restaurante, él dejó que yo bajara primero las escaleras y en ese momento supe que me estaba mirando el culo, porque tan inocente no podía ser nuestra salida, y cuando estuvo a mi lado me dijo: "Tienes un cuerpo muy lindo". Luego me dejó en casa de una amiga y, antes de bajarme, besó mis manos y mis mejillas. En ese momento supe que no éramos solo amigos y decidí terminar con mi novio. Por Jaime y porque, como dije al comienzo, estaba harta de sus mentiras.

No fue fácil, sin embargo. Cada vez que yo le decía que lo nuestro se había terminado, me amenazaba con suicidarse. Al comienzo me asusté, luego dejé de tomarlo en serio: "Si quieres saltar por la ventana, salta de una vez, pero desde tu casa, no de la mía". Tantas veces lo dijo, que no pude evitar pensar que hay que ser un caradura para soltar esas amenazas sabiendo que después de dejarme en mi casa se iba a lugares de masajes y se registraba en páginas de citas. Entonces, tras varios intentos fallidos en persona, tuve que terminar con él por Messenger (en ese tiempo todavía existía). Lo adoraba con toda mi alma, pero ya no estaba enamorada de él. Tras cuatro años de una relación feliz y tortuosa en partes iguales, por primera vez me sentí bien con la idea de estar sola.

Jaime me dijo que me llamaría la semana siguiente, pero no lo hizo. Me escribió mails disculpándose, diciendo que no había tenido tiempo y yo le respondía como si todo estuviera bien. Algo cambió después de esa primera cita. Lo sentía confundido. Sabía que quería verme cuando estaba en Miami y me pedía vernos cuando llegara a Lima el fin de semana, pero luego no me llamaba. Era raro, porque yo sentía que le gustaba. A mí también me gustaba. Y el hecho de que fuera tan esquivo hacía que cada día me gustara más.

Por esos días escribió la primera columna en el periódico sobre mí. Se titulaba "Lucía en el malecón". Supongo que si él ya no les había dicho en persona, debió de ser así como la exesposa y el novio se enteraron de mi existencia en la vida de su "amado".

Creo que entonces ya lo quería. Pero no estaba acostumbrada a que un hombre me dejase esperando. Y me cansé de que me declarara su amor por periódico y no nos viéramos cuando venía a Lima, así que una noche me armé de valor y fui a verlo al estudio de televisión. Le hice "hola" de lejos, me aseguré de que me viera. Al terminar el programa mucha gente lo abordó, así que me fui. Ya cuando estaba en mi casa sonó mi celular. Era la una de la mañana. Era él diciéndome "¿Por qué te fuiste, puedo pasar por ti?". Le dije que era un poco tarde para vernos, y aunque el orgullo me hubiera alcanzado para decir que sí, mis padres no me iban a dejar salir de casa a esa hora de la noche. La cosa quedó ahí y me aseguró que nos veríamos el próximo fin de semana. Colgamos y me sorprendió una felicidad que no había sentido en mucho tiempo.

Traté de no ilusionarme. Traté de no creerle, pero el siguiente fin de semana me llamó. Era tarde. Era casi la una de la mañana. Todo indicaba que era una mala hora para salir. Pero yo tenía todo planeado: les dije a mis padres que iría a dormir a casa de una amiga. Hice tiempo fuera de mi casa. Por suerte llamó, porque de otro modo hubiera tenido que volver a casa con alguna excusa que casi seguro me humillaría. Algo tipo: "Mi amiga se quedó dormida y se olvidó de mí". Y aunque parecía una mala idea, yo quería arriesgarme, porque intuía que su interés era real. Y al final, era yo quien iba a poner los límites si las cosas se ponían sexuales. Llena de valor, con el corazón latiendo sobre mi pecho, fui a su hotel tarde, a la hora prohibida. Bajé del taxi con la mente en blanco. Preguntar por él en la recepción, escuchar que me decían: "El señor Baylys la espera en su habitación"; todavía recuerdo haberme mirado en el espejo del ascensor, mientras subía a su cuarto; mis nudillos sobre la madera de su puerta; su sonrisa, su abrazo, su olor; ser consciente de que era mucho más grande que yo, en todo sentido. Nos besamos, nos movimos un poco la ropa. Nada más. Fue un juego inocente, parecíamos dos adolescentes que descubrían el cuerpo del sexo opuesto por primera vez. No hubo sexo rudo y yo no me bajé el pantalón. No por completo, al menos. En un momento me di vuelta y me bajé solo la parte de atrás de los jeans y la ropa interior. Su reacción me hizo sentir una diosa. Quiso tocarme, pero no lo dejé. Amé sus besos, sus manos, su olor. En ese momento comenzó algo que ninguno de los dos sabía qué nombre ponerle.

Después de ese encuentro, me dije que no debía enamorarme, porque él iba y venía, y prometía cosas que después no iba a cumplir. Por eso me quedaba corta en decirle que lo quería, aunque en el fondo lo sintiera. Tenía miedo de decirle te quiero y que no hubiera un yo también. De nuevo estaba envuelta con un hombre al que no sabía qué cosas creerle. Así que decidí que esta vez no iban a hacerme daño. Decidí jugar el papel de la mujer fría, superada, liberada. El papel de la mujer a la que le daba igual si la llamaba o no, porque ella siempre tenía un plan mejor. "¿Estuviste en Lima y no me llamaste?". Está bien, no pasa nada, no te preocupes, porque entérate que casi ni me importa. Aunque nada de eso haya sido verdad. Yo empecé a encapsular de a pocos mis sentimientos hasta el punto en el que ya no los comentaba con nadie. No podía contarle a nadie que estaba saliendo con Jaime Baylys, el loco bisexual con fama de promiscuo, veinticuatro años mayor que yo.

Por qué él

A veces pienso que me enamoré de él cuando lo vi por primera vez. O tal vez lo amé cuando se detuvo a saludarme en medio de tanta gente. O quizás cuando salí con él por segunda vez y en lugar de llevarme a la cama fuimos a tomar helados. Después de esas citas no podía dejar de pensar en él, en su olor, en su sonrisa, en su nariz puntiaguda, en su mirada cansada, en sus manos suaves, en esa personalidad de niño travieso que sabe que no debería estar saliendo con una chica tan joven, pero que igual lo hace porque la chica le gusta; y da la casualidad de que a esta chica también le valen madre las normas sociales, así que sale con él sin preocuparse por las fotos, rumores y miradas. Sale con él porque le gusta y no tiene miedo.

Creo que todo hubiera sido más fácil si ambos hubiésemos puesto las cartas sobre la mesa desde el comienzo.

A veces me pregunto por qué lo elegí a él. Entre tantos chicos jóvenes, divertidos y sin pasado afectivo, por qué elegí a ese hombre tanto mayor que yo. La respuesta simple es: porque me gustó desde que lo conocí. Porque sentía su deseo, porque me gustaba su olor, porque era protector, porque me gustaban sus besos, porque me gustaba que no fuera ese tipo de macho que quiere metérmela la primera vez que nos acostamos. Me gustaba que fuera inseguro, indeciso, miedoso y que no lo escondiera. Me gustaba que me pusiera las cosas difíciles, que no me hiciera sentir que era el viejo cuarentón que pasa por ti un sábado en la noche, te coge fuerte y luego desaparece. Me gustaba que fuera despacio, que pensara dos veces cada movimiento, cada cita.

Y como pensaba dos veces cada cita, me pasó más de una vez que me quedé esperándolo en vano. Me quedé esperándolo en la puerta de mi casa, en una reunión con mis amigos, en casa de alguna amiga. Algunas veces cumplía y otras simplente me dejaba plantada, pero yo nunca le reclamaba. No por miedo, sino por orgullo. Tenía la sensación de que decirle "por qué no me llamaste" era una manera sutil de pedirle que me quisiera. Yo quería estar con él solo si él quería estar conmigo de veras. Si un día me decía te llamo y no lo hacía, yo trataba de no molestarme y me daba aires de importancia diciéndole luego que igual estaba en tal o cual fiesta con mis amigos y que no se preocupara. Mentira, había estado sentada en una banca en la calle, con el celular en la mano, esperando su llamada.

Recuerdo con claridad la primera vez que me dejó plantada, fue al poco tiempo de conocernos. Todavía no habíamos hecho el amor, ni siquiera nos habíamos dado un beso. Me escribió diciéndome que me recogería después del programa y que pasaríamos la noche juntos y el lunes temprano saldría al aeropuerto rumbo a Miami. Calculé que como el programa terminaba a las once y media de la noche, más las fotos y los autógrafos, saldría de ahí como a las doce. Sabía que mis padres no me dejarían salir a esa hora de casa, así que les dije que me iría a dormir donde una amiga. Salí de casa de mi amiga un poco antes de las doce y estuve en la puerta de mi casa justo a la medianoche. Ir al programa y salir juntos de ahí no era opción porque en los últimos meses los miembros de la producción al parecer se habían dado cuenta del "peligro" que yo representaba y habían decidido no dejarme entrar más. Un domingo fui a verlo al programa como parte del público y en la puerta me dijeron que no podía entrar. La excusa que usaron fue que no estaba en la lista de invitados. No pude hacer nada. Me quedé parada ahí, sin saber qué hacer en medio de la noche, a la puerta de un canal de televisión que quedaba en un barrio lejos de donde estaba mi casa. Todo porque la producción del canal decidió que mi presencia perturbaba a Jaime, o tal vez el mismo Jaime en un momento de contrariedad les habría pedido que no me dejaran entrar más. No podría asegurarlo. Lo que yo sabía era que Jaime me escribía, me mandaba mensajes de texto, me llamaba y me prometía vernos. Esa noche pensé que, si con este metro sesenta y cinco y esta cara de niña representaba un peligro para Jaime, eso significaba que le gustaba de verdad. Igual fue horrible el momento y por eso desde ese día prefería esperarlo en la puerta de mi casa y no en la puerta del canal, digamos que para sentirme menos humillada. Esa noche, la noche que me quedé esperándolo, Jaime me llamó terminando el programa y me preguntó dónde estaba. "En mi casa", le dije. "Perfecto, voy para allá", me respondió y colgó. Me ilusioné, mi corazón empezó a latir rápido. Esperé quince, veinte minutos, pero no llegaba. Lo llamé y tenía el celular apagado. Media hora después, con la mirada del guachimán de mi edificio encima de mí, recibí un mensaje de él que decía: "No puedo, tengo miedo, perdóname".

Por esas cosas me conquistó. Porque con sus dudas y sus miedos yo sentía que me quería. No tenía un ápice de duda. Al poco tiempo de haberlo conocido, ya lo adoraba, con todo y sus años y achaques. Porque cuando lo miraba a los ojos no veía los escándalos o los mil besos que se había dado en televisión. Veía a un hombre herido, solo, con ganas de que alguien lo quisiera por lo que en verdad era, sin presiones, sin miedos.

Por qué empecé a sufrir

Eso no podía quedar así. Subí a mi casa, cogí las llaves del auto de mi padre y manejé a su hotel a toda velocidad. Cuando llegué, pedí en recepción que lo llamasen a su cuarto. "Disculpe, no contesta el teléfono", me dijeron los chicos de recepción algo confundidos, sin entender si yo era la hija, la amante de turno o una fan enamorada. Yo entonces no ninguna autoridad sobre él, y hasta me daba vergüenza pedir que llamasen a su cuarto. Pronto me di cuenta de que era mejor no insistir, así que pedí papel y lápiz, y le dejé una nota: "Estuve aquí, te entiendo, no estoy molesta. Que duermas bien".

No siempre era fácil entenderlo. El hombre era un enigma y a ratos caía en la cuenta de que lo nuestro era un amor imposible. Me decía que le gustaba, me decía para vernos y al final cancelaba. En esos momentos yo parecía mayor que él. Si hubiésemos tenido relaciones, hubiera entendido mejor que me cancelara los planes a último minuto. Me hubiera dolido en el alma, pero eso hubiera tenido más sentido. Y si no quería involucrarse conmigo, ¿entonces por qué me buscaba tanto?

Al día siguiente desperté en mi cama, prendí la computadora y tenía tres mails de él. Eran largos, bastante largos, de ese tipo de mails que le escribes solo a la gente que te importa. Me pedía perdón por no haber contestado el teléfono, por haber preferido dormir cuando tenía un vuelo tan temprano al día siguiente. Me decía que me quería y que el próximo fin de semana nos veríamos de todos modos, pero nunca podía estar segura de que así sería. Yo lo quería y no se lo decía.

Si esto me lo hubiera hecho un chico cualquiera, un chico de mi edad, un chico guapo más, creo que no lo hubiera perdonado. Es más, creo que no hubiera ido siquiera a buscarlo al hotel, no lo hubiera esperado sentada en la puerta de mi edificio. Con los chicos de mi edad yo tenía otra actitud. Tenía esta imagen mental de mí en la cima de una torre muy alta. Y si algún chico quería algo conmigo, tenía que escalar la torre para llegar a mí. En otras palabras, me daba igual si les agradaba a los chicos de mi edad o no.

Pero con Jaime yo no estaba en la cima de la torre. Yo era bastante más sumisa, sobre todo las primeras veces. Es difícil de explicar porque de algún modo tenía y no tenía el control al mismo tiempo. Yo era la niña que quiere, pero que no quiere. Que dice no me toques aquí, pero sí acá. Y según eso, él usaba su experiencia y hacía lo que podía. Yo no tenía control sobre cuándo nos veíamos y a qué hora, pero sí lo tenía cuando estábamos en la cama y le decía esto no, esto sí. Supongo que ese juego tenía mucho de erotismo, y estuvimos así hasta el día en que lo hicimos. Yo estaba en su cama, estábamos jugando un poco y me preguntó: "¿Quieres sentarte encima de mí?". Creo que fue ese el momento en que nuestras almas conectaron. Fue en marzo del 2008 la primera vez que hicimos el amor.

Me sorprendió ver que no se demoró tanto en venirse. Lo amé. Sentí que le gustaba mucho. Sentí que era fiel a mí. No como mi exnovio que no se venía nunca y era un estrés, y en medio del sexo yo pensaba con quién habrá tirado ayer, o anteayer, por qué se demora tanto en venirse.

Yo le creía a Jaime cuando me decía que de lunes a viernes estaba solo en su casa en Miami, que volvía del canal a su casa para comer lo que él mismo había comprado en el súper esa tarde, para tomar sus incontables pastillas para dormir y con suerte despertar al día siguiente y mandarme un mail de buenos días. Lo sentía cerca y eso me hacía feliz.

Pero incluso después de haber hecho el amor, nada cambió demasiado cuando se trataba de vernos. Era raro porque durante la semana nos mandábamos diez mails diarios contándonos nuestro día, compartiendo canciones, y cuando llegaba el fin de semana prometía que me escribiría, pero no siempre era así.

Para mí nada superaba ver su nombre cuando sonaba mi celular. El corazón se me encogía y empezaba a latir con fuerza. Casi siempre iba a su hotel, poníamos música, tomábamos agua o jugos, porque yo en esa época era tan gansa o tan niña que no se me ocurría pedir una copa de vino tinto, creo que eso hubiera acelerado el amor, o por lo menos mi pasión, y nos besábamos como dos adolescentes que se amaban en secreto. Con Jaime lo genial era que íbamos lento, y cada paso era un gran paso. Una parte de mí disfrutaba que yo pudiera representar un peligro para él, que tuviese miedo de enamorarse de mí. A ratos parecía una posibilidad. Y supongo que, para él, estar con una chica mucho más joven también era una forma de transgresión. Otras veces no cumplía y me quedaba esperándolo hasta las mil horas en mi casa o en la de alguna amiga. Prefería no hacerle reclamos y jugar a la chica liberal, a la que no le molesta que la dejen plantada porque "al cabo que ni quería".

Nuestra pólvora no fue la diferencia de edad, fue la química que teníamos. Lo que terminó haciendo explotar la bomba fue darnos cuenta de que, a pesar de sus miedos y los míos, a pesar de la diferencia de edad, a pesar de nuestros caprichos y egos, teníamos química. Cuando estábamos juntos y nos mirábamos a los ojos, había algo que prometía ser amor. En esas estuvimos todo el 2008.

En enero del 2009 viajé a Miami con mis padres de vacaciones una semana. Él vivía allá, así que nos vimos y fue uno de los días más hermosos de mi vida porque fuimos a la playa, paseamos por un mall, jugamos ping-pong y al final del día visitamos un hotel en medio de la nada donde nos dimos una ducha, escuchamos música, hicimos el amor. Todo esto está contado en una columna que escribió Jaime entonces y se titula "Triunfar en Hollywood". Ese día fue divertido porque yo estaba con la regla y se lo dije a Jaime, pero no le importó, y dejamos —perdón por la imagen tan gráfica— un par de manchitas diminutas en la cama. Teniendo en cuenta nuestra diferencia de edad, los que trabajaban en el hotel pensaron que Jaime había abusado de una menor de edad (yo tenía veinte años entonces, pero parecía de diecisiete) y la Policía fue a buscarlo una semana después a su casa en Key Biscayne. El asunto se solucionó enseguida cuando la Policía me llamó por teléfono desde la casa de Jaime y yo les aclaré que no tenía diecisiete sino veinte, y que había ido al hotel por mi propia voluntad. Yo había googleado cuál era la edad mínima legal para tener relaciones en Estados Unidos, y según lo que encontré era dieciocho o dieciséis años (por suerte no era veintiuno, que es la edad legal mínima para beber alcohol en ese país).

Todo seguía fluyendo más o menos bien. A veces ocurría que Jaime iba a Lima un fin de semana y no me veía y yo no le decía nada, y nos volvíamos a escribir o llamar durante la semana, y con suerte nos veíamos el siguiente fin de semana.

Entre mis amigos empezó a correr el rumor de que yo estaba saliendo con Jaime porque mi ex se había dedicado a esparcir el chisme, y cuando podía decía que yo había cambiado mucho desde que había conocido a Baylys, haciéndose la víctima porque había terminado con él. Otras veces decía que era él quien había terminado conmigo. A mí me daba igual. Solo quería que me dejara en paz.

Para mí era sorprendente cómo alguien a quien yo había querido y admirado tanto podía resultarme luego tan irritante y bobo. Yo en algún punto de la relación lo quería tanto, o tenía tanto miedo de perderlo, que estaba dispuesta a perdonar sus infidelidades. Se lo decía así, pero él seguía negándolo todo. Un día me cansé, algo se fue apagando en mí. Y cuando conocí a Jaime cambié, es verdad. Porque me terminé de dar cuenta de lo que es estar cerca de un hombre paciente, inteligente y maduro. Y si no hubiera conocido a Jaime, creo que lo hubiese dejado de todos modos.

Un día, mientras hablábamos por teléfono, Jaime me dijo una frase que se me quedó grabada en la mente: "Tengo miedo de necesitarte". Pensé que exageraba, que era una frase retórica. Y es que a veces me daba la impresión de que por cada paso que dábamos juntos él daba dos atrás y esperaba a que yo retrocediera con él. No tenía dudas de que sentía algo por mí, pero al mismo tiempo no era fácil tomarlo de la mano y caminar con él. Tenía miedo de extenderle mi mano y ser rechazada. Por eso no le decía claramente que lo quería y vivía un día a la vez.

Casi embarazada

La primera vez que pudo pasar fue en diciembre del 2008, la segunda en abril del 2009. Ambas veces en su habitación en el hotel Country. La primera vez me escribió dos días después, ya desde Miami, preguntándome si no tenía miedo de estar embarazada. Le contesté que no y le hice la misma pregunta. Me dijo que tampoco, que creía que podía ser una aventura genial tener un hijo conmigo. Dejamos el tema ahí y seguimos mandándonos mails y mensajes de texto, y unos días después me vino la regla. Me dijo que estaba apenado cuando se lo dije, pero seguimos viéndonos, seguimos escribiéndonos. Todo igual.

Lo curioso es que en los cuatro años que estuve con mi ex usé condón cada vez que tuvimos relaciones porque obviamente éramos muy jóvenes para tener hijos y yo en el fondo, con todo lo que lo quise, no quería arriesgarme a un compromiso de ese tipo con él. Yo sabía que a pesar de querernos éramos incompatibles, teníamos personalidades muy distintas. Con Jaime nunca me pasó eso. Al poco tiempo de conocernos, él empezó a escribir en sus columnas semanales que tenía ilusión de tener otro hijo, un hijo hombre para ser exactos. Decía que tenía un par de candidatas en mente: una chica argentina-austriaca llamada María con la que alguna vez tuvo un revolcón en Madrid y Shakira, que entonces aún no había tenido hijos y era amiga de Jaime. También estaba en la lista la exesposa, porque ya tenía dos hijas con ella, y, al final, yo, la "escritora maldita" como me llamaba en sus escritos. Hay una columna que se titula "Esperando a James" en la que Jaime cuenta todo esto.

Y esa afinidad con Jaime la fuimos descubriendo de a pocos en cada encuentro en su hotel. Fuimos lento como dos chicos inexpertos. Fue como al cuarto encuentro que hicimos el amor por primera vez, yo encima de él, mirándonos a los ojos. Creo que desde ese día lanzamos los dados al aire y dijimos en silencio que pasara lo que tuviera que pasar. Yo no estaba desesperada por ser madre, pero algo me decía que, si ocurría, la mezcla de nuestros genes solo podría traer algo lindo al mundo. Nunca me imaginé con panza, y él no siempre terminaba adentro de mí. Cada encuentro fluía sin presiones, promesas ni compromisos. Pero eso sí, las veces que hacíamos el amor sabíamos bien lo que hacíamos y qué riesgos tomábamos. A veces pienso que cada encuentro en el que nos amábamos así sin precauciones, sin miedo, era como un acto desesperado de no dejarnos ir. Era como un intento de crear algo que nos atase, una excusa para estar juntos para siempre. Además de la certeza de que, si teníamos un hijo juntos, no solo iba a ser la mezcla perfecta entre dos mentes que se entienden sin hablar, que saben que se adoran sin tener que decirlo todos los días; sino también la promesa de una nueva vida que salvaría las nuestras: dos vidas que aparentaban estar bien, pero que no iban a ningún lado.

Decía que fueron dos las veces que pensamos que podía estar embarazada. Las dos lo hicimos un sábado por la noche, mientras mis amigos y amigas estaban de fiesta y las hijas de Jaime dormían con su madre a diez kilómetros de distancia. Ellas sabían que Jaime estaba teniendo un affaire con una chica mucho más joven. Lo sabían por las columnas que él publicaba cada lunes en el periódico, en las que cada tanto mencionaba a

la chica que quería ser escritora y no se ahorraba detalles ínti-
mos. En ese momento nadie decía nada. No se quejaba el novio
a distancia, no se quejaba la exesposa, no se quejaban las hijas.
Para mí todo fluía como debe fluir cuando se sale con un hombre divorciado, soltero y sin compromisos afectivos o sexuales.

La segunda vez que pude haber quedado embarazada de Jaime fue distinta porque sí se me atrasó la regla un par de semanas. Él estaba en verdad ilusionado y yo también. Lo hicimos un
fin de semana y luego él viajó a Montevideo con su novio, quien,
por supuesto, se terminó enterando no solo de que yo podía estar embarazada, sino de que a Jaime la idea no lo disgustaba. El
novio le armó un escándalo a Jaime cuando él se lo contó —o
cuando le espió los mails, no sé bien como fue—, y la respuesta
sincera y quizás cínica de Jaime fue algo así como: "Tú sabías
que ella y yo nos estábamos acostando, te lo dije, lo escribí. Me
hace ilusión tener un hijo hombre, hace semanas que vengo di-
ciéndolo por periódico. Qué quieres que te diga". Como dije antes, el novio supo desde el comienzo que yo estaba en la vida de
Jaime, y aun así decidió seguir saliendo con él. A mí la presencia
del novio nunca me molestó, porque no me parecía que tuviesen
una relación de pareja en serio. No vivían juntos, se veían dos o
tres veces al año, el novio vivía en el departamento de Jaime en
Buenos Aires, Jaime pagaba todas las cuentas, le contaba de sus
revolcones con otras personas, siempre mujeres, además. Cada
tanto peleaban porque él a menudo lo buscaba de modo sexual
y Jaime le decía que no, que lo dejaran para otro momento. Era
una relación en la que Jaime tenía que lidiar con las constantes
crisis emocionales de esta persona. Yo siento que Jaime sí llegó
a amar a su novio, pero luego las cosas entre ellos fueron cam-
biando, y al final creo que Jaime estaba con él porque, después
de la relación tormentosa con su padre, siempre hubo una parte
de él que necesitaba el cariño de un hombre. Creo que por eso
Jaime seguía con el novio. Además, Jaime es una persona a la

que le cuesta decir que no, mucho más si es a alguien a quien ha querido o quiere mucho. Es difícil dejar a alguien, y digamos que Jaime no es de esas personas que saben poner límites. Él pensó: "Si dejo de llamarlo o de verlo, entenderá". Y eso hizo. Pero el novio no entendió o no quiso entender. Yo solo sé que si un día Jaime me dice que se acostó con alguien más o no quiere tener relaciones conmigo o evita estar cerca de mí, creo que no necesitaría un documento oficial o una notificación verbal suya explicándome que el amor se ha terminado o que por lo menos algo ha cambiado, deberé empezar a hacer mi propio camino.

Está de más decir que en esa época Jaime y yo teníamos una relación abierta. Nos adorábamos, sí. Pero como dije antes, ambos estábamos, por distintos motivos, llenos de inseguridades y miedos. Desde el 2007 en que nos conocimos hasta el 2010 cuando quedé embarazada de él, ambos nos permitimos dos o tres revolcones cada uno por su cuenta. Yo con dos o tres amigos guapos que tenía alrededor, con los cuales nunca tuve penetración de ningún tipo. Jaime tuvo dos o tres revolcones con chicas en distintas ciudades, todas hasta donde yo sé también sin penetración. Él me contaba sus aventuras yo las mías. Pero mi corazón estaba con él, siempre estuvo con él.

Decía que esta vez sí se me había atrasado la regla ocho días y él me escribía cada tanto preguntándome dónde quería que naciera el bebé, qué nombre le pondríamos, si contratábamos una nana o mejor no, cómo iba a decírselo a mis papás. Mis padres no tenían la más pálida idea de que yo estaba saliendo con Jaime Baylys. Sabían que había ido a su programa de televisión y nos habíamos saludado, a lo mejor sabían que habíamos salido alguna vez por un helado. No más que eso.

A sus hijas mayores no las había conocido, pero yo no percibía ningún tipo de hostilidad de parte de ellas o de la exesposa. Todo fluía como si ellas lo supieran y no tuvieran problema con el asunto. Yo tampoco presionaba para conocerlas porque no tenía ningún apuro, y si él no lo proponía. Era mejor así. Pero ellas sabían que yo existía en la vida de su padre. Durante los años 2008 y 2009 nunca escuché un reproche. Sabían que yo veía a su padre algunos fines de semana en su habitación del Country, y a lo mejor pensaron que era un revolcón más, pero nunca me hicieron sentir que estuviera pisando un terreno ajeno.

Jaime volvió a Miami desde Montevideo y me escribió para vernos el fin de semana. Un día antes de vernos, tuve un cólico repentino, me bajé el pantalón en el ascensor de mi edificio y vi una mancha roja. Me había venido la regla. Mi corazón se cayó hasta el primer piso. "Ahora cómo se lo digo", pensé. "¿Se lo digo por mail? ¿O se lo digo mañana cuando lo vea?".

El vacío

No le dije nada hasta el sábado en que nos vimos. Una parte de mí tenía miedo de decírselo y que luego no me quisiera ver en un tiempo. Toqué la puerta de su habitación, abrió y me abrazó. Me preguntó cómo me sentía. Le dije que tenía algo que contarle, al tiempo que me sentaba en la cama: "Me vino la regla".

Vi la desilusión dibujarse en su cara. Dijo nooo alargando la letra "o" y me abrazó. Fuimos caminando al Starbucks que estaba cerca y tomamos un jugo y comimos muffins. Luego Jaime y yo volvimos al hotel y pasamos juntos todo el día. Antes de irme hicimos el amor, pero no terminó dentro de mí. Yo tampoco se lo sugerí. Quizás era mejor así. Nos despedimos con un beso en los labios y volví a mi casa sin saber que lo dejaría de ver por un buen tiempo.

No exagero si digo que fueron los días más angustiantes de mi vida. Más aun que cuando era una niña y mis padres peleaban, más que cuando estaba en el colegio y me sentía fuera de lugar. Le escribía un mail y no me respondía. Y como yo jugaba a ser la niña mala, no insistía y no le escribía hasta dos semanas después. Lo último que quería era hacerle un reproche. En ese momento no entendía por qué se había alejado. Ahora sé que él había estado triste porque me vino la regla y le pareció que a mí me había importado un carajo. Yo, por alguna razón, no le dije en ningún momento que también tenía mucha pena, que me encantaría tener un hijo con él, que lo quería. No le decía nada de eso y evitaba el tema como si fuera una buena idea, y le escribía mails contándole mi día y preguntándole cómo estaba. Pero luego venía el vacío. Silencio. Despertaba al día siguiente y lo primero que hacía era prender mi computadora y ver si tenía un mail de él. Nada, en el celular nada. Desapareció un día, así de la nada. Quizás un mes después de habernos visto me escribió un mail de tres líneas diciendo que estaba bien, que solo tenía dolor de cabeza. Terminaba su breve texto con un "besos, cuídate mucho". Estaba seco, distante. Yo no sabía qué hacer para traerlo de vuelta.

Mi ego me impedía insistir demasiado. Después de todo yo tenía veintiún años y lo había elegido antes que a cualquier chico de mi edad. Si él no era capaz de verlo, entonces era un tonto. Pero lo extrañaba. Mis días sin sus mails eran vacíos. Ningún chico guapo le llegaba a los talones; a los que se me acercaban en una fiesta los encontraba básicos, vulgares. Dejé de divertirme en las fiestas, nunca me había divertido en realidad, pero fue entonces cuando dejé de salir y hacer vida social. La opinión de los amigos sobre mi vida empezó a importarme cada vez menos. Ir a clases también empezó a aburrirme. De pronto todo me pesaba un poco más. Todo lo que antes me ilusionaba o era parte de mi rutina, ahora lo encontraba tedioso, sin sentido: despertar de madrugada para tomar el bus a la universidad y ver la cara de resignación o cansancio de mis compañeros; comencé a pensar que éramos muchos los que estábamos perdidos yendo a la universidad, porque es lo que uno hace a los veinte años si no quieres que te llamen vago o fracasado. Para bien o para mal, ya no quería ser como ellos. Quería hacer algo distinto, algo muy personal, un proyecto que me ilusionara de veras. Decidí entonces empezar a escribir un libro. Yo había escrito antes cuando estaba triste o sola, pero nunca me lo había tomado en serio. Pensé que podía ser divertido escribir una novela sobre una chica que lo tiene todo, pero se siente vacía, que tiene amigos, pero los encuentra aburridos, o demasiado *cool* para ella, y que un día conoce a este escritor famoso que cambia su vida para siempre. Un día me estaba duchando y pensé que un buen título sería *Lo que otros no ven*, así se llamó mi primera novela.

Pero antes quise dejar la universidad y no fue fácil para mis padres. Ellos no entendían por qué había dejado a mi novio de toda la vida, aunque la verdad es que aplaudieron esa decisión, porque veían cosas de él que no les gustaban nada; pero que ahora quisiera dejar la universidad para escribir una novela lo entendían aún menos, pues tenía muy buenas notas y me estaba yendo bien allí. Pero en ese momento mi vida era solo vacío, tristeza y confusión. Aunque yo no fuera de las que se quedan en cama. No era de llorar por más de cinco minutos. Me quedaba escribiendo mi novela hasta tarde, al día siguiente despertaba temprano para llevar a mi madre al trabajo. Lidiaba con comentarios hirientes de mi padre, que todavía no había dejado de tomar y se ponía agresivo aún sabiendo que era el único hombre que podía hacerme llorar de verdad. Algunas noches salía con mi mejor amigo Javier, con quien iba al malecón a tomar cerveza en lata y escuchar música. Nunca pasaba nada sexual. Creo que él estaba enamorado de mí, pero no quería incomodarme pidiéndome un beso o diciéndome un vulgar "me gustas". Cuando estaba con él lograba olvidarme de la tristeza mientras cantábamos canciones de The Killers o The Kooks. Tenía otro amigo llamado Farid con el que también salía a tomar vino. Con él hablábamos de películas y de artículos de ciencia que él había leído. Nunca pasó nada sexual con él. En algún momento me dijo por Messenger que quería besarme, pero cuando sintió mi renuencia me aseguró que nunca lo intentaría porque su ego no podría soportar un "no" de alguna chica. Así que seguimos saliendo y tomábamos muchísimo vino y nos reíamos hasta la madrugada y en ese momento también me olvidaba del vacío que Jaime había dejado en mí. Cada tanto ponía su nombre en Google, con el miedo de enterarme por la prensa de que estaba saliendo con alguien más, que lo vieron con tal persona, que le tomaron fotos con tal otra. Nunca vi nada más que noticias de opiniones políticas suyas.

Por esa época también salía con Juan Diego, que quería ser director de cine. Era divertido conversar con él. Hasta que un día, cuando me dejó en la puerta de mi edificio, me dijo "mira", y agarró mi mano y la puso en su pecho. "¿Sientes?", me dijo, y sí, su corazón latía a mil por hora. Creo que ya no hay chicos así, y si quedan espero que un día le toque a mi hija vivir algo parecido.

Pero mi corazón no estaba con él, ni con Farid, ni con Javier, ni con Doménico, el chico guapo de cuerpo escultural, mi corazón estaba con el señor veinticuatro años mayor que yo. No había fiesta a la que fuera en la que no pensara en él, no había hombre que conociera al que no lo comparara con él. Y lo peor es que no sabía si él me extrañaba, si pensaba en mí como yo en él. No sabía nada más que algunas pocas líneas secas que me había escrito hacía unas semanas.

Por la noche, cuando más lo extrañaba, también me gustaba ir a fumar marihuana al malecón con mi amiga Inés. Ella, a diferencia de los otros chicos, era una de las pocas que sí sabían lo que había pasado con Jaime. No sabía los detalles, pero sí que habíamos salido y lo que había pasado entre nosotros. Poco después me enteré de que lo había comentado con otra gente y eso me dolió. Creo que por eso nos alejamos un poco, aunque sigo considerándola una de mis grandes amigas. Decía que íbamos al malecón y fumábamos y nos reíamos como desquiciadas y luego parábamos en McDonald's del parque de Miraflores y comíamos hamburguesa, papas fritas, Coca-Cola y helado. Si de regreso a mi casa, volvíamos caminando, se nos cruzaba un ambulante con dulces, no dudábamos en comprarle unas galletas, unos Skittles, o un chupete. Yo, cuando fumo marihuana, como todo lo que se me cruza en el camino. Creo que por eso ya no fumo. Ella me animaba con él, me decía que no todo estaba perdido, que no perdiera la esperanza, que ya aparecería.

A veces soñaba con él. Soñaba que me escribía, que aparecía de nuevo, cariñoso como siempre. Luego despertaba y me daba cuenta de que había sido un puto sueño. Tenía un vacío en el pecho como si alguien me hubiera atravesado con una lanza invisible que había perforado hasta el colchón. Aun así, me paraba de la cama aunque fuese gateando, y no exagero, gateaba al baño, hacía pis, me obligaba a comenzar un día más. No podía dar muchas señales de depresión a mis padres. Ya bastante tenían con que hubiera dejado la universidad. Cada tanto mi padre me preguntaba cómo iba la novela. Y yo le contestaba que bien. En ese punto debo reconocer que mis padres aprendieron a confiar en mí. Dejé la universidad, me inscribí en unos talleres de escritura en el Centro Cultural de la Universidad Católica. Tenía clases los martes y jueves de seis de la tarde a diez de la noche, y los sábados por las mañanas de nueve a una. Hoy en día esos horarios me resultan incomprensibles, pero supongo que en ese momento fue una manera de decirles a mis padres que no estaba del todo perdida. Por supuesto que ellos pagaron los cursos y creyeron en que terminaría de escribir esa bendita novela. Ahora que soy madre entiendo su miedo y por eso siempre estaré agradecida de su paciencia.

Dejé de ver el programa de Jaime. Ya no podía verlo en la tele. Me dolía verlo coquetear con la invitada de turno. Lo único que más o menos me daba pistas de cómo estaba en verdad eran sus columnas. No me las perdía por nada del mundo. Entonces me acerqué más a mi madre, con quien me había distanciado en el tiempo que estuve con mi ex. Ciertas noches ella venía a mi cuarto y poníamos música y tomábamos vino y nos hacíamos confidencias riendo hasta que se iba a dormir. Nunca le conté al detalle lo que pasaba con Jaime. Alguna vez me preguntó si estaba enamorada de él. Una madre en el fondo siempre sabe. Le dije que nada que ver, y ella no volvió a preguntar.

Cada noche que salía con amigos y volvía a mi casa, a mi cuarto, sintiéndome vacía, sin un mensaje, un mail, sin nada de él, sacaba una libreta y escribía algo. Vivía con un vacío en el pecho al punto que ya estaba casi acostumbrada al dolor. Pero también era cierto que día a día escribía mi novela y me ilusionaba con que en algún momento saldría publicada y me haría famosa como una escritora precoz. Era una niña en ese sentido, porque no tenía ni idea de cuan ruin pueden ser algunas personas.

Un día estaba leyendo el diario por internet y vi que Ricardo Arjona daría un concierto en Miami. Siempre fui fan de él, así que decidí ir a verlo. Tenía una plata ahorrada, podía comprarme el pasaje, ir un fin de semana, gritar como loca en el concierto y luego volver como si nada hubiera pasado. Le escribí un mail a Jaime, sin ninguna esperanza de que me contestase, contándoselo de modo muy escueto, y también que podíamos encontrarnos para un café si quería. En verdad no esperaba respuesta. Mi corazón dio un salto al ver que me contestó enseguida. Me decía que le parecía genial que viajase, que él me pagaba el pasaje, que me tenía que hospedar en el Ritz cerca de su casa en Key Biscayne y que si no me ofrecía que me quedara con él era porque sus hijas estaban pasando las vacaciones en su casa. Acepté, aunque en el fondo me preparé para que cancelara los planes a último minuto.

Para mi sorpresa fui a verlo al hotel en Lima ese fin de semana y ya tenía con él mi pasaje, las dos entradas para el concierto y un papel con la dirección de su casa, por si me perdía, y su número de celular, por si lo había olvidado. No entendí nada, pero era una estupenda noticia sentirlo cerca. El día de mi viaje salí a las 7:00 a. m. de mi casa para tomar el vuelo de LAN a las 10:00 a. m. Yo, con tanta ilusión, casi ni dormí y con mi pasaje en la mano pensaba que, si me escribía un mail cancelando, igual iba a viajar. Había pasado tanto tiempo esperándolo que sentía que era capaz de cualquier cosa. Esto fue en agosto del 2009.

Llegué a Miami y cuando crucé los controles había una persona en traje con un letrero con mi nombre. Salí y vi una camioneta Cadillac negra, enorme, y pensé que intentaba impresionarme. Luego llegué al Ritz de Key Biscayne y era un hotel de lujo, era la primera vez que me quedaba en un lugar así.

Cuando llegué él estaba en la puerta esperándome. Yo fui incapaz de apreciar ese gesto y sentí que era mucha parafernalia, no sé, mucho lujo innecesario. Hoy me doy cuenta de que esa era su manera de demostrarme cariño. Pero en ese momento no lo vi, y subí a mi cuarto de lujo malhumorada y él se dio cuenta enseguida de eso y cuando entramos no me besó de modo apasionado como hubiera esperado, sino que cerró las cortinas y me dijo que descansara. Dejó quinientos dólares para mis gastos sobre la mesa de noche como si eso fuese a aliviar mi contrariedad, y pensé que me estaba tratando como al novio; lo cual me irritó aún más, pero él se fue apurado prometiendo que volvería a la noche. Una serie de pensamientos se instalaron en mí. No iba a pasar el día conmigo, pero si sus hijas lo esperaban en su casa, por qué no me llevaba y me las presentaba. Luego pensaba que tampoco tenía por qué hacerlo, después de todo hacía meses que no hablábamos y me había invitado a un hotel de lujo, ¿qué más señal de cariño que esa? Yo estaba en un lugar genial y me quejaba igual que el novio. No tenía sentido.

Entonces decidí no hacerme bolas. Tomé aire y quince minutos después de que se fuera, abrí las cortinas de vuelta y vi las palmeras, el mar y la arena casi blanca y me dije "a la mierda todo, ya estoy aquí y la voy a pasar bien". Me puse un bikini, bajé a la playa, y a pesar de mis veinte años y mi cara de niña, logré que me trajeran tres mojitos y en pocas horas estaba achicharrada por el sol, flotando en el mar, pensando en lo que podía hacer si él no me buscaba por la noche.

Pero llegó y salimos a comer. Cuando volvimos al hotel no subió a mi cuarto. En parte lo entendí y no me molesté, pero me quedaba claro que no les había dicho a sus hijas que yo estaba en la isla. Al día siguiente pasó por mí a las ocho y fuimos al concierto de Arjona. Nos sentaron cerca al escenario. A Jaime lo vio una fan, luego dos y después un mar de gente se acercó a pedirle fotos. Fue un caos. Tanto así que por un momento lo perdí de vista, en medio del gentío que lo rodeaba. Por primera vez entendí que estaba saliendo con alguien muy famoso. Al poco rato llegaron cinco hombres de seguridad y separaron a la gente y sentaron a Jaime en su asiento. Se quedaron parados a nuestro lado por si acaso. Me dijo que lo sentía y le contesté que no se preocupara. En un momento del concierto, cuando Arjona cantó "El problema", Jaime se acercó a mí y besó mi mejilla. Yo me puse nerviosa y no hice nada. Un poco antes de que terminara el concierto, alguien se acercó a Jaime y le dijo que teníamos pases VIP para ir a saludar a Arjona. Pero poco antes de que terminara la última canción, él me dijo para irnos y yo no me negué porque pensé que esperaríamos afuera; luego me di cuenta de que íbamos en dirección al auto y pensé que eso no podía estar pasando.

Me subí al auto sin decir una palabra y ya cuando regresábamos al hotel su celular empezó a vibrar dentro de su bolsillo, pero él no contestaba, aunque cada tanto oía los mensajes de voz y había uno que decía: "Jaime, estoy en la puerta del camarín, ¿van a venir a saludar a Ricardo?". Nunca fuimos a saludar a Arjona.

Jaime sugirió ir a comer a un lugar cerca de su casa y le dije que sí, pero cuando vi que estacionó en el lugar de discapacitados no pude evitar increparlo y eso hizo que se molestara aún más conmigo. Años después me dijo que esa noche sintió que yo estaba más interesada en saludar a Arjona que en estar con él, y que por eso se había molestado.

La noche terminó medio mal, me dejó en el hotel y no subió a mi cuarto. Ahora pienso que tal vez estaba esperando a que yo lo invitara a subir, pero yo siempre esperaba a que él diera el primer paso y ahora me doy cuenta de que eso era un error.

Al día siguiente la cosa mejoró un poco. Salimos a comer al mismo lugar donde habíamos ido el día anterior. Él estaba corto de paciencia, a ratos malhumorado. Antes había pensado que ese mal humor era solo conmigo, pero parecía que también era con otra gente. No parecía contento en general. Esa noche volvimos al hotel, subió a mi cuarto, escuchamos música e hicimos el amor. No hicimos nada que implicase un riesgo de embarazo. Antes de irse, lo abracé fuerte. Cuando nos despedíamos nunca sabía cuándo iba a volverlo a ver. Él me lo decía también y yo asentía como si sus palabras fueran ley, sin ponerme a pensar en que quizás me lo decía para que yo le dijese algo así como: "Yo siempre tendré ganas de verte". Yo todavía tenía miedo, o tal vez era orgullo, no lo sé.

Nos abrazamos al despedirnos y me dijo que le escribiera un mail cuando llegase a mi casa. Mi vuelo salía en unas horas, a medianoche. Dejé el hotel con pena, con buenos recuerdos a pesar de la pelea. Volé de regreso a Lima, entré al departamento de mis padres a las siete de la mañana y me eché en mi cama. Tenía en el pecho un vacío tan grande que hice algo que nunca había hecho: abrazar un peluche muy fuerte como si fuera una niña, como si eso fuera a aliviar mi dolor. Yo, que creía que ya me había acostumbrado a estar triste, ahora sufría una sensación de vacío absoluto, como si alguien se hubiera llevado una parte de mí. A pesar de eso, decidí arriesgarme un poco, dejar mi ego de lado y escribirle un mail cariñoso que empezaba "Han sido días muy felices a tu lado", que para mis estándares de entonces era toda una declaración de amor, y terminaba con un "Te quiero". Me fui a dormir.

Desperté a mediodía. Mis padres habían salido ambos a trabajar. La casa estaba en silencio. Corrí a la computadora. No tenía un mail de él. Pensé que a lo mejor todavía estaba durmiendo. Pero dieron las tres de la tarde y él no había respondido. Me senté a almorzar con mis padres y les conté de mi viaje, sin mencionarlo a él por supuesto, y fingí que todo estaba bien. Pero en el fondo estaba destrozada. No quería lidiar con la idea de que no me escribiera más. Le escribí a mi amigo Sebas y a las siete de la tarde llegó a mi casa con una botella de vino. Él era el único amigo hombre al que le hablaba de Jaime. Le contaba todo y me daba consejos. Me dijo que si me había invitado a un hotel como ese y había ido conmigo al concierto de Arjona, teniendo en cuenta que Jaime no es de ir a conciertos o lugares con mucha gente en general, yo tenía que ser alguien importante en su vida. Me hacía sentido. Lo que no entendía era por qué el silencio, por qué no contestaba mis correos.

Pero decidí que no podía vivir deprimida, tenía que seguir con mi vida. Seguí escribiendo mi novela, ya estaba a punto de terminarla. Dejé de salir los fines de semana. Me obsesioné con estar sola, escribir y salir a correr por las noches. Me aislé por completo de mis amigos y sus fiestas absurdas. Todas las noches salía a correr por el malecón de Miraflores, me sentaba a mirar el mar, a pensar en el futuro, en qué haría con mi vida una vez publicada mi novela. Esa era mi única ilusión. Me decía que un día a la vez, y corría de regreso a casa. Luego me encerraba en mi cuarto y escribía hasta tarde. Jaime no desapareció del todo, me escribió unos días después preguntándome cómo iba mi novela. No hacía alusión a mi mail anterior. Lo notaba un poco frío, distante. Yo tenía cada vez más miedo de ser cariñosa, porque no quería encontrarme con un vacío. Pero él todavía me escribía de cuando en cuando y me decía que cuando tuviera lista mi novela, él me iba a ayudar a conseguir una editorial para publicarla. Yo no sabía bien qué creerle, pero si algo tenía claro era que lo seguía queriendo. Pero no se lo decía nunca. Llegó el día en que terminé mi novela y Jaime desde Miami me arregló dos reuniones, una con Planeta y otra con Alfaguara. Ambos editores generales me recibieron en sus oficinas, se quedaron con el borrador de mi novela y prometieron escribir de vuelta. Pasó un mes y nadie respondió. Entonces pensé que el mundo editorial no publicaba a cualquiera. Yo venía con la mejor recomendación y me ignoraron por completo, o quizás no les gustó mi libro. El hecho es que no me llamaban de vuelta y comencé a tener un mal presentimiento.

En noviembre del 2009 Jaime se mudó a Bogotá, donde empezó a hacer un programa en vivo todos los días a las diez de la noche. Yo sentí aún más distancia porque ni me comentó del cambio, y ya cuando venía a Lima no lo veía. No lo veía en el hotel, no lo veía en la tele. Los domingos a la noche que él salía en vivo me buscaba algún plan para salir de mi casa y no ver la televisión. Mis padres sí lo veían en la tele, mucha gente veía su programa. De vez en cuando iba al restaurant del hotel Country y, cuando caminaba al baño, miraba con nostalgia la puerta del cuarto donde habíamos hecho el amor ciertos fines de semana. Alguna vez se me ocurrió ir y tocar la puerta, por si tenía suerte y lo encontraba. Luego pensé que era muy desesperado y no lo hacía. Si no quería verme, era por algo. Pero no entendía cómo habíamos pasado de "me gustas" y "quiero tener un hijo contigo" a "no te escribo ni te llamo" en tan poco tiempo.

Leía sus columnas y me daba la impresión de que estaba solo, que ya no veía casi al novio ni a sus hijas. Fue por esa época que leí una que se titulaba "Amigos y vecinos", en la cual contaba que acababa de comprar un departamento de lujo a su esposa y a sus hijas, y que él había comprado el piso de arriba para quedarse cerca de ellas los fines de semana que viajaba de Bogotá a Lima. La idea no me hizo gracia, pero sabía que la relación romántica con la exesposa se había terminado hacía mucho, así que traté de no darle demasiada importancia. Empecé a salir de nuevo con mis amigos y a buscar editoriales por mi cuenta. Les escribí a los de la editorial Estruendomudo y les dejé mi manuscrito. Hice lo mismo con la editorial Mesa Redonda. En ninguna de esas dos reuniones mencioné a Jaime, ni dije que en mi novela había un personaje que, aunque de modo muy vago, estaba inspirado en él. Para mi sorpresa, una semana después me escribieron de la editorial Mesa Redonda diciendo que querían publicarme. Se lo conté a Jaime y él me felicitó. Le mandé la novela terminada por correo para que la leyera y prometió que lo haría. Ya teniendo fecha de publicación para mi primera novela, empecé a escribir un segundo libro, y la tristeza por lo que había pasado con Jaime parecía haberse atenuado. ¡Me iban a publicar! ¡Y todo por mis propios méritos, sin su recomendación! Cada noche que salía a correr y llegaba al parque a mirar el mar de noche, meintras las estrellas brillaban, pensaba que la novela sería un éxito, que las chicas de mi edad, algunas tan confundidas como yo, se identificarían con el libro, que sería como su heroína por haber dejado la universidad, burlado el sistema y encontrado la manera de abrir mi propio camino.

Llegó Navidad, Jaime la pasó en Lima. Nos escribimos correos cariñosos deseándonos un buen año y tal. Me dijo que nos veríamos para darnos un abrazo. No nos vimos, no pasó nada, yo creo que ya estaba acostumbrada. A comienzos del 2010 vino a Lima mi amigo gay que vivía en México. Pasamos los días riéndonos de todos y de todo, yendo a fiestas ultra chic-gay en las cuales yo estaba muy cómoda. Él también sabía de mi historia con Jaime y me ayudó mucho a llevar el "duelo".

Estábamos a mediados de enero cuando me escribieron de la editorial para decirme que la novela ya tenía fecha de publicación, sería el 15 de abril. Por esos días Jaime me mandó un mail en el que me preguntaba si quería ir como invitada a su programa de televisión en Lima. Me preguntaba si quería salir en la tele con él contando nuestra historia y si estaría dispuesta a acompañarlo si decidía meterse en política y postular como candidato a la presidencia del Perú.

Así de la nada.

Ese mail fue como un baldazo de agua helada sobre mí porque de alguna forma me devolvió a la vida. Le dije que sí, sí a todo: "Sí a tu programa; sí a contar nuestra historia, aunque mis padres me maten; sí a ser tu primera dama, aunque eso de la presidencia no sé si te conviene". Le dije que sí y el mail lo terminé con algo que debí decirle antes, pero ahora ya no tenía nada que perder, y mi ego estaba tan magullado que daba igual si no había respuesta de su parte: "Puedes contar conmigo, te quiero", le dije. Pero, para mi sorpresa, su respuesta fue: "Yo también te quiero".

De pronto, soy famosa

Un 7 de febrero del 2010 salí en televisión por primera vez, y no en cualquier programa. No exagero si digo que era el programa más visto de la televisión peruana. Un domingo a las seis de la tarde me vestí, pasé por la sala del televisor de mi casa y le dije a mi padre: "Me estoy yendo al programa de Baylys". Me preguntó para qué y le respondí para promocionar mi novela. Se quedó en silencio. Ambos sabíamos que yo era mayor de edad y que su esfuerzo sería inútil si trataba de detenerme. "Confío en ti", me dijo y cuando salí de mi casa supe que lo iba a defraudar. Subí al taxi que Jaime me había mandado, no lo dudé. Le escribí en un mensaje de texto que estaba en camino, como si me hubiera escapado de casa; lo cual no era del todo una exageración. "Excelente", me contestó. Luego recibí otro mensaje: "Nunca he tenido tantos nervios-ilusión antes de una entrevista". Le contesté que yo tampoco. "Esta noche tú eres mi única invitada, tú serás la estrella", me escribió. Llegué al canal, el chofer se estacionó en la puerta principal esperando a que nos abrieran. Yo miré a un lado y vi la fila de invitados del público esa noche y pensé: "yo estaba parada ahí hace dos años. Luego no me dejaron entrar y ahora vuelvo por la puerta principal".

Pasé a la sala de maquillaje y me peinaron de una manera muy extraña. No dije nada porque así era yo, dejaba que las cosas fluyeran en la medida en que no me incomodaran demasiado. También me pusieron muchísimo maquillaje, pero, bueno, ya estaba ahí.

Ximena, su productora, vino a saludarme y me acompañó al estudio. Me preguntó si estaba nerviosa. Todos actuaban como si estuviera a punto de conocer a una celebridad y yo pensaba "Creo que a estas alturas lo conozco más que tú". Jaime había hecho unos minutos de introducción y yo no había podido escucharlos. No sabía cómo me había presentado: si como su amante, su amiga, su fan, la escritora, o qué. Luego me enteré de que me había presentado como la chica de la que contra todo pronóstico, se había enamorado. Entré al estudio y el público entero giró hacia mí, todos al mismo tiempo, y diría que pude escuchar el ruido que hicieron sus sillas al voltearse. Caminé directo al centro, donde apuntaban todas las luces, las cámaras, donde estaba él. No es por echarme flores, pero qué huevos tuve esa noche. Aquella noche, igual que todas las anteriores que vi a Jaime en su hotel, yo solo hacía lo que sentía que tenía que hacer. Me senté en la silla del invitado, frente a él, y comencé a temblar. Empecé a temblar no por las luces, las cámaras, la gente. Temblaba por él. Porque no tenía idea de qué iba a pasar mañana con nosotros. Pero sí recordé lo que me había dicho todo este tiempo para calmarme: "Un día a la vez". En ese momento lo tenía frente a mí, y una de mis tantas sensaciones era que yo había pasado de ser una chica que un día fue parte del público a estar sentada en la silla del invitado, con una novela bajo el brazo. Empezó la entrevista antes de lo esperado y fue un éxito. El público se reía de mis bromas, alguna gente pareció entender por qué teníamos química. Durante la entrevista, Jaime dijo en algunos momentos que se había "enamorado" de mí y yo a ratos pensaba que era una confesión de amor, pero luego me decía "es por el show, lo hace porque está en tele". Entonces medio que me hacía la difícil, pero al mismo tiempo contaba con toda libertad cómo era dormir con él y tal. Terminó la entrevista y él me abrazó como no me abrazaba en mucho tiempo. Me dijo que me llamaba saliendo. Me valió madre si cumplía o no, esa noche confirmé que no había estado sufriendo en vano, que no había estado imaginándome nada y que lo que nosotros teníamos era real. Aunque no me llamara esa noche o la siguiente, nosotros teníamos una historia y algún día la concretaríamos. Ximena, la productora, me acompañó al taxi que estaba en la puerta.

En el taxi tuve una mezcla de emociones. Por un lado, estaba feliz por lo que acababa de pasar, por otro estaba preocupada por mis padres. Llegué a mi casa, el portero me miró de manera particular, el programa lo veía todo el mundo, entré a mi casa y ni mi perra Benita salió a recibirme. Pasé por el cuarto de mis padres y les dije: "Hola", así de lejos, y mi padre en silencio, mi madre respondió un seco: "Buenas noches". Entré a mi cuarto, cerré la puerta y en ese momento supe que estaba todo mal. Supe que estaban dolidos, que los había decepcionado, que no les hacía ninguna gracia que fuese la nueva novia de Jaime Baylys. Miré mi celular y tenía decenas de mensajes y llamadas de mis amigos y amigas preguntándome: "¿Qué fue?, ¿fue real?, ¿es en serio?". Decidí no responder a nadie. Abrí mi ventana, me senté al borde de mi cama, me moría de hambre, pero no me atrevía a salir de mi cuarto para ir a la cocina. Tenía todo tipo de mensajes, desde los curiosos tipo: "¿Cómo así?", hasta los de pésame, que eran más como: "Llámame si necesitas algo". Yo pensé: "¿En serio son tan tontos que creen que me forzaron, o que puedo estar arrepentida de esto?". Me dio una pena tremenda por mis padres, pero no estuve ni por un segundo arrepentida. Entré a mi mail y me encontré con un largo correo de Jaime, en el que me decía que estaba en el aeropuerto rumbo a Bogotá, que había estado genial, que la entrevista le encantó, que esa noche se dio cuenta de que quiere estar más tiempo cerca de mí, que era la primera vez que presentaba en televisión a una pareja suya. El mail terminaba diciendo "Te adoro". También me decía que, si mis padres lo habían tomado mal y necesitaba irme a un hotel unos días, Ximena, su productora, tenía instrucciones de cuidar de mí mientras él estuviera fuera, hasta el próximo fin de semana que volvía a Lima. Le respondí agradeciéndole, diciéndole lo mucho que lo quería, no me ahorré ningún adjetivo de cariño, le dije que yo también lo había disfrutado, y que iba a ver cómo hacía con mis padres.

Me fui a dormir feliz, pero muerta de hambre y sin abrir la puerta de mi cuarto. Al día siguiente salí de mi cuarto, mis padres no habían ido a trabajar. Mi madre estaba en pijama frente a la computadora, leyendo la columna de Jaime. Mi padre me daba pánico simplemente. No sabía a qué parte de la casa ir, dónde refugiarme, qué hacer. En el aire se respiraba tensión, decepción. No podía ver más las caras de dolor de mis padres. Agarré una mochila, metí ropa interior, tres cambios de ropa y salí a la calle. Caminé un par de cuadras y llamé a Ximena. "Necesito que me ayudes", le dije. Me dijo que no podía estar mucho tiempo en la calle, que los paparazzi y demás programas de televisión me estaban buscando, que fuera enseguida a tal hotel cerca del malecón de Miraflores y me registrara bajo el nombre de "María Mantilla". Eso hice. Caminé y caminé hasta que las sandalias me sacaron ampollas, y llegué al hotel, que era más hostal que hotel, y entré, me registré con el nombre falso. El hotel, por supuesto, tenía órdenes de recibirme sin hacer preguntas. Me dieron un cuarto y ahí me refugié. Le escribí a Jaime diciéndole que ya estaba en el hotel. Me contestó enseguida: "Todos están buscándote, no contestes el celular a nadie". Prendí la tele. Todos los canales peruanos hablaban de mí. Todos sin excepción. Algunos creían en el romance, otros desconfiaban. Pero, sobre todo, casi todos hablaban mal de mí. Algunos decían que yo me estaba aprovechando de la fama de Jaime para promocionar mi novela. Otros decían que era él quien se estaba aprovechando de mí, que me estaba usando para ganar votos de la gente joven, ahora que estaba considerando entrar en política. Otros decían que esa novela no la había escrito yo, que me la había escrito él. También decían que mi novela de seguro era malísima y que iba a publicarla solo porque él me había abierto las puertas de las editoriales. O decían que estaba con él porque quería su dinero. O decían que él me estaba usando por mi juventud y que me dejaría tan pronto se aburriera de tener sexo conmigo. O decían que lo nuestro tenía que ser una farsa porque él era gay, incapaz de enamorarse o acostarse con una mujer. Yo veía todo eso, sentada en una cama dura, con el control en la mano, y solo podía pensar en mis padres. No me habían llamado. Eso era raro. Solo me había ido de mi casa una sola vez, cuando tenía quince, y aquella vez me llamaron tantas veces, que mi celular se quedó sin batería y luego llamaron a mis amigas, a las mamás de mis amigas, a mi novio de entonces, quien era cómplice de mi escape. No estuve fuera más de cinco horas. Pero ese día vi a mis padres en verdad preocupados por mí. Tenía claro que la habían pasado mal durante las horas en que no supieran dónde estaba. Esta vez fue distinto porque no me llamaron. Pasó un día, pasaron dos, pasó una semana, y nunca llamaron.

Pero por suerte Jaime me escribía a menudo desde Bogotá, preguntándome cómo estaba, si necesitaba algo, me prometía que vendría a verme el fin de semana, apenas aterrizara en Lima. A ratos parecía arrepentido del escándalo, pero al menos lo tenía de vuelta a mi lado. Lo había ganado a él, pero había perdido a mi familia. Muchos de mis amigos también reprocharon mi conducta. Les pareció que era de mal gusto salir en la tele con un discurso tan liberal.

En ese momento no exagero si digo que yo era la persona más famosa de mi ciudad y al mismo tiempo estaba más sola que nunca. Pasaba los días encerrada en un hotel con un nombre falso, sin poder salir a la calle, comiendo cada cuatro horas un mixto a la plancha, porque el menú del hotel era bastante limitado. Pensé: si esto es la fama, estoy jodida.

Recuerdo mi desesperación al no poder pisar la calle ni poder contestar mi celular. Jaime me había dicho que no le contestara a nadie y yo pensé que exageraba, pero luego ocurrieron un par de cosas que me hicieron dieron la razón.

Era casi la una de la mañana y yo estaba viendo videos de música en YouTube cuando sonó el teléfono de mi cuarto. Como nadie, ni siquiera mis padres o amigos, sabía dónde estaba, concluí que era él quien llamaba. No me equivoqué. "¿Cómo estás?", fue lo primero que me preguntó, y no pude evitar temblar, como temblaba las primeras veces que nos veíamos en su hotel. (Una noche me había ofrecido un jugo de papaya y, a pesar de que me moría de sed, le dije que no porque mis manos temblaban mucho, y no quería que mi nerviosismo se notara).

"Acaban de leer tu novela en televisión", fue lo primero que me dijo. Me tomó varios minutos entender, pues mi novela aún no había salido publicada. Me explicó que un periodista había conseguido el manuscrito de mi novela y, ante la expectativa de la gente, no había tenido mejor idea que leerla en televisión en son de burla. Jaime me aconsejó que no respondiera, que me mantuviera en silencio, que no contestara el teléfono, que esperase al fin de semana a que él llegara. También dijo que podría ser una buena idea que volviera a su programa y defendernos juntos de los ataques.

Yo estaba en un prolongado ataque de shock. Cuando Jaime me dijo lo que habían hecho con mi novela, no lloré, no grité, ni siquiera me molesté. Para mí fue como que me dijeran que no iba a poder salir de mi casa porque iba a seguir lloviendo. Había pasado tantos días encerrada, que ya daba igual. Todo a mi alrededor era un caos, pero al menos lo tenía a él. Había hecho una locura, pero me había jugado por algo o alguien que yo quería. Había sido yo misma. Les había dicho a mi familia y amigos:

esta soy yo, les guste o no. Y por eso, a pesar de los escándalos de los programas de chismes, no me arrepentía un segundo de haber ido a la televisión.

Pero era difícil no salir a la calle, no hablar con nadie. Yo tenía veinte años y estaba acostumbrada a salir a correr todas las noches al malecón, a ver el mar de noche y las estrellas. A ratos pensaba en escaparme de noche, pero no tenía más que el par de sandalias con las que había salido de mi casa. Cada media hora sonaba mi celular con un número desconocido y tenía que refrenar la urgencia de contestar. Solo contesté dos veces y en ambas me fue muy mal. La primera llamada fue de mi exnovio. Por supuesto, llamaba para hacerme reproches, me decía que lo había humillado, que cómo se me había ocurrido salir con Jaime en la televisión, y yo, que hasta entonces había estado tranquila, empecé a gritarle, diciéndole que era mi vida y que me dejara en paz, que lo que yo hacía con mi vida no lo involucraba en absoluto a él, que nuestra relación se había terminado antes de que yo empezara a tener algo con Jaime. Me quedé con la última palabra y le corté el teléfono. La segunda llamada fue aún peor. Era el periodista que había leído mi novela en televisión unos días antes. Debí cortarle enseguida, pero no lo hice. Lo primero que hizo fue pedirme disculpas por haber leído mi novela. Me dijo que yo me había convertido en el personaje más buscado de Lima y que era su deber darle al público lo que quería. Me dijo que le gustaría conversar conmigo, que le diera una entrevista, que me iba a tratar súper bien, que él a Jaime lo quería. Yo mucho no le hablé, pero en algún momento de la conversación dije algo como: "Solo quiero saber quién fue el hijo de puta que te dio mi novela". Le dije que no le daría la entrevista, y me dijo que si me animaba lo llamase. Colgamos. Yo en ese momento no tenía idea de la clase de persona que puede ser ese tipo. No me bastó con que leyera mi novela de modo indebido y sin mi permiso antes de que saliera publicada, fui tan tonta como para contestarle el teléfono y no colgarle enseguida. Así de ingenua era. Le escribí enseguida a Jaime contándole lo que había pasado. Se molestó. Me reprochó haberle contestado el teléfono. Me advirtió que con seguridad me había estado grabando. Y, por supuesto, Jaime tenía razón. Dos horas después de hablar con ese periodista, veo en televisión un audio mío diciendo "los hijos de puta que te dieron mi novela", en repetición, una y otra vez. Jaime volvió a escribirme molesto, aunque estaba en Bogotá se enteraba de todo. En los otros canales seguían hablando de mí. Menospreciaban mi novela. Decían que yo era una aprovechada y tal. En ese momento rompí a llorar. Eso fue lo que más me dolió. No que hablaran mal de mí, sino de mi novela. De ese libro que había trabajado con tanta ilusión. Es verdad que a lo mejor estaba lleno de errores. Pero ese libro lo empecé a escribir a los diecinueve, sola, y lo terminé sola también, a los veinte, llorando en mi cuarto a las cinco de la mañana. La editorial la encontré sola. Y ahora todos se llenaban la boca diciendo que yo no había hecho el mínimo esfuerzo, que la novela era mala (sin haberla leído, porque aún no salía publicada), que yo todo lo que era se lo debía a Jaime, que me había acostado con él para buscar ser famosa, vender libros.

Aún llorando, llamé a Pía, mi mejor amiga, le dije ven, tengo que salir, aunque sea un rato, aunque sea a caminar un par de cuadras. Y aunque ella también estaba algo disgustada conmigo, vino a verme, me dio un abrazo, salimos a la calle. Los ojos se me volvieron a llenar de lágrimas al sentir el olor del aire libre. Decidimos caminar hacia el malecón de Miraflores. Caminamos una, dos cuadras. Empecé a sentir la mirada de la gente y no estábamos en una calle transitada. Cuando llegamos al malecón, ya tenía la capucha de mi suéter puesta y aun así una chica se me acercó y me dijo: "¿Tú no eres la novia de Baylys?". Sonreí y le dije que sí con la cabeza a la chica que me había reconocido, porque sentí su cariño y eso me hizo bien. Pero puse el dedo sobre mis labios en señal de que hiciera silencio, que hablara más bajo. Ella sonrió y bajó la voz enseguida y me preguntó si se podía tomar una foto conmigo. Le dije que sí, pero cómo Y me respondió que con la cámara de su celular. Y esa fue la primera vez que me hice una foto como famosa, con un celular. Mi amiga Pía y yo caminamos un par de cuadras más, pero cada vez más gente me miraba y reconocía; algunos me saludaban, otros solo me miraban fijamente. Decidimos volver. No estuvimos afuera ni diez minutos. Solo de vuelta al cuarto pude respirar con total libertad.

Lo que otros no ven

No volví a salir del hotel hasta que llegó el fin de semana. Era el mediodía de un sábado y yo estaba mirando el techo cuando sonó el teléfono de mi cuarto. Era el conserje de recepción: "El señor Baylys está subiendo a su habitación". Mi corazón dio un tumbo. Por alguna razón pensé que nos íbamos a ver en la noche. No me había bañado, estaba en pijama. Me puse una falda de jean y una camiseta roja y las únicas sandalias negras que tenía. Me revolví el pelo como si esa fuera una manera de peinarme y me paré al lado de la puerta. A través de la ventana lo vi subir las escaleras hacia mi cuarto. Daba pasos lentos, muy lentos. Me llamó la atención. Tocó la puerta, abrí enseguida. "¿Interrumpo?", me preguntó. Le dije que para nada y lo invité a pasar. Dio cinco pasos y lo primero que dijo fue que el cuarto era horrible. Y yo, tratando de poner onda, le contesté: "Bueno, si lo comparamos con el Ritz de Key Biscayne...". Caminó hacia donde estaba mi cama sin pedir permiso y miró mis cosas regadas en el suelo, luego miró el baño, el sillón que simulaba ser una sala, los diarios de chismes esparcidos por el suelo que me habían alcanzado en la recepción. Nuestras caras estaban en todas las portadas bajo distintos titulares: "La lolita de Baylys", "A Baylys sí se le para", "Baylys atrasó al novio de Silvia".

"Tienes que irte a un mejor hotel", me dijo enseguida muy serio. "No, pero aquí estoy...", interrumpí mi frase porque me di cuenta de que en efecto era una buena idea. Y lo veía tan cansado y lento que no quería contrariarlo. Supuse que había venido a verme directo del aeropuerto y no había dormido mucho en el vuelo de Bogotá a Lima. Hice mi mochila en cinco minutos y salimos juntos. Noté que caminaba lento, un poco en zigzag. Supuse que eran las pastillas para dormir. Había dormido con él antes, pero nunca lo había visto así. Alguna vez me quedé a dormir con él en el hotel y, media hora después de tomar sus pastillas para dormir, hablaba como si estuviera borracho, pero enseguida se acomodaba en la cama, se ponía sus tapones y se quedaba dormido. Una de las veces que dormí con él, desperté al mediodía con muchas ganas de ir al baño a hacer lo que no se hace cerca de la persona que uno desea. Traté de aguantar, pero fue imposible; tenía que ir ya mismo. Pensé que no podía ir al baño de la suite, porque al tirar de la cadena lo más probable era que lo despertase y adiós amor. Si Jaime tenía una manía, era que le gustaba dormir solo. Y yo estaba feliz rompiendo con esa costumbre durmiendo con él en el mismo cuarto, en la cama de al lado; quizás por eso quería hacer las cosas bien. Salí de la cama muy despacio. Caminé en puntas de pie a la puerta. Para eso tenía que ir levantando la ropa holgada que tenía puesta, ropa que él me había prestado la noche anterior para dormir; para quien conoce nuestra diferencia de tamaños es fácil imaginarse cuán enorme podía quedarme esa ropa. Abrí la manija de la puerta como un ladrón de medianoche sin hacer sonido alguno, junté la puerta usando el periódico del día que le habían dejado al pie de la puerta. Rogué a los cielos que no pasara alguien y la cerrara, o que él no despertase y viese que no estaba a su lado. Fui al baño más cercano, estaba como a diez pasos más allá, y me alivié. Luego volví al cuarto y el periódico seguía ahí y me metí en la cama y volví a dormir. Él nunca se dio cuenta.

(Disculpen la anécdota impúdica, pero esta novela es de por sí una impudicia, como toda declaración de amor).

Volvamos a la historia. Yo ahora era famosa y estaba en este hotel barato del que él hizo bien en sacarme un sábado por la tarde. Salimos del hotel y me topé con dos camionetas negras con lunas oscuras. Apenas pusimos un pie en la calle bajaron del auto dos señores en traje y lentes oscuros. Eran parte de su seguridad. Me sorprendí, porque antes éramos solo él y yo. No entendía bien. Una vez dentro del auto me explicó que en Bogotá había recibido amenazas del gobierno dictatorial venezolano y que él no quería tener seguridad, pero el gobierno colombiano, cuyo presidente era su amigo, le había dado pruebas de que sus enemigos políticos venezolanos estaban conspirando para matarlo. Me dijo que no había querido desairar a estos políticos que se habían preocupado por él, y que por eso había aceptado tener seguridad. A mí esas cosas no me gustaban, incluso me molestaban. Yo sé que era parte de su trabajo tener siempre una opinión política, criticar al gobierno inútil de Venezuela, pero yo no lo veía como un periodista político, lo veía sobre todo como un escritor. Quizás por eso me había acostumbrado y seguía queriendo una vida tranquila para él, sin demasiada gente alrededor.

Llegamos a un hotel cerca del departamento donde ahora se quedaba con su exesposa y sus hijas los fines de semana que iba a Lima. Vivian en el mismo edificio, y, aunque no compartían el mismo departamento, la idea no terminaba de gustarme. Supuse que Jaime había comprado esos departamentos en la época que nos habíamos alejado. Yo me había enterado leyendo una columna suya en la que decía que lo hacía para estar cerca de sus hijas, pero que no estaba dispuesto a perder su libertad de soltero. Eso me dejó un poco más tranquila, pero algo me decía que ese intento de convivencia propiciado por la exesposa podría terminar mal. Yo no decía nada, porque no quería hacer reclamos en asuntos que tuvieran que ver con sus hijas. Me instalé en este hotel de San Isidro, que por cierto era bastante mejor que el anterior de Miraflores pues por lo menos tenía un súper enfrente donde podía comprar agua y fruta. Mucha gente me reconocía cuando salía a la calle, pero ya no estaba dispuesta a vivir encerrada. Dejé todas mis cosas ahí y luego fuimos con Jaime a su departamento.

Yo no había ido antes y no sabía bien cómo actuar, pero él tenía una actitud bastante tranquila, del tipo "es mi depa, y si bien mis hijas viven en el piso de abajo, tengo libertad para traer a quien quiera". Nos sentamos en la sala y mirábamos una película cuando sonó su celular. Era su hija Camila que le preguntaba qué hacía. Jaime le pidió que subiera, estaba conmigo y así de paso nos conocíamos. Me hubiese gustado estar preparada, después de todo no me había bañado y aún me encontraba emocionalmente inestable por todo lo que había ocurrido, pero tenía claro que ningún momento es el propicio para conocer a la hija adolescente del hombre con quien inicias una relación. A los cinco minutos vi a Camila abrir la puerta del ascensor y caminar hacia nosotros. Se sentó al lado de su papá. Me saludó con cariño y me sonreía. No sé si estaba fingiendo, no lo parecía al menos. Conversamos diez minutos y luego dijo que se iba al gimnasio. Se fue y nosotros estuvimos un rato más tomando jugo de papaya mientras pensaba que con seguridad era la empleada de Sandra quien hacía las cosas en la casa, desde las camas hasta el jugo que acabábamos de tomar. Luego Jaime me dejó en el hotel y una especie de remordimiento empezó a inquietarme. ¿Estaba invadiendo el espacio de una familia? Era raro, porque antes yo a Jaime lo había visto en un hotel, siempre los sábados y domingos por la noche. ¿Sería que en el tiempo que estuvimos separados se había acercado más a Sandra? Pero no estaban teniendo relaciones, eso se respiraba en el aire, y además él me lo hubiera dicho. De quien ya casi no se hablaba era del exnovio. En este momento quienes tenían protagonismo en la vida de Jaime éramos las hijas, la exesposa y yo; no sé si en ese orden porque iba variando cada semana. El jugo de papaya en la nevera, las camas perfectamente hechas, las toallas bien dobladas en los baños, me daban la sensación de que Jaime estaba viviendo con una mujer. O, por lo menos, había una mujer en su vida, atendiéndolo como a su esposo. Era raro, muy raro. Cuando me enamoré de Jaime a comienzos del 2008, él estaba soltero, con un novio en Buenos Aires al que nunca le escondió nuestra relación. Pero ahora era vecino de su exesposa y para entonces yo venía saliendo con Jaime ya dos años y un poco más, con sus altibajos, y para mí era difícil borrarme de un día para el otro solo porque ahora ellos estaban cerca. No entendía nada. Jaime, así como es el tipo de persona que no sabe terminar una relación, rara vez ve el lado B de las personas, las dobles intenciones. Mi teoría, es solo una teoría, entonces era que Sandra quería volver con Jaime, quizás no de un modo sexual, pero sí quería ser su pareja de nuevo, su primera dama si él se animaba en política. Y a sus hijas tampoco creo que les hiciera mucha gracia ver a su padre saliendo con alguien tan joven. Pero cuando pudieron reclamar o decir algo no lo hicieron. Ellas sabían que yo iba al hotel, que teníamos sexo, que nos queríamos. Lo sabían porque, como dije antes, Jaime no se ahorraba esos detalles en sus columnas semanales. Por eso, para mí era muy tarde dar un paso atrás, cuando ya me había enamorado de Jaime hasta los huesos. Todo este tiempo lo había visto en un hotel los sábados por la noche y los domingos también, y él había escrito de mí tantas veces que era imposible que la exesposa no supiera de mí. Tengamos en cuenta que él se divorció de la exesposa el año 1997 y yo conozco a Jaime el año 2007. En ese tiempo, diez años, ambos habían tenido otras parejas. Pero quizás ella vio el peligro en mí, porque Jaime decía que quería tener un hijo conmigo. Tal vez en ese momento ella pensó que, si eran vecinos, tendría más control sobre él, que Jaime dejaría de verme. Antes

de mudarse, Jaime publicó una columna titulada "Amigos y vecinos", en la que decía algo así como: seré vecino de mi exesposa, pero eso no recortará mi libertad sexual o sentimental. Por
lo visto, la exesposa no le creyó, o pensó que en el camino podía
convencerlo de someterse a sus expectativas.

Y así como esas ilusiones no coincidían con las de Jaime, yo
no estaba dispuesta a empezar a ver a Jaime como un hombre
casado de un día para el otro.

En este nuevo hotel me sentía más cómoda. Había un mi-
nibar con snacks, gaseosas y cerveza. Dormía mejor y me hacía
bien salir a caminar por las tardes. Mi novela estaba por salir
pronto, pero ya estaba trabajando en mi segundo libro. En esa
época me consideraba una escritora en toda la línea. Leía muchísimo, caminaba muchísimo, llevaba conmigo una libreta para
anotar frases, ideas o imágenes que se me vinieran a la mente.
No tenía ningún interés en estar sexualmente con alguien de
mi edad. Solo estaba pendiente de él. Me había preocupado un
poco verlo tan lento aquel día en que llegó al hotel de Miraflores, pero pensé que era cosa de un día, que estaría cansado y
empastillado por el vuelo.

Al día siguiente Jaime dio una conferencia de prensa por la
redición de algunas de sus novelas con la editorial Alfaguara.
Fueron muchos periodistas y al parecer casi todas las preguntas
fueron sobre mí. Alrededor de las cinco de la tarde, recibí un
mail suyo diciendo que en la rueda de prensa le habían preguntado por ciertos pasajes de mi novela, escenas de sexo entre
nosotros que habían sido leídas prematuramente en televisión
por el periodista. Estaba molesto y mucho. Cuando leí ese mail,
mi corazón se encogió. Pero si yo le había mandado el borrador
de mi novela para que la leyera, ¿no lo había hecho? ¿O sí la
había leído y ahora estaba teniendo un mal día? Yo sabía que
se quedaba en Lima toda la semana y me daba pena pelear y no
vernos los siguientes días. Un día antes, todo había estado bien

y ahora parecía que me odiaba. Le escribí recordándole que yo le había mandado mi novela hacía unos meses para que la leyera, y que me sorprendía que reaccionara como si no la hubiera leído. Lo llamé al celular una, dos veces. Esperé una hora y traté una tercera vez, pero el celular seguía apagado. Le dejé un mensaje de voz que decía: "Llámame, por favor". No me llamó ese día ni al día siguiente. Pasaban los días y no me escribía. Yo sabía que estaba en Lima y me jodía haber peleado por algo tan absurdo. Pasaba de estar furiosa a angustiada, luego triste, luego superada. Llegó el fin de semana, yo sabía que ese domingo a medianoche volvía a Bogotá, y como no había sabido nada de él, decidí irme del hotel.

Tenía las maletas hechas y el taxi esperándome en la puerta, cuando recibí un mail de él diciendo que había leído mi entrevista en la revista Cosas y que le había encantado, que estaba en el aeropuerto a punto de subirse al avión para Bogotá, pero que llegaría a Lima el siguiente fin de semana y que lo esperase en el hotel. Yo ya no sabía qué mierda pensar. Pensé que estaba loco, pero yo estaba enamorada, y no podía evitar sentir que mi corazón daba un salto cuando me escribía, llamaba o buscaba. Algo en el fondo de mi corazón me decía que no estaba jugando conmigo, que su vida era más complicada de lo que yo imaginaba, y que tuviera paciencia. No sabía si me estaba engañando a mí misma, pero tenía la clara intuición de que él me quería en serio.

Daba la casualidad de que ese fin de semana que él me prometía vernos, era el fin de semana de la publicación de mi novela. Se lo dije, aunque él ya lo sabía. Me dijo que, si yo quería, él iría conmigo. No entendía por qué el cambio de emoción, pero decidí validarlo, porque lo sentí real. Y porque si algo había aprendido hasta entonces, era que él hablaba más con acciones, que con palabras. Le dije que si quería acompañarme para mí estaría genial, pero que si al final pasaba algo y no podía venir yo lo entendería. La semana pasó muy rápido en medio de mails y llamadas que confirmaban que todo estaba bien entre nosotros. El viernes me escribió diciéndome que había cambiado su vuelo a Lima para llegar a tiempo y poder ir a la presentación de la novela conmigo. Lo amé, pero también me preparé para que cancelara a último minuto.

Eran las cinco de la tarde del sábado y estaba en el hotel lista para salir. Pensé que si no llamaba en los próximos minutos me iba sola. Pero llamó a la hora prometida y me dijo que estaba abajo. Había venido solo, sin seguridad. Me preguntó si estaba nerviosa. "Sí, pero te tengo a ti", le contesté, y manejamos a la librería donde sería mi presentación. Entramos a un estacionamiento subterráneo mientras mi celular sonaba. Ante mi repentina fama otras editoriales se habían ofrecido a publicar mi libro, pero yo había decidido quedarme con quienes habían creído en mí desde el comienzo. Mis editores me llamaban una y otra vez, seguramente para preguntar dónde estaba, pero yo no contesté el celular porque Jaime así me lo había enseñado, porque antes había también sonado el suyo y me había dicho: "Es Sandra, no quería que viniera a tu presentación, pero que se tome una manzanilla y se relaje".

Llegamos a la librería y había tantas cámaras que yo no sabía a dónde mirar. Él se puso detrás de mí como si yo fuera la estrella, yo lo miraba como diciendo "Boludo, la estrella eres tú, di algo", pero él hacía señas como diciendo "No me pregunten a mí, hablen con ella", y entramos a la librería que estaba con gente apretándose entre sí. No cabía una persona más. Los periodistas gráficos empezaron a disparar sus flashes apenas me vieron y los reporteros me hablaban al mismo tiempo. A duras penas ubiqué a los de la editorial, que habían guardado un lugar en primera fila para Jaime, y me senté sola en la mesa principal. Jaime decidió sentarse con el público y aplaudirme. En esos momentos daba la impresión de que me quería en serio.

Quien sigue su carrera sabe que él no hace eso por nadie. Él es conocido por no ir a las bodas de sus hermanos porque dice que hay mucha gente. Pero ahora estaba en mi presentación y me miraba con un cariño que a ratos parecía paternal. Traté de no hablar mucho y expliqué en pocos minutos cuándo, cómo y por qué había escrito mi novela. Luego me enfrenté por primera vez las preguntas de los periodistas. Había canales de televisión transmitiendo en vivo mi presentación. Después del aplauso final quería firmar ejemplares, pero los periodistas fueron los primeros en acercarse dejando a los lectores muy atrás. Vi una ola de personas con cámaras abalanzarse sobre mí. Al parecer no había suficiente seguridad en el lugar porque nadie pudo contenerla, y entonces la mesa que tenía en frente se cayó y me arrinconó en pocos segundos contra la pared. Parecía que me iban a aplastar. A Jaime lo había perdido de vista, pero sabía que teníamos que huir de ahí. Por un momento temí que si no salía a tiempo iba a morir asfixiada. Jaime me agarró la mano en medio del gentío y la poca seguridad del lugar nos ayudó a salir por la puerta de atrás. Me dio pena no haber podido saludar a la gente que había ido a conocerme. Nos subimos a su camioneta y nos fuimos de vuelta al hotel. Comimos ahí, luego nos echamos en la cama, nos besamos largamente. Besarlo siempre era un misterio, porque nunca sabía qué iba a ocurrir al día siguiente. Pero esa noche tuve la sensación de que pasara lo que pasara nos íbamos a querer para siempre.

Había pasado un mes desde que me fui de mi casa y todavía no había hablado con mis padres. Jaime me dijo en un mail desde Bogotá que quizás era el momento de encontrar un departamento para mí. Me pidió que buscase algo cerca de donde él vivía. Eso hice, y en tres días había encontrado un departamento en alquiler a tres cuadras de su casa a un buen precio. No era un departamento pretencioso, sino más bien sencillo aunque bien ubicado. Le escribí contándole los detalles y me contestó que el fin de semana que volvía a Lima lo alquilaríamos.

Vivir sola

Un sábado a las tres de la tarde nos encontramos en la puerta del edificio con los dueños del departamento. Eran una señora joven, como en sus treintas, y su padre. Ella nos dijo que no vivía en Lima y ese departamento era suyo y quería alquilarlo ahora que estaba viviendo fuera, ya que no tenía planes de volver pronto. El ascensor tenía entrada directa al departamento. Una vez que entramos, vimos que estaba amoblado. Había muchos muebles, casi no había un rincón de la casa vacío. Los muebles eran antiguos. La decoración era un poco fea, pero yo no tenía interés en reclamar. Para mí eso estaba más que bien. El departamento tenía tres cuartos, dos baños, una sala con ventanas grandes, una mesa de comedor enorme. En el cuarto principal había una cama de tres plazas con respaldar de madera. La cama era tan grande que a duras penas cabía en el cuarto. Había dos closets pequeños. Dos mesas de noche de madera y un mueble incomprensible que parecía ser un tocador, enorme y de madera también. Daba la impresión de que casi todos los muebles habían estado antes en una casa antigua, grande, y que los habían apiñado en ese departamento. En la cocina había refrigeradora, platos, cubiertos, microondas. Lo bueno era que el departamento tenía todo. Pero todo era antiguo, incluso el televisor que estaba en la sala era de los cuadrados, pesados, antiguos, con antena encima, con dos equipos de VHS debajo. Había una radio que tenía dos caseteras y con suerte también leía CDs de música.

Cobraban mil dólares al mes por alquilarlo. Para la zona era un súper precio. Jaime les dijo que nos veríamos al día siguiente para firmar el contrato, pagarles por el año entero y que yo me pudiera mudar ese mismo lunes. Al día siguiente, Jaime y yo quedamos en encontrarnos en la puerta del nuevo departamento. Para mí estaba más o menos claro que él no se iba a quedar a dormir ahí conmigo los fines de semana que pasara en Lima, y estaba bien así. Estaba bien que él tuviera su lugar y yo el mío.

Lo que sí me llamó la atención fue que me dijera que a Sandra no le había hecho gracia lo del departamento alquilado. Yo venía saliendo con Jaime hacía dos años y casi nunca escuchaba el nombre de Sandra y ahora daba la impresión de que yo me estaba metiendo donde no debía. "Eso te pasa por hacerte vecino de tu exesposa", pensé. "Cómo puedes ser tan inteligente para algunas cosas y tan tonto para otras. Cómo no te das cuenta: desde que te mudaste a ese departamento ella ha empezado a actuar como tu esposa, aunque no tengan relaciones hace años, aunque tengas un novio en Buenos Aires". A ella no parecía incomodarle tanto el novio como mi presencia en la vida de Jaime. Yo no entendía cómo había pasado de salir con el hombre solo, divorciado, que se quedaba solo en un hotel los fines de semana que venía a Lima, a sentirme la amante que no tenía reparos en romper un matrimonio. "Es que Sandra me ayudó a imprimir los papeles del alquiler y me dijo que era una mala idea, pidió que no te alquilara un departamento", me dijo antes de bajar del auto, cuando vimos que los dueños habían llegado. No dije nada, me quedé en silencio. Subimos al departamento. Jaime les pagó el año entero, se firmó el contrato que él mismo redactó, los dueños se tomaron fotos con él y se fueron. "Es oficial, me quedo aquí por un año", pensé. "Después no sé, un día a la vez".

Mi primera noche en el departamento fue extraña. Tenía una mezcla de sentimientos. Por un lado, estaba contenta; por otro, triste. Estaba contenta porque Jaime estaba de mi lado y me apoyaba, a pesar de la opinión de la exesposa, o del novio, o de quien fuera. Estaba triste por mis padres. No era justo lo que les había hecho. Decidí ir a verlos, decirles que había encontrado un lugar donde vivir. No sabía cómo reaccionarían ellos, pero al menos esta vez no habría secretos y no se enterarían por la prensa de que me había mudado sola, ahora se enterarían por mí. Esa noche pasé frío durmiendo en una cama con sábanas que no eran mías y un piyama que, un mes después, ya no parecía apropiado para la época. Al día siguiente pensé en ducharme, pero no tenía toalla ni shampoo, porque había venido usando las cosas del hotel. Y la verdad es que, en esa montaña rusa de emociones, había días en que ni me bañaba.

Caminé al súper más cercano y compré las cosas básicas: papel higiénico, shampoo, jabón, detergente, jugos, frutas, jamón, queso, galletas. Volví a casa cargando las bolsas, sudando, sintiendo por primera vez el peso que debe cargar quien vive solo y hace las compras por su cuenta. Me di una ducha y fui a ver a mis padres. Llegué, toqué el timbre y escuché a mi perra ladrar. Sonia, la chica que trabaja con nosotros, me abrazó emocionada, como si no me viera en años; pasé a la sala y vi a mi padre leyendo el periódico. Se paró y me dio un abrazo, no me dijo una palabra, cosa que le agradecí en silencio. Mi padre y yo muchas veces nos comunicamos a través de los silencios. Él no se esfuerza en hacerme bromas, contarme historias, anécdotas, mi cariño por él se origina en que en muchas cosas soy como él: en mi sensibilidad, en mi pasión por la lectura, en mi afán de alejarme del ruido, del caos, de la gente que habla a gritos. Mi madre aún no había llegado del trabajo, pero estaría ahí en cuestión de minutos. Cuando llegó, me abrazó de una manera que me enterneció, creo que pensó que volvía para quedarme. Ninguno quería hablar del tema. Nos sentamos a la mesa y empezamos a comer en silencio, nadie hablaba. Solo se escuchaba el ruido de los cubiertos sobre el plato. Tomé aire y les dije que me iba a mudar. La cara de mi madre me rompió el corazón. Dejó de comer y comenzó a llorar. "Jaime me ha conseguido un departamento y me mudo sola por un año". Era la primera vez que lo mencionaba de ese modo tan natural, como si fuese mi pareja. Mi padre seguía masticando, fijando su vista en el plato de comida sin querer levantarla por nada. (En esos momentos me recordaba tanto a mí). Mi madre volvió a la carga: "No te puedes ir, no puedes dejarnos". Pero yo me armé de valor y le respondí: "No los estoy dejando, ya tengo veinte años y soy mayor de edad; elijo ir a vivir a ese departamento y escribir un nuevo libro". Me daba mucha pena, pero en ese momento era lo que tenía que hacer. Además, era un hecho que los había decepcionado, que si no me habían llamado en tanto tiempo era porque quizás ellos también habían decidido dejarme libre, aunque les doliera aceptarlo. Prometí volver a menudo para almorzar y les dije que los quería, que todo estaba bien por mi lado. Cuando nos paramos de la mesa, caminé a mi cuarto; todo estaba intacto, tal cual lo había dejado. Vi mis libros apilados al lado de mi cama, mis aretes colgados en un parante de metal que hice cuando estaba en el colegio; vi mi escultura de yeso que hice también en el colegio, mi televisor, mi teléfono, los mil y un momentos que viví en ese cuarto. Mis sábanas de los Simpsons, mi edredón de plumas que tanto había extrañado estos días. Algunas muñecas con las que había jugado cuando era niña. El olor de mi cuarto, el lugar que alguna vez fue mi refugio. Me daba pena irme, pero al mismo tiempo sabía que era lo que tenía que hacer. Abrí mis cajones y en una maleta grande metí más ropa. Metí ropa limpia, ropa de invierno, algún par de zapatillas. Saqué mi iPod para escuchar música y la libreta donde había escrito todo el tiempo en que Jaime había desaparecido. Volví caminando a mi nuevo departamento. Entré y todo estaba en silencio. No sabía bien cómo sentirme, si triste por mis padres o feliz porque estaba por empezar una nueva vida, mi vida. Lejos de los dramas de mi familia, de mis amigos. Ahora me iba a enfocar en mí y en mi nueva novela, y si bien la primera novela me traía recuerdos agridulces, todavía habitaban en mí ciertas historias que sentía que debía contar. Al final las novelas son solo eso: historias irresueltas o dolorosas. Rara vez alguien dice: voy a escribir sobre mi vida feliz. Y en general desconfío de los libros de autoayuda, porque siento que casi todo lo que se dice en ellos es obvio o mentira y que yo también podría escribir un libro sobre cómo ser feliz en el momento más triste de mi vida. Jaime me estaba dando esta oportunidad de seguir escribiendo, de no tener que buscar un trabajo de ocho horas para mantenerme. Antes de irse a Bogotá me dijo que me daría una plata mensual y que mi único trabajo era escribir todos los días pasara lo que pasara. Eso fue bueno y fue malo a la vez. Fue bueno porque yo estaba viviendo en el mundo ideal, un mundo que no era real, pero que era exactamente el que yo quería habitar; por suerte ambos coincidíamos en que yo no podía usar mi fama para ir a programas de televisión a hablar de mi romance con él, o aparecer como panelista en un concurso de canto, o en competencias de pruebas físicas. Quizás la parte no tan buena era que desde ese momento empecé a depender económicamente de él. Pero la verdad era que hacía mucho ya dependía de él emocionalmente. A mis veintiún años estaba dispuesta a quererlo para siempre, con todos sus años, enigmas y achaques. Veía algo en él, sentía que lo conocía mejor que nadie, que conectábamos no solo físicamente, sino que era como si nuestras almas se hubieran conocido en el pasado. Yo estaba dispuesta a jugar todas mis cartas para que lo nuestro funcionara. Estaba dispuesta a no mirar a otro lado. Pude haber tenido uno o dos amantes y pude haberlos llevado a ese departamento, a esa cama enorme y polvorienta en la que cabíamos más de dos, pero no lo hacía por falta de interés y por lealtad a él.

Mis días pasaban con suma monotonía. Me daba una ducha y salía a tomar desayuno a una juguería cercana. Para llegar al lugar tenía que pasar por el edificio donde vivían la exesposa y las hijas (y donde se quedaba Jaime los fines de semana); lo hacía sin mirar demasiado. Luego iba a almorzar a casa de mis padres, por la tarde escribía, y ya de noche salía a correr y luego me dormía. Algo que noté la primera semana viviendo sola es que las camas no se hacen solas, los baños no se limpian solos, la ropa no se lava sola y el polvo tiende a acumularse por todas partes. Yo siempre fui alérgica al polvo, entonces las primeras noches fue inevitable estornudar sin parar cuando me sentaba en los muebles de la sala a ver televisión. En general mi alergia había empeorado mucho y sí, me tomaba un antihistamínico, pero comenzó a ser complicado respirar en ese lugar, dormir en unas sábanas que no eran mías. A ratos me ponía a pensar: ¿Y si Jaime no me quiere en realidad? ¿Por qué este fin de semana que vino a Lima no fui a su departamento? ¿Y si me tiene acá como la amante? Y siendo verdad que no tiene relaciones con Sandra, ¿no es ella su pareja en las decisiones prácticas del día a día? Pensaba todo esto en medio del polvo y los muebles viejos. Luego me decía que debía darle algo de valor por contrariar la opinión de su exesposa y, probablemente, la de sus hijas. Mi cabeza daba mil vueltas, pero todas las noches salía a correr y disipaba mis miedos y dudas cuando pensaba que Jaime hablaba con actos y no con palabras. Luego me iba a dormir preparada para empezar un día más. El sábado siguiente barría el piso del cuarto mientras pensaba en lo mucho que eso me hartaba cuando alguien tocó el timbre. Miré por la ventana y vi la camioneta de Jaime y la de su seguridad. Yo estaba en buzo y zapatillas. A los tres minutos, alguien abrió la puerta y era Jaime preguntando si se podía pasar. Le dije que sí, entró con sus hombres de seguridad y les dio indicaciones de sacar todos los muebles del cuarto principal. Me quedé sin entender unos segundos. "Vamos a comprarte una cama nueva", me dijo llamándome con la mano, deteniendo la puerta del ascensor. No sé si había leído mi mente o me había escuchado estornudar cuando hablábamos por teléfono de noche. Fuimos a una tienda de colchones y muebles. La gente ya se iba a acostumbrando a vernos juntos, pero de todos modos las miradas no dejaban de ser por momentos impertinentes. Nos echamos en cada colchón de la tienda, probándolos. Ambos coincidimos en el que más nos gustaba. Compramos una cama queen, unas sábanas nuevas, almohadas y edredón de plumas. Yo agradecía en silencio, no lo podía creer. Cuando estábamos en la caja, él le dijo al vendedor que mejor llevábamos una cama más. No sé qué quiso decirme con eso, pero yo en esa época no pensaba las cosas dos veces y dejaba que todo fluyera. Prometieron llevar las camas tres días después, y luego paramos en otra tienda a comprar estufas para el frío limeño que era más humedad que otra cosa, pero ya se empezaba a sentir. Lo que más me gustaba era que íbamos los dos solos en el auto. La gente de seguridad iba en las camionetas de atrás. Saqué un CD y puse mi música. Tenía un poco de todo, era la época en que uno no podía conectar el iPhone al auto; yo ni siquiera tenía un iPhone, tenía un iPod touch, que en ese momento era como wow, qué moderno. Sonaron canciones de The Strokes, The Kooks, The Killers, The Cure. Nos sorprendimos a ambos cantando "Necesito" de Sui Generis cuando habíamos llegado a mi departamento. Me dijo que esa canción la había escuchado mucho cuando era joven. Yo era joven, pero siempre había tenido un alma vieja y no había nada que me gustase más que la música de los setenta y ochenta. Me dijo que por la noche volvería. Yo no sabía si al final iba a cumplir, pero me bastaba con esos momentos en los que nuestras almas se encontraban, o quizás se reencontraban. Por esa época, casi siempre salíamos a comer; luego íbamos al depa y nos besábamos y todo parecía estar bien, pero me había quedado asustada después de nuestra última pelea, y había un constante miedo a perderlo. Una vez, hablando por teléfono, cuando él todavía estaba en Miami y yo en la casa de mis padres, me dijo: "Tengo miedo de necesitarte". Hoy en día le diría algo como: me puedes necesitar todo lo que quieras, porque yo te necesito todos los días de mi vida. Por inmadurez, o en realidad creo que por miedo, no le decía nada y me reía como si me hubieran dicho un halago. Fui una tonta, ya lo sé.

Las cosas con mis padres iban mejorando. De todos modos, no faltaba el día en que mi madre me llamaba muy temprano por la mañana, me despertaba y yo terminaba pensando: ¿Para esto me vine a vivir sola? Quería apagar mi celular, pero luego me ponía en su lugar y no lo hacía.

Mi novela iba avanzando bien, mis amigos se preguntaban por qué ya no iba a fiestas, pero asumían que estaba con él. En los programas de televisión habían pasado a otros escándalos amorosos, pero de cuando en cuando todavía me mencionaban y seguía siendo "la chica que nadie quiere ser", al menos así lo veía yo. "La chica que se fue con el viejo verde por su plata". Yo ya no prendía la televisión. Me parecía que mi relación con Jaime la podía entender solo la gente con mente abierta y sin prejuicios. Y la verdad me daba igual lo que hablaran de mí, de mi novela, de mi relación. Me daba igual.

Un día, Jaime me escribió un mail desde Bogotá diciéndome que hice muy mal en pasar frente al departamento donde vivían sus hijas y asustarlas. Me tomó un par de minutos entender, respirar, tomarlo con calma. La verdad es que mi respuesta fue muy formal. Estaba molesta, pero aun así decidí ser educada. Mi mail comenzaba diciendo "Querido Jaime", y luego pasaba a explicarle que yo no tenía una sola razón para hacer algo malo contra él o su familia; primero porque no soy ese tipo de persona, segundo porque no recordaba haber pasado caminando por esa calle insinuando sabe Dios qué, y tercero porque no es mi estilo atacar a la familia de la persona que yo quiero. También le pregunté de qué me estaban acusando exactamente, porque no lo sabía. Jaime me respondió enseguida diciéndome que me creía, que solo se había asustado porque la exesposa tenía una grabación de las cámaras de seguridad del edificio en las que, según ella, se veía a una chica, supuestamente muy parecida a mí, mirando el edificio con malas intenciones, como si planeara tirar una bomba, un gas lacrimógeno, o algo que pudiera afectarlas. Pensé que todo eso era absurdo y se lo dije, sin miedo a que se molestara. Él me dijo que me creía y yo pensé que la ex estaba un poco loca, pero no le di demasiada importancia.

Jaime llegó a Lima un sábado de madrugada. Lo esperaba Sandra en bata en el lobby, lo hizo bajar al cuarto donde estaban las cámaras de seguridad. Aunque Jaime todavía estaba aturdido por el vuelo y el cansancio, no dudó en decirle que la chica del video no era yo, y luego le dijo: "Esa chica es gorda, Silvia no es gorda". Me dio risa cuando me lo contó, pero también sentí miedo y que estaba entrando en un campo minado. No podía evitar pensar que si la exesposa quiere o protege tanto a Jaime, ¿por qué se interesaba de pronto por mí, cuando ella ya sabía que nuestra relación llevaba un par de años? ¿Antes no le importó y ahora sí? Jaime me contaba estas historias cuando nos veíamos los fines de semana. Los días de semana que él estaba en Bogotá, los vivía en perfecta soledad. Yo era bastante feliz a pesar de la distancia con mis padres y mis amigos. A Jaime lo veía los fines de semana y a ratos me cuestionaba todo, pero luego me tranquilizaba pensando: "Haz lo que tu corazón te dice, no lo que otros quieren para ti".

Un día estaba viendo tele cuando todo se apagó de repente. Pensé que se había ido la luz, pero me asomé por la ventana y la calle entera tenía luz. No entendí. Traté con la llave general, llamé al portero, todos en mi edificio tenían corriente eléctrica. Llamé a la compañía de electricidad y, tras dar el número de cuenta del recibo, que estaba a nombre de Jaime, me dijeron: "La señora Baylys ordenó cancelar esta cuenta de luz".

Perra chusca

Me tomó unos minutos asimilarlo. ¿La señora quién? ¿La señora que lleva doce años divorciada de Jaime? Finalmente les dije: "Este no es un departamento cuya cuenta está a nombre de la exesposa de Jaime Baylys, es el departamento donde vive su actual novia. ¿Cómo pueden cancelar una cuenta de luz sin la autorización del titular? Y que yo sepa, él mismo no ha ordenado que corten la luz en este departamento, ¿O me equivoco?". Se tardaron unos minutos, porque estaban revisando mi caso. Luego comprobaron que la llamada no la había hecho el titular, y decidieron restaurar la luz en mi departamento. Por supuesto, esto se lo conté a Jaime, y después de lo que acababa de ocurrir, fue una raya más al tigre y yo para entonces ya tenía claro que la exesposa me odiaba y yo mucho no la quería tampoco.

Una semana después me dejaron un perro en mi departamento. Si algo me ha caracterizado a lo largo de mi vida, es no haber tenido enemigos. Desde que empecé a salir con Jaime, ahora tenía un par, que provenían de su familia cercana. Yo siempre pensaba: si tanto les molestaba, me hubieran avisado desde el comienzo, pero claro, en la medida en que yo fuera solo un revolcón para Jaime, entonces no tenía relevancia, pero si la cosa se ponía seria, ¿ahora sí pasaba a ser una amenaza? ¿Bajo qué concepto el cariño se mide de esa forma? ¿Tendría que ver con el dinero de Jaime? ¿El dinero que él había ahorrado durante tantos años haciendo televisión, muchas veces sacrificando su salud, viajando de una ciudad a otra sin tener un lugar fijo donde vivir? Porque de lunes a viernes él estaba en una ciudad, los fines de semana en otra, luego una vez al mes iba a Buenos Aires a grabar los episodios del mes. Entonces al final, ¿de quién era la plata? ¿De la esposa y las hijas, o de él que la ganaba? Yo creo que por eso nunca me sentí con derecho a reclamarle nada. Si él venía a mi casa y me compraba una o dos camas, genial. Pero nunca le hubiera reclamado estar en un lugar polvoriento, porque él viajaba tanto que era casi imposible estar pendiente de tantos detalles.

Decía que me habían dejado un perro en la puerta de mi edificio. Un día, llegaba a mi casa después de almorzar y el portero me esperaba con un maletín en la mano. Me tomó unos segundos entender que adentro había un animal vivo. Era un cachorro de una raza que a primera vista no pude descifrar o adivinar. Tenía puesta una correa morada y me lo habían dejado con una bolsa enorme de comida, como si pretendieran que se quedara conmigo mucho tiempo, o como si yo no tuviera suficiente dinero como para alimentar a un cachorro. "Es para usted, señorita", me dijo el portero, y me entregó al perro como si me estuviera entregando un ramo de flores, como si fuera un halago y no un problema. Porque cuando uno decide adoptar a un animal, está asumiendo una gran responsabilidad, pero en este caso la responsabilidad se me estaba imponiendo a la mala, y hasta diría que la intención era insultarme. Le pregunté quién lo dejó, y su respuesta fue: "Vino una chica en un taxi y me dijo que usted sabía del perrito, que le hiciera entrega, y luego se fue". Pensé: "Vaya, qué profesional todo. Casi tan profesional como los que atendieron la llamada de la 'esposa' de Jaime por el tema de la luz". Y sin más remedio, agarré el maletín del perro.

Entré a mi departamento y dejé libre al cachorro. El animalito empezó a caminar de un lado a otro, como si estuviera olfateando su nuevo hogar. Yo tenía sentimientos entremezclados. Por un lado, me daba ternura el perrito; por otro, en ese momento de mi vida no podía hacerme cargo de ningún otro ser vivo, aunque fuera una planta. Me senté a la computadora, le escribí un mail a Jaime, preguntándole si él me había regalado el perro, aunque lo dudaba. Le escribí a mis tres o cuatro amigos más cercanos que me hubieran podido hacer un regalo así, en un intento de halagarme, pero todos dijeron que no. Quienes me conocían de cerca sabían que, a pesar de que amaba a los perros, no era el momento para uno. No era una buena idea y quien lo dejó lo sabía. Además, quien lo dejó sabía dónde yo vivía. Casi ninguno de mis amigos lo sabía, eso fue lo que me resultó sospechoso. Y créanme, he tenido algunos fans, pero a nadie se le había ocurrido, hasta mis veinte años, regalarme una criatura viva. Jaime me respondió enseguida diciéndome que él no había tenido nada que ver con el regalo inesperado, y más bien parecía intrigado, porque al parecer, igual que yo, había entendido el mensaje. Me fui a dormir sin saber quién me había hecho el regalo y hasta el día de hoy no tengo idea de quién pudo haber sido. Tengo alguna gente en mente, pero prefiero no acusar a nadie si no estoy segura. Lo único que puedo decir es que, en esos días, una de las hijas de Jaime llevó a su departamento una perrita que había rescatado o comprado en la calle. La perrita era de una raza no definida, y muy parecida a la que me habían regalado a mí. A Jaime la idea de una mascota ladrando un piso más abajo no le hizo ninguna gracia, porque si algo había acordado con sus hijas cuando compró esos departamentos era que no llevaran mascotas. Pero supongo que ellas, al enterarse de que nosotros estábamos saliendo de una manera más seria, se permitieron esa libertad y está bien. Solo estoy contando las cosas como ocurrieron.

Esa noche no dormí. El perrito lloró toda la noche, hizo caca por toda la casa, incluso en lugares insólitos; por ejemplo, detrás del sofá, debajo de mi cama, detrás del televisor de la sala. Un mes después de haber dado en adopción al perrito bendito, que era hembra, lo que hacía más certero el insulto para mí, todavía seguía encontrando heces momificadas en los lugares más recónditos del departamento.

Decía que esa noche no dormí y al día siguiente llamé a mi madre porque, aunque no estuviésemos en los mejores términos, cuando uno necesita a alguien, es muy probable que sea la madre la incondicional. Le dije que me habían dejado a este perro y le pregunté qué podía hacer con él, que lo quería dejar en un lugar donde lo quisieran, donde lo trataran bien. Colgamos y a la media hora me llamó diciéndome que a la perrita Nala, porque tenía que encontrarle un nombre, y ese fue el que le puse, alguien que trabajaba con ella estaba dispuesto a adoptarla. Que uno de sus compañeros de trabajo estaba casado, tenía dos hijos y estaban buscando una perrita que los acompañara en casa, y que no les importaba la raza y la iban a querer en cualquier caso. Era la hora de almuerzo y yo estaba en un taxi con la perra, la maleta en la que había venido, la comida y la correa, rumbo al trabajo de mi madre. Dejé a la perra con un poco de pena, pero sabiendo que era lo mejor para nosotras. Luego volví a mi casa, terminé de levantar las cacas intrusas y me puse a trabajar en mi nueva novela. Decidí olvidar el incidente y enfocarme en mis cosas. A Jaime lo empecé a ver más seguido. Todos los sábados venía a buscarme sin falta y me pedía fumar marihuana. Yo siempre tenía marihuana en mi "lata del pecado", aunque no era de fumar a menudo, pero me divertía hacerlo con él. Algo me decía que él no la estaba pasando bien en su departamento.

Un día vino indignado a decirme que Sandra no quería que el novio viniera desde Buenos Aires a visitarlo unos días. A mí me daba igual, porque hacía mucho sabía que esa relación no iba a ningún lado y, si me permito ser franca, sabía también que Jaime estaba ya un poco harto. Pero al parecer a Sandra le afectaba, porque la idea de tenerlo de visita chocaba con su idea de "hogar familiar", como le había dicho a los gritos. Para mí era cada vez más difícil resolver la ecuación. Mi razonamiento sobre Sandra era el siguiente: "¿Sabías que Jaime venía saliendo con este chico hacía ocho años y ahora te haces la sorprendida de que el chico quiera viajar para visitarlo?". Las hijas de Jaime habían pasado varias vacaciones con él en Buenos Aires. Entonces no entendía por qué ahora, de buenas a primeras, Sandra se oponía. Yo nunca estuve del lado del novio, que me parecía emocionalmente limitado, pero mucho menos entendía la lógica de la exesposa. Y vamos, yo limitaciones tengo muchas, pero el comportamiento de estas dos personas que decían querer a Jaime no me hacía mucho sentido.

Y creo que ahí empezó el lío. En el momento en el que ella le dijo: "No puedes traer de visita a tu novio argentino", si lo que ella quería era tener a Jaime cerca, cometió un error estratégico. Porque enseguida Jaime la odió por recortarle su libertad, y en consecuencia venía cada vez más a menudo a mi departamento, en parte para visitarme, en parte para escapar de esa trampa en la que había caído. Me pedía fumar marihuana y eso hacíamos, escuchábamos música y pasábamos cada vez más tiempo juntos. Paseábamos de noche por el malecón, lo llevé un par de veces al parque donde yo veía las estrellas. Íbamos a comer a distintos lugares. Otros días me decía que estaba triste y prefería no salir de su casa. No me decía el porqué de su tristeza. Yo le decía todo bien y hacía mis cosas. Para entonces me quedaba claro que me había alejado de mi familia y mis amigos, pero por fin estaba viviendo el amor en el que creí desde el primer día.

Un día estaba mirando el Facebook de una de sus hijas. No la tenía en mis contactos y tampoco me atrevía a enviarle una solicitud de amistad, porque algo me decía que podía ser un paso en falso. No me equivoqué. Estaba viendo sus fotos, en realidad mucho no podía ver porque, al no tenerla entre mis amigos, la información que estaba disponible era limitada. Pero sí podía ver algunas de sus fotos. Creo que fue un despiste de ella, que olvidó desactivar una opción en la que los amigos de tus amigos puedan acceder a tus fotos o comentarios. Quien tiene Facebook entiende de lo que estoy hablando. Yo tenía dos o tres contactos en común con ella y creo que por eso podía ver algunas de sus fotos. La cosa es que estaba viendo las de su último viaje con sus amigos, y me quedé sorprendida al ver una fogata y reconocer en ella algunos adornos que yo había dado de baja un par de semanas antes, cuando cambiamos las camas antiguas por las nuevas. Para evitar el polvo, Jaime y yo habíamos sacado más de un adorno, sin pensar realmente si era una buena idea. Los adornos que alguna vez habían estado en mi casa aparecían ardiendo ahora en esa fogata y la foto se titulaba: "Quémate, mierda", con mi nombre y apellido etiquetado en la foto. Había escrito mal mi apellido, quizás por eso Facebook no me lo había notificado. Pero creo que tampoco era su intención que yo supiera de aquella foto. A lo mejor solo quería hacerle saber a su grupo de amigos, a sus contactos en general, que no le hacía ninguna gracia que yo estuviera saliendo con su papá. En ese momento supe que, a pesar de que nuestro primer encuentro había sido agradable, ella no me quería nada, y creo que no exagero si digo que hasta me odiaba. Me dio pena, porque sinceramente todo era un malentendido, pero decidí ser prudente y no decirle nada a Jaime.

Olvidé el incidente y seguí viendo a Jaime, a ratos con dudas de si podía confiar en él. A veces simplemente no entendía su comportamiento, su tristeza repentina, sus silencios. Ciertos días me decía que vendría a buscarme a tal hora, cumplía y todo fluía bien; otros días me quedaba esperándolo horas de horas, sin una llamada, un mensaje o un mail explicando por qué no venía. Al final del día, sin una puta noticia, solo me consolaba la idea de que no podría desaparecer mucho tiempo, pues yo estaba viviendo en un departamento que estaba a nombre de él. En ese sentido, él tenía todo el poder. Él decidía horas, días, y lugares. Yo aceptaba feliz, porque me ponía contenta estar cerca de él. Siempre me gustaba mirarlo a los ojos de nuevo y sentir que me quería, que no me estaba usando, que no era la amante a la que tenía escondida a la vuelta de la esquina. Con el tiempo, aunque no fuera oficial, daba la impresión de que estábamos juntos. Lo sabía su familia, lo sabía la mía. Y a pesar de que las cosas no habían estado fluyendo muy bien con la exesposa, nunca me dijo para dejar de vernos. Al contrario, cada vez lo sentía más y más cerca, dentro de sus altibajos, y a eso me refiero cuando digo que Jaime habla más con hechos que con palabras.

Pero volviendo al tema del poder, era evidente que él tenía lo que se dice "la sartén por el mango". Recuerdo con claridad un momento en el que quise ponerme fuerte y terminé arrepintiéndome, sintiendo que había sido injusta, dura. Un sábado me dijo que vendría a buscarme al departamento a mediodía. Me bañé, me vestí y lo esperé. Dieron las tres de la tarde y no había llegado. Yo por supuesto no había almorzando, porque para la cocina y bastantes otras cosas soy simplemente inútil, y prefiero morir de hambre a improvisar algo en la cocina. Quizás comí algo de fruta y galletas y seguí esperando. Eran las seis de la tarde y yo seguía esperando al hombre que me había dicho que llegaría a mediodía. Lo odié. Entonces decidí llamar a alguno de mis amigos rescatistas y le dije si tenía planes, si podíamos hacer algo. Me dijo que estaba libre y que nos podíamos encontrar en el Chili's del óvalo Gutierrez para tomar o comer algo. No lo pensé dos veces, agarré mi cartera de tela y salí a la calle con toda la intención de que Jaime llegase y no me encontrara. "O a lo mejor no llega", me decía a mí misma, mientras caminaba a paso rápido al restaurante. Sentí que algo vibraba en mi celular, miré y salía "J", porque así lo tenía guardado. "¿Dónde estás?", me dijo en tono cariñoso. "Te estuve esperando desde el mediodía y ahora estoy yendo al Chili's con un amigo", le dije y pensé que si él se permite una exesposa celosa, yo puedo permitirme una salida con un amigo. Sabía que la idea no iba a gustarle, pero también quería que supiera que no estaba dispuesta a esperarlo de por vida, aunque eso no fuera completamente cierto. No me imaginé que se molestaría tanto. "Estoy en la puerta de tu departamento, ven un rato y luego te vas con tu amigo", me dijo. Yo le contesté: "Lo siento, ya estoy muy lejos como para regresar, pero terminando de comer te llamo y hacemos algo". "Okay, suerte", me contestó y colgó. Yo seguí caminando hacia el restaurante, comí, le conté a mi amigo del incidente, porque para entonces mi relación era bastante pública y era inevitable que me preguntaran por él, y porque yo, después de dos copas de vino, no sé mentir. Por eso ya casi no salía con nadie, lo pensaba dos veces antes de salir con algún amigo o amiga. Si sospechaba que me iban a hacer muchas preguntas, los evitaba del todo. Solo veía a ciertos amigos inteligentes, pacientes, con los que no me sintiera juzgada, y que estuvieran dispuestos a escucharme hablar de él por horas, amigos que no eran más de tres o cuatro que yo creía que me querían o entendían de verdad.

Dos horas después, apenas terminé mi comida. Caminando de regreso a casa, lo llamé a su celular y no me contestó. Eran las nueve de la noche, pensé que me llamaría después. Dieron las diez, las once. Volví a llamarlo y su celular estaba apagado. No seguí insistiendo y me fui a dormir. El domingo no supe nada de él, pasaron dos o tres días y estaba desaparecido, así que decidí escribirle como si nada hubiera pasado. En buena onda y sin aludir al tema. Para mi sorpresa, contestó enseguida y me dijo que volvería el siguiente fin de semana y nos veríamos de todas maneras. Me puso contenta su respuesta inmediata, porque a pesar de estar viviendo en su departamento, cada día que pasaba y no sabía nada de él, instalaba en mí la misma angustia que había vivido por meses en el departamento de mis padres cuando él simplemente no respondía. Creo que está de más decir que nadie me importaba más que él, y que mis emociones iban y venían conforme a las suyas. Si venía a verme, salíamos juntos y todo estaba bien, yo era feliz, aunque medio mundo estuviera molesto conmigo. Si prometía venir y no lo hacía, si yo le escribía y no me contestaba, entonces aparecía de nuevo la angustia, ese vacío infinito en el pecho. Y por eso decidí que nunca más le iba a decir que me esperase, o que iba a comer con alguien más, aunque tuviera que esperarlo cuatro, ocho horas. Debía elegir entre mi orgullo o esa angustia lacerante, y la elección era evidente.

Todo el tiempo que él estuvo en Bogotá, que fue más o menos un año, desde junio del 2009 a junio del 2010, sé que el novio argentino fue a visitarlo dos veces. Hizo dos viajes de cinco días. Y solo sabía de él por lo que Jaime me decía o no me decía, porque Jaime había dejado de hablar de él considerablemente. Cuando lo conocí mencionaba a "su chico" todo el tiempo, algo así como "a él le dan miedos los pájaros", "le disgustan mucho las vaginas", y luego casi ya ni lo mencionaba. Yo respiraba en el aire que esta relación estaba terminándose, pero no me daba culpa, porque el novio argentino supo de mí desde el día uno y pudo haber tomado la decisión de dejar a Jaime si tanto valía su honor, como dijo luego. Pero no lo hizo. Sé que en ambos viajes a Bogotá pelearon porque Jaime no quiso tener sexo con él. No soy tan ingenua como para pensar que no tuvieron sexo del todo. Creo que algún tipo de contacto sexual tuvieron, pero claramente habían peleado por el tema, porque Jaime lo contó en alguna columna. Yo, en esa época, estaba medio distanciada de Jaime. De manera que su apatía sexual con el novio no era por mí. Si había algo que yo sabía con certeza, era que ahora la exesposa tenía todo el poder sobre Jaime, no el novio al que ya casi ni llamaba por teléfono. Alguna vez leí de costado un mail de tres líneas que el novio le escribía a Jaime y que decía: "¿Por qué ya nunca me llamas?, ¿Ya no me quieres?". Eran esos los momentos en los que me daba cuenta de que mi intuición rara vez fallaba.

Los días de semana me divertía hacer algo que hoy encuentro incomprensible: Jaime tenía una obsesión con que yo durmiera bien. Yo no sé si él dormía bien en esa época, a veces pienso que sí, a veces que no. Y quienes siguen los libros de Jaime saben que él ha luchado por años contra el insomnio y por eso tomaba pastillas para dormir y su horario de sueño era bastante raro. Se dormía como a las tres de la mañana y despertaba a eso de la una; eso los días que no viajaba. Los fines de semana que le tocaba viajar, esos horarios se desordenaban y terminaba tomando sus pastillas para dormir a medianoche, cuando el avión estaba a punto de despegar; luego con suerte dormía cuatro o cinco horas, y tenía que forzarse a levantarse cuando el avión aterrizaba, aunque el efecto de las pastillas le pidiera dormir más. Tenía que levantarse, pasar controles, esperar al chofer que, sorteando el tráfico, lo llevara adonde estuviera durmiendo en ese momento. Me llamaba la atención que eligiera vivir en hoteles. Jaime solo había comprado propiedades para sus hijas, en Lima, y para su novio, en Buenos Aires, teniendo plata para comprarse una gran mansión para él. Y en un intento de llevarse bien con la madre de sus hijas, había aceptado dormir ciertas noches en el departamento de arriba. Pero eso parecía no estar funcionando y a veces me daba pena por las chicas.

Decía que Jaime tenía una obsesión con que todos a su alrededor durmieran bien. Y alguna vez me preguntó por qué me despertaba tan temprano por la mañana y, como no supe darle una respuesta, me llevó a la farmacia y pidió que me dieran Clonazepam. La farmacéutica, emocionada por tener enfrente al mismísimo Jaime Baylys, y porque en Lima te vendían cualquier pastilla sin pedirte receta médica, no dudó en darle muchas cajas de una dosis baja de Clonazepam para mí y otras más fuertes para él, preguntarle si yo era su hija y despedirse diciendo que no se perdía su programa. Nuestra relación era bastante pública, pero siempre hay gente confundida en el mundo. Al comienzo pensé que nunca tomaría esas pastillas. Pero uno de esos días en que peleé con Jaime, tomé una y mi viaje fue tal que pensé que había estado bueno. Entonces algunos días de semana que él no estaba en Lima tomaba media pastillita a media tarde, y pasaba drogada el resto de la tarde hasta el día siguiente que me despertaba como si hubiera dormido diez años. Parecía una excelente manera de escapar de la realidad. Si un domingo por la noche Jaime entrevistaba a una chica linda y no me gustaba que él le hubiera coqueteado, me tomaba media pastillita y adiós mundo. Si te vi, no me acuerdo.

Una tarde estaba tomando un jugo y comiendo un sándwich de jamón y queso con Jaime, cuando me dijo que ya no iba a seguir en Bogotá, que estaba harto de viajar tanto y sacrificar su salud para ganar un dinero que otros gastaban. Me dijo que se iba a quedar a vivir en Lima, haciendo únicamente el programa los domingos. Me lo dijo así, como si me estuviera diciendo que su sándwich estaba muy rico. Yo sinceramente tuve la impresión de que conocía muy poco de su vida. La idea me emocionó y asustó en partes iguales. Me emocionó porque ahora lo iba a tener más cerca y me asustó porque a mí cualquier cambio me daba miedo, por pequeño que fuese. Le dije que me parecía muy bien, sin demostrarle mi impresión, mi miedo, o mi alegría. Me dijo: "Es que acá puedo estar cerca de mis hijas y de ti". Y yo pensaba: "¿Es en serio?, ¿O lo dices para halagarme y llevarme a la cama después de este sándwich?". En esos momentos sentía que el novio estaba fuera de la foto casi por completo. Porque Jaime había dejado el programa ni bien terminó el contrato, a pesar de que le pedían que lo renovara porque tenía un rating altísimo, y había elegido irse a vivir a Lima, sin importarle que la exesposa estuviera emocionalmente inestable y lo arrinconase con preguntas sobre mí cada vez que podía. Él no quiso irse unas semanas o unos meses a Buenos Aires o Miami. Eligió Lima, y creo que sus hijas influyeron en su decisión más que yo, para ser totalmente franca. No lo digo porque ellas le hubiesen pedido que se quedara cerca, sino porque él toda la vida había vivido lejos de ellas y me parecía justo que pensara en estar más tiempo cerca, ahora que vivían un piso más abajo. Hasta ese momento, las cosas parecían estar bien entre él y sus hijas.

Empecé a ver a Jaime casi todos los días. Para mí estaba claro que las hijas y la exesposa no me querían, pero yo estaba demasiado enamorada como para dar un paso atrás. Después de todo Jaime era un hombre divorciado que cumplía con sus obligaciones familiares, y yo no entendía por qué me trataban como a la amante de turno que intentaba romper una familia. Antes de mí había estado en la fotografía familiar un novio con el que ellas habían ido de vacaciones muchas veces y al que habían aceptado como amigo y pareja de su padre. Quizás era que yo fuese muy joven lo que no les gustaba, lo que les hacía desconfiar. Pero bastaba con salir un día a tomar un café o mejor un par de vinos para que se dieran cuenta de que yo estaba sinceramente loca de amor por su padre. Y quizás para ellas era difícil entender la relación, porque veían a su padre tomar muchas pastillas para dormir, despertar tarde, vestirse raro, tener momentos de depresión, pero yo conocía todo eso y lo quería así. No pretendía que cambiara. Quizás porque una parte de mí se identificaba con la tristeza repentina que a veces aparecía en su mirada. Me bastaba sentir cuánto me quería, mirar sus manos grandes, disfrutar de esas pausas cuando me hablaba, bailar juntos a su ritmo paciente cuando todo era un caos a nuestro alrededor. Me bastaba encontrarme con esos labios que prometían más de lo que cumplían. Amaba la suavidad de sus besos.

Esa forma insegura pero cargada de pasión con la que hacíamos el amor. Pasaban los fines de semana y mi miedo de no verlo se iba apagando cuando lo veía entrar a mi departamento. A veces llegaba sin anunciarse. Yo sospechaba que era su lugar de escape, de calma, el lugar donde podía ser él mismo y pensar en voz alta sin que lo juzgasen, lo regañasen, le pidiesen explicaciones. Nuestros encuentros ya casi tenían una rutina que consistía en saludarnos con un beso en los labios, conversar un rato, fumar marihuana, escuchar música tirados en esos muebles polvorientos, ver películas en la cama nueva que me había comprado. Salir a comer tan tarde que teníamos que pasear mucho para encontrar un lugar que nos atendiera después de medianoche, hacer el amor de madrugada y despedirnos con un beso en los labios. Yo me iba a dormir feliz. En la otra cama, que él había comprado a última hora en la tienda de colchones, no dormía nadie. Pero eso pronto cambiaría.

Un domingo por la noche llegué de correr, prendí la tele y vi que Jaime esa noche no tenía invitados. Estaba haciendo algo muy inusual, algo que nunca había hecho hasta entonces. Estaba haciendo una especie de autobiografía sentimental en la que ponía fotos de él en sus primeros años haciendo televisión hacía dos décadas. Todo iba bien hasta que pasó de sus fotos haciendo periodismo a otras más personales, y empezó mostrando fotos de la exesposa diciendo frases tipo: "Cómo no me iba a enamorar de esa mirada". Me tranquilicé, pensando que solo era la madre de sus hijas, estaba siendo amable, tenía unas palabras de cariño con su exesposa, pero luego me mencionaría y todo estaría bien. Puso unas diez fotos de la exesposa, de las hijas, cosa que me sorprendió, porque nunca las había mostrado en televisión, supongo que para protegerlas, aunque de todos modos siempre hablaba de ellas y uno podía notar en sus palabras cuánto las quería. Incluso a su exesposa, si bien se sabía que no tenía nada romántico con ella, siempre tenía palabras de cariño y eso hablaba bien de él. Yo nunca tuve un problema con eso. Pero sí me molestó que, si estaba contando su historia de amor, no dijera nada de mí, sobre todo cuando unos meses antes me había llevado al programa y me había presentado como su novia. Pero lo que más me sorprendió fue que, al final del reportaje, pusiera una o dos fotos del novio diciendo que había sido "un gran compañero en todo este tiempo", cosa que tampoco había hecho antes. Si bien no era un secreto que tenía una relación sentimental con un chico argentino, nunca lo había llevado a la tele ni había puesto una foto de él en televisión. Pero ahora el reportaje terminaba con él y yo me quedé esperando mi foto hasta que pasaron los créditos del programa.

Me quedé parada frente al televisor pensando qué soy para él. Hacía tres meses me presentaba como su chica y ahora en su biografía sentimental no tenía un lugar. No tenía que presentarme como su novia, pero pudo poner una sola foto mía y decir algo como: "Y esta es una amiga muy querida con la que estoy pasando mucho tiempo últimamente". No sé, me costó entender su lógica, por qué había hecho eso. Me dio pena, rabia. Pero, sobre todo, me dolió. Algo en mí se encendió y por primera vez decidí que no me quedaría callada. No exagero si digo que estallé de rabia.

Vas a tener que elegir

Volvió la angustia. Esta vez podía sentirla no solo en el pecho, también en las manos, en medio del estómago que rugía no sé si de hambre o pena. Comencé a respirar aceleradamente, a caminar de un lado a otro sin saber qué hacer, a quién llamar, a dónde ir. Me senté en una de las sillas del comedor a recuperar el aire. Todo daba vueltas a mi alrededor. Y esto no es una metáfora. Al respirar tan aceleradamente me había descompensado y estaba muy mareada. Creo que a eso le llaman hiperventilarse. En fin, me sentía una tonta, la amante escondida. Sentí que no me quería, que me había alquilado el departamento por pena, porque yo me había ido de mi casa y no tenía adónde ir. No podía entender por qué había hecho eso. Dos días antes habíamos estado juntos y todo estaba bien. Mis oídos se taparon y me vinieron imágenes de las veces que me había quedado esperándolo, de su mirada, sus palabras de amor, de lo tristes que habían sido mis días encerrada en ese hotel de mala muerte, sin poder mirar por la ventana, sin poder contestar el teléfono. Una vez más recordé que él tenía todo el poder sobre mí, y como un acto reflejo, agarré la lata de marihuana que tenía al lado y la aventé contra el espejo que tenía delante de mí. El estruendo fue más fuerte de lo que esperé y los vidrios salieron volando por todas partes. Por un segundo pensé en los vecinos.

En mis oídos paró el pitido que me había estado ensorde-
ciendo. Con la cara llena de lágrimas y la respiración todavía
agitada, me acerqué a los pedazos de vidrio. Me senté en el suelo, agarré un vidrio y empecé a cortarme la mano. Lo suficiente
como para sangrar, pero no tanto como para tener que ir luego
a la clínica. Hundí el vidrio en mi piel una, dos, tres veces. Vi
la sangre salir de a pocos por los cortes con absoluta calma. Mi
respiración se fue tranquilizando.

Dejé el vidrio en el piso, fui a la computadora y le escribí
que me iba de ese departamento. Pero no tenía fuerzas para hacer mis maletas, me eché en el sofá y me quedé dormida.

Al día siguiente tenía dos mails de él. En uno decía no te
vayas, y en el otro me decía que estaba siendo celosa y posesiva.
Desperté con más tristeza que despecho, una parte de mí estaba
arrepentida de haberle escrito eso, de haber roto el espejo. Otra
parte de mí trataba de convencerme de que lo que él hizo fue una
humillación. Fui caminando lentamente a la cocina, busqué una
escoba y un recogedor, barrí llorando los vidrios del suelo. En la
pared todavía quedaba intacto, aunque movido hacia un lado, el
marco del espejo. Puse los vidrios en una bolsa negra y los dejé
afuera de mi puerta trasera, pensando que me daba igual si los
veía el vigilante y descubría que había sido yo la del estruendo
de anoche. Porque, claro, el vigilante no solo veía el programa
de Jaime, sino que también le abría la puerta del edificio cuando
venía a visitarme, así que en ese punto estaba más enterado de
esta historia amorosa que mis propios amigos o mi familia.

Pensé en irme y volver a casa de mis padres. Me vestí sin
bañarme, me puse los audífonos, mi iPod y salí a calle. Mientras
caminaba, escuchaba una música tan triste que no sé cómo podía dar un paso más. Pero caminar triste ya era una forma de
inercia, lo hacía sin esfuerzo, sin saber a dónde ir, incluso creo
que me ayudaba a pensar, a respirar. Llegué a casa de mis padres
a una hora en que sabía que estarían trabajando, a una hora en

que Sonia, la chica que trabajaba con nosotros, estaba buscando a su hija del colegio. Yo todavía tenía conmigo el llavero de mi casa, lo busqué en mi cartera/canguro y por alguna razón me invadió una enorme melancolía cuando metí la llave para entrar. Tal vez recordé cuando vivía ahí y volvía tarde por la noche, después de haber salido con algún amigo o amiga. Vino mi perra Benita a saludarme. Me agaché, la besé y abracé todo lo que pude. Entrar a la casa vacía era otra experiencia, daba lugar a la melancolía. Caminé hacia mi cuarto pensando en echarme un rato en mi cama, ver videos en la computadora, abrir mis álbumes de fotos de cuando era niña, recluirme del mundo al encontrarme con esas cosas que alguna vez fueron mías.

Me detuve de golpe cuando vi que mi cuarto ya no era mi cuarto. Mi cama no estaba, mis repisas y mis libros tampoco. Mi computadora no estaba, tampoco el escritorio donde había hecho mis tareas durante años. Ya no era mi cuarto, ahora era una sala de televisión. Las paredes estaban pintadas de otro color. Incluso el clóset era otro, estaba renovado. En el lugar de mi televisor viejo, ahora había uno moderno. No había un solo adorno o peluche mío. Contuve la respiración y me di media vuelta. Me fui caminando rápido, dejando a mi perra ladrando detrás de mí. En ese momento supe que volver a mi casa ya no era una opción. Fui al hotel donde me había hospedado antes de mudarme y pregunté tarifas. No era muy caro, pero con la plata que tenía ahorrada la pataleta solo me iba a durar un mes.

Resignada, con el orgullo por los suelos, caminé de regreso a mi nuevo departamento, su departamento, y me di un baño, comí algo de fruta, me senté a escribir mi novela. Al día siguiente, más tranquila y con las heridas de la mano sanando, le escribí a Jaime, porque no había contestado sus últimos dos correos, y le dije que me disculpara por mi actitud agresiva, que lo había porque me dolió no tener un lugar en su biografía. Yo sabía que, si les decía a mis padres que quería volver a vivir con ellos, tendría un lugar en su casa. Sabía que mi madre era capaz de rehacer el cuarto nuevo para mí si le decía que volvería. Pero algo me decía que debía aguantar y quedarme donde estaba. Cuando pasaba la rabia, me volvía a decir que él sí me quería, pero ahora que tenía a la exesposa cerca, más cerca que nunca y con dos hijas aún menores de edad, ahora era mi enemiga declarada. Suponía que no sería fácil para alguien tan bueno y blando como él no dejarse influenciar. Creo que en ese momento me di cuenta de que tenía que jugar el partido con la cabeza, no con el hígado. Al final, lo que yo quería ganar no era otra cosa que el amor de Jaime.

Un par de horas después, Jaime contestó diciéndome que no había imaginado que eso podría dolerme, que él había pensado que yo era lo suficientemente perspicaz como para advertir que esa era una biografía para quedar bien con su familia. Que para él lo que valía eran las muestras de cariño que me daba todos los días: el departamento, el dinero mensual para escribir lo que me diera la gana, la libertad con la que salíamos a lugares públicos a comer y pasear. Me dijo: "Si mi plan fuera esconderte, no saldría a lugares públicos contigo, y por otra parte me parecía que enseñar tus fotos al final del programa era humillar a Sandra, siendo tú tantos años más joven que ella". Yo no sé si tenía razón, pero ya no quería más peleas. Me dolía mucho sentirlo molesto conmigo. Ya no sé si era una tonta por creerle, pero en el fondo no quería sufrir más.

Dos días después nos vimos, fuimos a pasear por el malecón. No lo vi bien. Se le veía decaído, quizás cansado, pero sobre todo triste. Lo veía en su mirada, lo sentía en su voz, pero eso no me molestaba, al contrario, me contentaba que estuviera conmigo, porque hacía un tiempo cuando estaba triste no me veía y se quedaba en su cuarto a solas. Manejaba despacio y yo veía sus manos en el timón, su rostro de perfil, y lo amaba como nunca amé a nadie. Tenía ganas de abrazarlo y besarlo en las mejillas y decirle que todo estaría bien, que yo estaba de su lado. Pero no lo hacía por miedo a hacerlo mal y a que, en vez de ser un momento tierno, fuese un momento raro. No sabía bien por qué estaba triste, pero lo podía suponer. La exesposa ahora se comportaba como la esposa, el novio reclamaba desde Buenos Aires cuándo vas a venir a verme, las hijas estaban cada vez más alejadas de él por la mala relación con su madre, y yo rompiendo espejos porque no ponían mi foto en televisión.

"Sandra tiene miedo de que te deje embrazada", me dijo, mientras comíamos en un hotel en Miraflores. "Me pregunta si uso condón cuando estoy contigo". Me quedé callada y seguí comiendo. "Yo le he dicho que ese no es su problema". Me quedé callada de nuevo, pero pensé: "¿Y a ella qué le importa?".

Sandra parecía tener miedo de algo que él venía anunciando, o escribiendo en sus columnas, meses después de haberme conocido. Sorprendente. Antes, cuando él y yo dormíamos juntos en el Country, no parecía importarle. Curioso.

Jaime me dejó en mi edificio y no subió a mi departamento quizás porque estaba cansado, o porque no tenía ganas de hacer el amor. Yo lo acepté tranquila, porque a mí esas cosas no me afectaban; de hecho, apreciaba mucho más que hubiera salido conmigo a pasear sin esconder su tristeza.

Yo seguía avanzando mi novela, yendo a almorzar a casa de mis padres, tratando de no tener expectativas con el programa de Jaime, con sus columnas. Decidí que si él quería darme un lugar en público, genial, pero que yo iba a tomar en cuenta los detalles que tuviera conmigo en privado. Yo trataba de no esperarlo, de no pensar en él cuando recibía un mail, y si lo recibía, trataba de no sobresaltarme demasiado. Trataba de respirar profundo, no dejar que mi corazón latiera tan rápido cuando veía que me había escrito. Era divertido, porque a veces nos escribíamos correos seguidos, uno después de otro, contándonos cosas, haciéndonos bromas. Y ninguno de los dos decía para verse. A veces nos queríamos así, a la distancia, aunque fueran solo tres cuadras. Yo, en esos momentos, no tenía dudas de que algo me tenía que querer.

Un día de esos, decidí renovar mi cuarto, hacerlo mío. Ya tenía cama nueva, la anterior se la había llevado el chofer de Jaime no sé adónde. También se había llevado el tocador enorme de madera, tampoco sé a dónde. Mi cuarto era una cama de dos plazas y una mesa de noche, donde no había una lámpara, solo mi laptop. En el clóset había tres o cuatro prendas. Una mañana puse música, John Mayer para ser exactos, creo que no miento cuando digo que sonaba "Why Georgia" y yo empezaba a pintar las paredes de mi cuarto en pijama, con un rodillo que acababa de conseguir en una ferretería cercana. Conseguí color crema, azul, verde y rojo. Pinté todo mi cuarto de color crema y dibujé unas flores a pulso que hasta hoy sigo pensando que eran una pequeña obra de arte. No tuve miedo de cagarla. Decidí pintar sin miedo. Las flores iban desde el piso hasta el techo, eran azules y se encorvaban un poco. Quedé feliz. Después de tiempo estaba feliz, porque estaba cerca de él, porque a mis veintiún años había publicado una novela y estaba viviendo en un departamento con una sola misión: escribir. Compré un televisor de pantalla plana y lo puse en una mesa vieja y pequeña de madera que traje de casa de mis papás. La mesa la cubrí con una tela oscura y ahí encima puse el televisor. A un lado dejé mi lata de marihuana. En la pared colgué un corcho y en él puse fotos mías de chica, fotos de mis mejores amigos, de mi hermano favorito. Fui a una tienda cercana y compré una funda blanca para mi cubrecama de plumas. En dos días ya tenía cuarto nuevo, hecho por mí.

Era el segundo domingo de mayo, Día de la Madre, cuando prendí la tele y vi que Jaime tenía como invitada a nada más y nada menos que la exesposa. Sandra estaba en televisión con él, celebrando el Día de la Madre. Me caí sentada en uno de los muebles polvorientos. Me tomó unos minutos entender. Ella estaba tímida, insegura, él cariñoso como siempre. Sin embargo, pude ver lo que por tanto tiempo había sospechado: no había química entre ellos. Ella empezó contando cómo era cuando vivían en Washington juntos, antes de que su primera hija naciera. Contaba que dormían "colchón en el piso", y no tardé mucho en darme cuenta de que ese era un ataque directo contra mí. Sandra jamás había tenido la menor intención de aparecer en televisión y tengamos en cuenta que Jaime venía haciendo eso unos veinte años. Pero oh, qué casualidad, tres meses después de que yo saliera en televisión, ahora sí ella quería salir en su programa. Curioso.

Me di cuenta enseguida de que esa era una manera suya de decirme: "Él es mío, es mi hombre, y no lo voy a dejar ir así nomás". De hecho, terminando el programa, la productora de Jaime le había dicho en privado: "Sandra ha venido porque antes vino Silvia, de otro modo no lo hubiera hecho". Y tenía razón. Aunque antes no me hubiera dejado entrar al programa, tenía razón.

Entonces esa noche seguí mi estrategia, aprendí de la última vez, y apliqué la respuesta del frío. No le escribí, no reclamé. Ni siquiera terminé de ver la entrevista. Agarré el teléfono y llamé a Sebas. Le dije si podía venir, y en media hora se apareció en mi departamento con una botella de vino tinto.

Fuimos a uno de los cuartos vacíos del departamento. Yo había puesto una colcha en el suelo. Abrimos el vino, escuchamos música. Me besó antes de lo esperado. Me besó hasta que no pude más. Luego quiso entrar en mí, pero no lo dejé. Me dijo que él solo se venía si se la chupaban. "Mil disculpas", le dije y todo quedó ahí, incluyendo su erección. Nos despedimos y me fui a dormir sin culpa alguna. "Tú te haces el loco, yo también", pensé, antes de quedarme dormida profundamente.

Al día siguiente Jaime y yo nos escribimos como si nada hubiera pasado, como si no hubiera entrevistado a su exesposa en televisión, como si yo no hubiera besado a uno de los chicos que quería conmigo. Él fue cordial, yo también. Pero supongo que vio algo raro en mí, una actitud distinta. A lo mejor le sorprendió que no le reclamara nada. Por alguna razón, la siguiente vez que nos vimos me dijo que mi departamento necesitaba cuadros nuevos. Miró con tristeza el marco del espejo roto y me preguntó dónde podíamos conseguir cuadros de arte. Le dije que una de mis mejores amigas era artista, que podíamos ir a ver su exposición. Fuimos y compró cuatro cuadros. Cuatro. No sé si lo hizo por cumplir conmigo o qué. En fin, a mí esos detalles me daban un poco igual. Me bastaba con que viniera a verme, sentir su cariño, no necesariamente su sexo, aunque si se daba, genial, no había otra cosa en el mundo que me gustara más que besarlo, pero si no se daba, yo era feliz si venía a verme y punto.

Ciertos días era inevitable ir al cumpleaños de alguna amiga, o alguna reunión en la que había que cumplir, donde veía a gente de mi edad, y no faltaba el que se acercaba todo canchero a preguntarme por Jaime, o a pedirme mi teléfono o mi mail. Y yo, por más guapo que fuera el chico, de nuevo no podía evitar compararlo con Jaime y el chico guapo o candidato siempre salía perdiendo. No por la fama o el dinero de Jaime, sino porque puestos a comparar: la manera de reírse, la manera de hablar, la manera de vestirse, los temas de conversación de Jaime y su extrema caballerosidad disminuían a cualquier chico guapo de mi edad.

Pero también era inevitable tener que lidiar con comentarios desatinados. Un día estaba en una reunión con Mateo, mi amigo gay, haciendo fila para entrar al baño, cuando se me acercó una señora en evidente estado de ebriedad y me empezó a hablar como si me conociera: "¿Tú eres la novia de Baylys, no? El otro día vi la entrevista que le hizo a su esposa —sí, dijo esposa, no exesposa— y yo pensé que ellos ya no tenían nada, pero son casi como esposos todavía". Le sonreí con cinismo, porque qué más iba a hacer. Pero el comentario me afectó lo suficiente como para arruinarme la noche. Pensé: ¿Y si no es la única que se llevó esa impresión? Yo, ese día, viéndolos en la tele, confirmé que entre ellos no había nada, pero quizás la gente lo vio como una forma de rebajar la entrevista conmigo, una manera de establecer que él seguía siendo el exesposo de Sandra y no el novio de la chica lolita.

En la calle a veces me tomaban fotos caminando sin que me diera cuenta. Luego las veía en las revistas de chismes con toda clase de comentarios ridículos como: "¿Por qué tan solita? ¿Y dónde está Jaime Baylys?". A veces alguien se me acercaba y me pedía una foto diciéndome que había leído mi novela y que le había gustado. Por esa época abrí una página de Facebook que en pocas semanas alcanzó miles de seguidores. Para bien o para mal, yo estaba de moda.

Y así como alguna gente me quería, otra me detestaba, y las hijas de Jaime estaban en el segundo grupo. Una tarde estaba con Jaime caminando por el barrio, yendo a tomar un jugo por ahí, cuando nos cruzamos con la hija mayor. Ella abrazó a Jaime con mucho cariño y a mí me dirigió un frío "hola". Jaime le preguntó a dónde iba, ella le dijo que a tomar un café. Él le dijo: "¿Necesitas plata?", y ella le contestó: "Yo no necesito tu plata". Yo supe que ese comentario era para mí y pensé: "Si crees que salgo con tu papá por eso, qué poco me conoces. Además, siendo prácticos y un poco fríos, aquí todas necesitamos la plata de Jaime, la necesitas tú, la necesito yo, la necesita tu hermana, la necesita tu madre". Pero el dinero de Jaime no era la razón por la cual yo me había enamorado de él, y de eso estaba segura. De hecho, cuando lo conocí no tenía idea de su dinero hasta que una amiga me hizo un comentario como: "Puede viajar a donde le dé la gana, es millonario". Y yo ya tenía meses saliendo con él. Además, esto de enamorarme de un hombre veinticuatro años mayor que yo, tampoco estaba en mis planes. Yo pasé de correr olas en pleno invierno con mi ex y pensar que algún día me iba a casar con él, a mirar películas en la cama con Jaime un sábado por la noche. Y sí me dolió un poco sentir que las hijas tenían esa imagen de mí. Eso me dolió más que el "quémate, mierda" en Facebook. Sobre todo, porque mi primer encuentro con la hija mayor había sido agradable. No pude evitar sentir que alguien las había envenenado contra mí y esa persona a lo mejor era su madre. Pero lo dejé pasar enseguida, porque en ese momento mi cabeza giraba sobre otras cosas, por ejemplo mi novela, mis padres, la fama repentina, Jaime. Y porque en general nunca me ha importado demasiado lo que otros piensen de mí. Si no, nunca hubiera ido a la televisión en primer lugar.

Yo, a esas alturas, no tenía un plan, vivía el día a día. Y a pesar de que a veces ocurrían estos episodios que me dejaban un sabor amargo, no daba un paso atrás porque tenía la paz de quien hace las cosas con buena intención. Había miedo, pero no culpa. Pensaba: si un día Jaime se cansa de mí, o no quiere tener problemas con sus hijas y me tengo que ir del departamento, así será. No haré dramas, no le rogaré quedarme. Aunque me duela en el alma, si él me lo pide, lo voy a dejar ir. Todos los días despertaba pensando en eso, despertaba preparada para que ese mismo día se terminase todo. Para regresar a casa de mis padres, para no volver a saber más de él.

Una noche estaba durmiendo, era la una de la mañana y escuché mi celular vibrar en mi mesa de noche. Vi la "J" y contesté enseguida: "¿Estás dormida?". "No", mentí, y me dijo: "Genial, estoy subiendo". Abrí la puerta del ascensor y lo recibí en pijama, un suéter negro y un pantalón de buzo morado que me quedaba enorme. Era tarde, pero me pidió fumar marihuana. Sabía que yo era su lugar de escape y no quería defraudarlo.

Fumamos, fuimos a mi cuarto y pusimos música. Él hablaba de apasionadamente de un libro que quería escribir, no parecía con ganas de dormir, pensé que era un loco adorable.

Escuchamos "Who Says" y "Your Body is a Wonderland", de John Mayer. Él parecía disfrutar de la música, no dejaba de caminar de un lado a otro. Yo lo miraba sentada en el suelo, apoyada en el clóset, con una media sonrisa. Lo miraba y no podía creer tenerlo a esa hora de la noche conmigo. Esa noche sentí que lo amaba más de lo que creía, que había magia entre nosotros y que, aunque no me volviera a hablar mañana, o en un mes, o en un año, él y yo íbamos a tener algo para siempre.

Eran las cuatro de la mañana cuando se echó encima de mí, me quitó el buzo y me besó como hacía mucho no me besaban. Sentir sus besos, sus labios en mi piel fue como soñar despierta, fue como vivir lo que había deseado en sueños por mucho tiempo. Lo habíamos hecho tantas veces antes, pero esa noche fue especial.

Eran las seis de la mañana, afuera era de día y los pájaros empezaban a cantar. Él estaba en la sala, ya vestido, a punto de irse, cuando sonó su celular. Me dijo que era Sandra, y yo me encogí de hombros, como diciendo no hay nada que yo pueda hacer. No le contestó. Luego se fue. Yo me eché en mi cama. Era tarde, casi de día. Fue un momento lindo, pero por alguna razón era difícil dormir. Tuve una sensación extraña, distinta a otras veces. Me eché de costado y cerré los ojos. Antes de que pudiera quedarme dormida, una lágrima cayó en mi almohada.

Estoy embarazada

No me vino la regla el día que me tenía que venir. Tampoco al día siguiente. Pasó una semana y nada. Pero no quise ilusionarme. Me convencí a mí misma de que eventualmente me vendría y decidí hacer mi vida igual que siempre. Hacía un año, cuando pensé que podía estar embarazada, dejé de tomar y salir a correr para no hacer nada indebido. Esta vez decidí hacer todo igual que siempre y seguir saliendo y fumando ocasionalmente. Pasaron diez días y empecé a sentir mi cuerpo distinto. No tenía ganas de tomar. Nada, punto, nada. Ni un mojito, ni una copa de vino. Salía con algún amigo a hablarle de Jaime y me pedía un trago y era incapaz de tomar más de dos sorbos. Tenía un dolor en los pechos que me hacía pensar: "Es solo un atraso y me vendrá pronto". Jaime me preguntó un par de veces si me había venido la regla, pero mi respuesta siempre fue cortante y le dije que me vendría eventualmente, porque tenía terror de que nos ocurriese lo de antes: no quería ilusionarlo, no quería ilusionarme.

Pero pasaron doce días y no me venía la regla y decidí hacerme una prueba de embarazo, de esas que compras en la farmacia. No le dije nada a nadie, compré la que viene en una tira de papel y haces pis encima y luego esperas cinco minutos. Era las tres de la tarde, yo acababa de llegar de almorzar de la casa de mis padres. Tenía miedo del resultado, fuera positivo o negativo, pero decidí ser valiente, ir al baño, bajarme el pantalón y hacer pis. Era la primera vez que me hacía una prueba de embarazo. Me senté en el inodoro, abrí las piernas, hice pila encima del papel y un poco del piso del baño. Vi como la tira de papel se iba humedeciendo de a pocos, y luego vi una primera línea marcarse y pensé en dejar el papel a un lado para ver si luego de cinco minutos salía una segunda línea, lo que indicaría que el resultado era positivo, pero mi corazón dio un salto cuando vi que la segunda línea aparecía inmediatamente después de la primera. Miré el papel fijamente y dije en voz alta: "La cagada". Luego me puse de pie y me miré al espejo como si mi reflejo me fuera a dar una respuesta. Sentí cómo la cara se me ponía roja mientras caminaba a la sala mirando a mi alrededor, como si estuviera en un lugar desconocido. Por mi mente pasaban mil imágenes de cuando conocí a Jaime, de los momentos de dolor, de los momentos de felicidad. Ahora él y yo teníamos un lazo para siempre, para bien o para mal. Y yo en ese momento no tenía idea de cómo terminaría esta historia. Era algo que ambos habíamos querido, pero no sabía cómo iba a reaccionar él, su familia, cómo sería el embarazo. Me llené de dudas, miedo, emoción y felicidad en partes iguales. Pensé: "¿Y si es un falso positivo?". Caminé a la farmacia y compré una prueba más, de esas que tienen tapa y parecen más profesionales. Volví a casa, hice pis y tuve el mismo resultado: la segunda línea apareció enseguida. Me subí los jeans, volví a la farmacia, compré dos pruebas más. Todas positivo.

Una hora después, había cinco pruebas de embarazo en la repisa del baño y solo en ese momento pensé: "Tengo que decírselo a Jaime". Lo llamé por teléfono y le dije si podía venir a mi departamento, que había algo que quería decirle. Enseguida me dijo: "¿Estás embarazada?". Le dije que sí, que me había hecho cinco pruebas de la farmacia y habían salido todas positivo. Me dijo que en un par de horas saldría a la televisión, que vendría a verme cuando acabara el programa, o sea a medianoche. Me costó trabajo entender, pero encajé el golpe. No entendía su reacción tan tibia después de todo lo ilusionado que decía que estaba de tener un hijo conmigo. No entendía qué le costaba manejar tres cuadras y darme un abrazo y un beso. En fin, no me molesté, colgué el teléfono y me eché en la cama. Pensé que para terminar de salir de dudas tenía que hacerme una prueba de sangre en la clínica que me quedaba a cinco cuadras. Me paré de la cama a los pocos minutos y vi que tenía un mail suyo que decía que prefería venir a verme cuando el embarazo estuviera cien por ciento confirmado. En otras palabras, no vendría a verme después del programa. Le contesté enseguida, diciéndole que el siguiente paso era hacerme el examen de sangre, que ya estaba saliendo a la clínica y tan pronto estuvieran los resultados, le escribiría o llamaría. Definitivamente no había en él la emoción que yo me había imaginado.

Caminé a la clínica, me acerqué al mostrador y le dije a una de las enfermeras: "Eh, creo que estoy embarazada y necesito una prueba de sangre". Me miraron como si me hubieran reconocido, pero no me dijeron nada. Esperé poco tiempo, entré al cuarto donde te sacan sangre y no tuve miedo cuando vi la aguja acercarse a mi antebrazo. Sin duda había en mí otros miedos que disminuían el de la enfermera buscando una de mis venas debajo de la piel. Luego caminé de vuelta a casa escuchando música y me recosté en la cama pensando que lo mejor era dejar que las cosas fluyeran.

Unas horas después, ya de noche, fui a recoger mis resultados. Me los dieron en un sobre cerrado. Los abrí en casa y mis ojos recorrieron las dos páginas que venían dentro del sobre pensando que en algún lugar diría "embarazada" o "no embarazada". Pero en los papeles había toda clase de números y valores que en ese momento me resultaban incomprensibles. Entonces llamé a la clínica para que me tradujeran los resultados y me contestó una enfermera, luego otra y ellas tampoco parecían entender los valores que yo les iba dictando. En resumen, pasaron de decirme que sí, luego que no, luego me comunicaron con otro departamento y me contestó otra señorita bastante más formal y me dijo: "Sí, estas embarazada". "¿Está usted segura?", le pregunté, y me contestó: "Tienes cuatro semanas de embarazo".

Me quedé en silencio. Ahora sí era oficial. Colgué y miré el teléfono por unos segundos. Nunca antes había estado tan feliz y asustada. Me senté en la computadora y le escribí un mail. Me contestó enseguida. En esa época, él no contestaba correos cuando estaba en el canal, porque no usaba iPhone ni iPad. Pero en ese momento me contestó y supuse que estaba usando una de las computadoras del canal. Me contentó saber que por lo menos tenía curiosidad de saber qué onda. "Te felicito, estoy seguro de que traerá muchas cosas buenas", me escribió de vuelta. De nuevo, no percibía mucha emoción de su parte. Pero decidí que no me deprimiría por eso. Yo estaba bastante segura de que esa noche había sido distinta a todas las anteriores y, aunque él diera un paso al costado o se asustara, sabía que había una luz dentro de mí, un conjunto de células latiendo a toda prisa, dándome ánimos, diciéndome que ya no estaba sola, que ahora éramos dos, que debíamos cuidarnos mutuamente, que toda mi vida había sido una suma de tropiezos para llegar a ese momento, y que solo si yo lo permitía esa nueva vida me iba a ir enseñando el camino a la felicidad.

En ese momento entendí por qué no había querido tomar vino ni cerveza en esas últimas semanas. Hice una cita con un ginecólogo en la clínica más cercana, empecé a comer más saludable. Ahora muchas de las canciones que habíamos escuchado juntos tenían sentido, o tenían otro sentido más profundo. "Here Comes the Sun", de los Beatles, "Nada de esto fue un error", de Coty, son dos ejemplos.

Esa noche Jaime vino a verme después del programa. Yo estaba viendo televisión y la verdad no lo estaba esperando, pero me alegró mucho verlo, como siempre. Estaba todavía en traje y corbata, había venido a verme directamente del estudio. Sacó de su bolsillo unas toallitas húmedas y se quitó de a pocos el maquillaje que le habían puesto en la televisión. Luego me pidió permiso para lavarse la cara en mi baño. Tenía esos detalles de caballerosidad porque, aunque en la práctica ese departamento era más suyo que mío, tenía esos gestos que me hacían pensar que estaba con un tipo de hombre que ya casi estaba extinto. Esa noche vimos tele y conversamos. Cuando nos despedimos, besó mis labios, pero también mi barriga.

Luego vino la primera consulta con el obstetra. Yo le había mandado un mensaje a Jaime diciéndole el día y la hora de la cita. Por supuesto, ninguno de los dos se lo había contado a nadie. Yo no se lo había dicho a mis padres, él no se lo había dicho a la exesposa o las hijas. Mi cita con el doctor era a las cuatro de la tarde. A las dos de la tarde me alisté y me eché en mi cama a esperar a Jaime, y solo por si acaso me hice a la idea de que él no vendría y que iría a la consulta sola. Si algo cambió en mí cuando estuve embarazada, fue que empecé a dormir mucho más. Me quedaba dormida sin enterarme y esa tarde desperté diez minutos antes de mi cita y lo primero que hice fue llamarlo a su celular, pero un timbre de teléfono sonó al mismo tiempo en mi sala y me costó unos segundos entender, hasta que lo vi entrando en mi cuarto con el celular sonando en la mano, diciéndome: "Estoy aquí".

Fuimos al doctor juntos y fue un momento extraño porque a él, adonde fuese, lo reconocían. Y estábamos entrando al obstetra juntos, lo cual implicaba: sala de espera, miradas incómodas de la gente alrededor, registrarnos con nombre y apellido con las enfermeras. Luego: explicarle al doctor que yo estaba embarazada y que, por supuesto, él era el padre. Yo tenía veinte años y parecía de diecisiete; la diferencia de edad era tan notoria que, a ratos, sentía que las miradas eran un poco crueles. El consultorio era pequeño que, entre la camilla donde uno abre las piernas y la silla donde uno se sienta a contarle al doctor por qué había ido a verlo, solo había una cortina blanca, muy delgada. El doctor era un señor mayor de pelo blanco, pero mirada agradable y pícara; no nos decía nada, pero estaba claro que nos había reconocido y quizás fue el primero en saber de mi embarazo.

Fui con el doctor a un lado para que me hiciera la ecografía intravaginal. Jaime quiso esperar a un lado, sentado frente al escritorio del doctor, detrás de la cortina que separaba mi pudor del suyo. El doctor introdujo en mí el aparato y unos segundos después señaló en una pantalla en blanco y negro la imagen de un pequeño círculo del tamaño de mi pulgar. Me dijo: "Aquí está". Luego subió el volumen al sonido y un corazón latiendo a toda velocidad invadió el cuarto y me terminó de convencer de que ese era mi bebé. En la pantalla solo veía un círculo del tamaño de una habichuela. Era increíble pensar que esa cosita tan chiquita iba a tomar forma humana y la velocidad de los latidos de su corazón me hicieron sentir que ese bebé tenía muchas ganas de venir al mundo y yo debía hacer todo por protegerlo. Le pregunté al doctor si era normal que el corazón latiera tan rápido y me dijo que, en esa etapa de mi embarazo, sí lo era. Le dije a Jaime que viniera a verlo. Jaime entró al cuarto donde estaba yo, tratando de no mirar bajo la sábana para no incomodarme, o incomodarse, solo se asomó a la pantalla y dijo: "Wow, es muy chiquito".

Saliendo de ahí, fuimos a tomar un helado y quedamos en que no se lo diríamos a nadie hasta que hubiera pasado la etapa más riesgosa del embarazo, que suelen ser los primeros tres meses.

A los pocos días de ver al doctor, empezaron mis náuseas. Empecé a vomitar todo lo que comía. Y cuando ya no había nada en mi estómago, las náuseas no se iban. Comencé a pasarla mal. Y no se me ocurría llamar a mi madre, porque iba a sospechar. Pensaba cómo se lo iba a contar a ella y a mi padre, esa era otra historia. Tampoco podía llamar a alguna amiga; no quería decirle nada a nadie hasta cumplir los tres meses. Jaime casi todos los días venía a visitarme, pero tampoco estaba conmigo todo el tiempo; por esa época empezó a decir en televisión que estaba pensando en postularse como candidato presidencial. La idea no me hacía mucha gracia, pero en ese momento tenía tantas cosas ocurriendo a mi alrededor, que prefería elegir mis batallas y ahora mi prioridad era el bebé que estaba en mi barriga.

Caminaba con el estómago vacío a la juguería y tomaba un jugo de granadilla; luego volvía a casa y lo vomitaba, aunque no quisiera. Lo único que mi estómago parecía soportar era agua con gas y galletas de soda. Más adelante descubrí que también podía comer gelatina y papas al horno. Todo lo demás lo vomitaba. Jaime empezó a estar un poco más distante en esa época. Estaba y no estaba. A veces me decía que vendría y no venía, y luego me enteraba de que había estado reunido con políticos, hablando de su posible candidatura. En los periódicos empezó a salir en las encuestas y, sin haberse lanzado oficialmente, ya tenía un 5% que no estaba nada mal.

Yo vivía mis días echada en la cama, viendo la tele sin interés. No podía leer, porque hasta el olor del papel me daba náuseas. A duras penas me paraba al baño a darme una ducha rápida. Jaime venía un día sí, un día no. Y cuando venía me traía papas al horno y gelatina. Si me encontraba durmiendo, las dejaba en la refrigeradora y se iba. Había días en que no me podía ni mover. Pasaba horas echada en la cama sudando frío, mareada, con la boca seca. Cargar la botella de agua con gas que estaba a mi lado era toda una hazaña. Uno de esos días tuve un cólico repentino. Era un cólico igual a los que aparecen antes de la regla. Hacía frío en Lima y supuse que eso no me estaba ayudando. Me puse de pie y me paré cerca de la estufa de aire caliente. Calenté de a pocos mi barriga, que aún no estaba nada abultada; todo lo contrario, en esas semanas de náuseas y vómitos había adelgazado notablemente. Puse ambas manos en mi vientre, acariciándolo, sintiendo el aire tibio calentar a mi pequeña habichuela. Cerré los ojos y le hablé en mi mente: "Aguanta, aguanta un poco más, estamos juntas en esto". Luego me puse de espaldas, porque el cólico había traspasado mi vientre y ahora me punzaba en la baja espalda. El dolor desapareció en cuestión de minutos y me volví a echar en la cama. Más adelante le conté esto del aire caliente a un doctor y me dijo que no era bueno. Pero a mí me había funcionado. Yo intuía que mi bebé quería estar calentito y no me equivoqué.

Algo cambió en mí con el embarazo. Empecé a ver la vida con menos cinismo. Los niños que jugaban en la calle ya no me parecían gritones, me parecían felices. Me emocionaba mucho más cuando escuchaba ciertas canciones. Comencé a ser más amable con las personas a las que veía día a día, que no eran muchas: el señor de la tienda de la esquina, la señorita de la juguería, el portero del edificio.

Pero tantas veces vino Jaime con gelatina y papas al horno, que luego me enteré de que se las pedía a una de las empleadas de Sandra, y fue así como ella empezó a sospechar. Una noche, Jaime volvía a su departamento después de visitarme, y cuando entró a la cocina, vio a su exesposa en bata, sentada a la mesa pequeña de madera que ella misma había decorado con individuales franceses. Estaba borracha. Comía linaza molida con la mano y, apenas vio a Jaime entrar, le preguntó si yo estaba embarazada.

"No sé de qué estás hablando", le respondió él. "Yo sé que está embarazada". Él le dijo que era mejor que se fuera a descansar y ahí quedó todo. Ella no le creyó, por supuesto.

Una semana después, hubo un incidente con una de las empleadas. Como las náuseas y el malestar no me dejaban limpiar el departamento, Jaime insistió en que me conseguiría una empleada. Me habló de una chica llamada Rocío, dijo que tenía veinte años y era hija de Mercedes, la empleada de Sandra de toda la vida. Me dijo que Rocío era una chica excelente y muy buena en las tareas de limpieza; al parecer no trabajaba en casa de Sandra, sino en la de su madre.

Una tarde vino con ella, nos presentó, le pagó por adelantado y le pidió que por favor limpiase mi departamento y que volvería en una hora o dos. Yo le agradecí a Jaime, le sonreí a Rocío y me fui a mi cuarto a ver televisión, mientras ella limpiaba la sala. Por supuesto me quedé dormida y cuando desperté la casa estaba en silencio. Salí y no estaba Rocío. La busqué por todos los cuartos, pero no estaba. Se había ido sin despedirse. No le di importancia y me senté a leer mis mails. Vi que tenía uno de Jaime que decía: "¿Todo bien con Rocío? ¿Pasó algo?", y yo le contesté que suponía que sí, porque cuando desperté ya no estaba. A la media hora Jaime estaba en mi casa contándome que Rocío había caminado hasta la casa de Sandra llorando y que cuando le preguntaron qué había pasado, si yo la había tratado mal o algo, decía que no con la cabeza, pero seguía llorando. Yo me quedé pasmada, no entendía qué había hecho mal. Pero por supuesto Sandra y las hijas miraban a Jaime con odio, como si yo hubiese maltratado a Rocío. Nunca entendí qué pasó, por qué se fue así, llorando y sin despedirse. Al final Jaime me dijo que ella era muy cercana a Sandra y a su familia, y que era una chica muy buena y sensible. "Creo que se ha dado cuenta de que te quiero", me dijo y su teoría me pareció demagógica, pero me hizo sentido. Lo que sí me quedó claro entonces era que Sandra y yo no podíamos compartir una empleada, gasfitero o chofer. Tal como estaban las cosas, era mejor separar y no compartir nada.

Otro día fui con Jaime a una peluquería a que se cortara el pelo y yo me depilase. Fuimos juntos, todo fluyó sin ningún problema. Cuando volvimos al departamento, él tenía un mail de Sandra que decía: "Están buscando a Silvia de la peluquería porque se fue sin pagar". Jaime le contestó: "No se puede haber ido sin pagar porque fue conmigo y yo pagué la cuenta". Pero ella no se replegó y le dijo: "Es mejor que Silvia se busque otra peluquería, las niñas y yo vamos a esa desde siempre". Las hijas de Jaime tenían diecisiete y quince años entonces. Me llamaba la atención que las llamara niñas para darle más drama al asunto. Jaime le contestó: "Tú fuiste a esa peluquería toda tu vida, pero la dueña es la esposa de mi hermano. Quizás seas tú quien deba buscarse otra peluquería".

Luego Jaime le escribió a su hermano preguntándole si había quedado debiendo algo, pero él le respondió diciendo que no debía nada, y que él y su esposa Romina lamentaban el mal rato, porque yo era bienvenida siempre en la peluquería. Me gustó el gesto del hermano de Jaime, que, sin conocerme, me defendió, cuando pudo haber tomado partido por la exesposa despechada.

Así estaban las cosas. No mejoraban; al contrario, parecían ponerse peor. A medida que mi embarazo avanzaba, Sandra y las hijas se ponían cada vez más hostiles o menos cariñosas con él. Cuando Jaime bajaba a visitarlas, encontraba la puerta cerrada. Tocaba y casi nunca le abrían. Cuando despertaba a la una de la tarde, ya no encontraba su jugo de papaya recién hecho en la refrigeradora. Ella sospechaba del embarazo, pero nadie le confirmaba nada. En ese momento era mi secreto con Jaime, no queríamos que nadie supiera hasta que yo cumpliese tres meses de embarazo. A veces Jaime me preguntaba si me gustaría ser su primera dama si se lanzaba para presidente. Yo me quedaba muda, porque a duras penas podía darme un baño esos días. Pero otros días me decía que no se lanzaría, que lo decía en televisión por vanidoso, por contentar a su madre, porque desde niño ella le había dicho que él había nacido para presidente o para cardenal. Esto último no era una exageración, era un hecho y creo que gran parte de las aspiraciones políticas de Jaime eran para contentar a su madre, a quien adoró desde niño, y a quien luego terminé adorando yo también. Pero vamos de a pocos. Él iba y venía de la política, y yo solo pensaba en el momento: "Espero que este mango que estoy comiendo no me haga vomitar".

Estuvimos así, guardando el secreto, rogando que no se filtrara la noticia, hasta que pasaron los tres meses. Fui al obstetra yo sola, porque él a veces simplemente no estaba y yo medio que me había acostumbrado a que a veces lo llamase y no contestara. No me incomodaba, porque sabía que, en términos generales, estaba ahí para mí, me apoyaba con el embarazo, venía a verme a menudo, la pasábamos bien juntos. Después de ver que mi bebé se había convertido en una especie de renacuajo, por ponerlo en términos gráficos, porque lo veía en las ecografías y ya tenía brazos, pero no piernas, y en mi mente era todavía mitad humano, mitad pez, el doctor me dijo que ya había pasado la etapa de riesgo, que el bebé estaba muy cómodamente implantado en mi útero y que, si todo seguía así de bien, nacería en abril del 2011. En esos momentos que me dijeran algo del próximo año era como si me hablaran de los próximos diez años. Yo vivía el día a día y la verdad me abrumaban los pronósticos a largo plazo. Me bastaba con saber que mi bebé estaba bien y que había pasado la etapa de riesgo, pero al mismo tiempo sabía lo que eso significaba: decírselo a mis padres.

Tantas cosas rotas

Tuve que volverme a mudar a un hotel. No porque hubiera un problema con Jaime o con el departamento. Un día viendo tele, Jaime me dijo que si íbamos a tener un hijo, debíamos remodelar ese departamento, para así darle a nuestro bebé la mejor bienvenida posible. Le dije que estaba de acuerdo sin saber si realmente iba a cumplir. Pero cumplió. Lo primero que había que hacer era deshacerse de esos muebles polvorientos. Un sábado por la mañana, vino el chofer de Jaime con dos asistentes y se llevaron todo lo que oliera a polvo, o sea que se llevaron casi todos los muebles de la sala y el comedor. El departamento quedó casi vacío, al punto de que había un eco cuando salía de mi cuarto y pensé que pintarlo sería una buena idea. Cuando vino el pintor, me dijo que si estaba embarazada no era prudente que tuviera olor a pintura cerca. Yo nunca le dije que estaba embarazada, pero él supongo que me había reconocido de la tele y los periódicos amarillistas, y tuvo la gentileza de avisarme. Entonces con Jaime pensamos que sería una buena idea buscar un hotel cercano donde pudiera alojarme una semana o dos, mientras pintaban el departamento. Y como ya estábamos pintando, decidimos cambiar los pisos y poner unos más lindos, más elegantes, de madera. Luego dijimos que los baños eran impresentables y que no solo compraríamos inodoros nuevos, también cambiaríamos las mayólicas, el lavamanos, el pequeño mueble que va debajo. Una cosa fue trayendo a la otra y de pronto estábamos haciendo una megaremodelación en mi departamento y yo tuve que irme de nuevo a un hotel en principio por dos semanas, pero terminé un mes durmiendo en un cuarto de hotel. El hotel era simpático, a pocas cuadras del departamento de Jaime, mucho mejor que los anteriores en los que me había quedado. Todos los días yo iba a supervisar la obra y ver que todo fuera por buen camino.

Por supuesto, ya que solo alquilábamos el departamento, no teníamos permiso de hacer ninguna de esas obras, pero Jaime me convenció de que eran reformas convenientes y que al final estábamos mejorando el departamento. Y era cierto. Solo que la dueña del departamento reaccionó mal, pero luego voy a eso.

Jaime venía a verme al hotel y todo iba bien, aunque ya no fumábamos marihuana, había olvidado mencionar eso. Yo, por alguna razón, no extrañaba tomar alcohol ni fumar; era feliz comienzo frutas, galletas de soda, gelatina y tomando agua con gas. Lo único que le pedía al universo era no vomitar una vez más. Jaime tampoco parecía infeliz por no fumar marihuana. Alguna vez fumó solo, a mi lado, pero me dijo: "No es lo mismo si no lo haces conmigo", y no lo hizo más. Todo estaba bien.

Hasta que todo se jodió otra vez. Un domingo por la noche, yo estaba viendo el programa de Jaime, no me lo perdía, y vi que al final de la nada dijo algo como: "Quiero mandar un saludo a mi exesposa Sandrita, quiero decirte que te quiero mucho —hasta ahí todo iba bien—, que eres el gran amor de mi vida y que, si pudiera tener un hijo contigo, lo haría hoy mismo".

Se me cayó el corazón de nuevo, y como en ese momento estaba con las hormonas a mil, y la verdad también empoderada porque tenía a su hijo en mi barriga, me senté en la computadora y le escribí un mail terrible: "No mereces ser el padre de mi bebé".

Unos minutos después de que terminara el programa, sonó mi celular como todas las noches. Para entonces ya me había acostumbrado a que me llamase antes y después del programa, nos viéramos o no. Sonó mi celular y no contesté. Tuve un poco de miedo por el mail que le acababa de escribir. Pero si quería halagar a su exesposa, esa no era la manera de hacerlo, porque una vez más confundía al público. Y sí, en ese momento me importaba lo que pensara la gente: Había vivido con náuseas todos los días durante tres meses, y ahora no podía comer otra cosa que no fueran frutas, pescado a la plancha con puré de papas. El jugo de granadilla, que antes me encantaba, ahora me hacía vomitar. Despertaba a medianoche queriendo comer desesperadamente un tomate crudo. No podía comer un solo condimento, porque entonces vomitaba todo lo que había comido en el día y, por lo tanto, mis comidas sabían a nada. Me habían salido estrías en los pechos y nadie de mi familia o mejores amigas sabía que yo estaba embarazada. No veía a nadie que no fuera él, me cuidaba de cada comentario que hacía en la calle por miedo a que el chisme se hiciera público, y al final supongo que al hacer eso estaba cuidando también a su familia. La que estaba llevando al bebé era yo, no él. Me molestaba la ligereza con la que hacía esos comentarios, como si él no se detuviera un momento a pensar que podían molestarme, herirme, disminuirme. "Estoy embarazada de ti, pelotudo, como vas a decir que te encantaría tener un hijo con tu exesposa", pensaba para darme ánimos y no sentir culpa o miedo por el mail que le acababa de mandar, porque sabía que le iba a doler.

Entonces me di cuenta de que Jaime, cuando se siente herido, no se recluye, él pelea. Me contestó un mail o dos diciéndome que si él no merecía ser el padre, entonces lo mejor era que abortara. Me dijo que al final le estaba haciendo un favor a mis padres, quienes ya no tenían que mantenerme económicamente, porque ahora todo el peso de mis gastos caía sobre él, solo por haberme entrevistado en la televisión. Decidí no contestar, aunque eran las dos de la mañana y yo seguía llorando, leyendo esos mails que no paraban de llegar, uno más hiriente que el anterior. En el último mail que me mandó esa noche adjuntaba la columna que publicaría en el periódico ese fin de semana, que se titulaba "Todo mal". En la columna decía que yo había abortado al bebé, porque no sabía bien quién era el padre, sí él o algún amigo mío. Y el mail terminaba diciendo "para que te enteres de la columna por mí y no por la televisión, así como te enteraste de mi biografía personal".

En el fondo, juro que aprecié que me mandara la columna, porque soy de las personas que prefieren que les digan la verdad en la cara, aunque duela. Por lo menos me había salvado de entrar a la página web del periódico ansiosa, contando los segundos que tarda en cargar la página, con el corazón latiéndome a toda prisa. Me salvó de ese momento, porque al menos ya sabía de antemano que iba a ser un fin de semana de mierda.

Al día siguiente desperté llorando. Porque por un momento me imaginé siendo madre soltera y pensé: "Tendré que encontrar las agallas, porque este bebé no lo aborto no porque sea de Jaime Baylys, sino porque viene latiendo tres meses dentro mío y lo quiero, aunque Jaime al final se esfume y no quiera estar en la foto".

No lo pensé dos veces. Agarré el celular y llamé a mi madre. Contestó enseguida. "Estoy embarazada", le dije llorando. "Lo suponía", fue su respuesta, y por mi voz supo enseguida que las cosas no estaban bien con Jaime. Y en ese momento mi madre tuvo un acto de nobleza que recordaré siempre. Me dijo que lo tuviera, que si él al final no iba a cumplir sus responsabilidades, ella estaba dispuesta a trabajar el doble para mantener al bebé. En ese momento mi madre me dio una lección de amor.

Luego vino a verme al hotel y le conté todo, detalle a detalle, y me dijo que estuviera tranquila, que ella creía que las cosas con

Jaime iban a mejorar. Luego fuimos a caminar, a tomar un jugo. La amé. No me regañó, no me reclamó. Yo sabía que mi embarazo no era lo que ella había imaginado para mí, pero ella también sabía que yo no estaba bien y que no podía ponerme peor, porque ahora había una vida dentro de mí a la que había que cuidar. Me dijo que de ningún modo podíamos contárselo a mi padre, no en ese momento. Que ella iba a pensar cómo haríamos eso. Cuando nos despedimos, la abracé y sentí que había sido injusta con ella, que ella siempre me había querido incondicionalmente y yo había elegido el camino difícil, el camino donde hay luces, cámaras, miradas y comentarios que te juzgan. Supongo que no es fácil para ningún padre ver a su hija en televisión diciendo que se está acostando con un hombre veinticuatro años mayor. Pero yo también tenía mis motivos y el principal era que lo que estábamos diciendo en cámaras era real y yo estaba enamorada de él y al final del día, aunque fuésemos una pareja extraña, estábamos siendo reales con nosotros mismos.

Me dio mucha paz saber que contaba con el apoyo de mi madre. Pasaron dos días y Jaime no me escribía, pero luego me enteraba de que había pasado por mi hotel a pagar una semana más por adelantado, porque quizás había ido antes al departamento y había visto que la obra no terminaría pronto. Yo terminé escribiéndole un mail en el que le pedía disculpas por haberle dicho algo tan rudo, que no iba a abortar en ningún caso a nuestro bebé, pero que la próxima vez pensara un poco antes de hacer un comentario como ese, sobre todo en televisión nacional. Su respuesta fue inmediata, pero seca. Me decía que le parecía bien que decidiera no abortar, que le hacía ilusión la idea de tener un bebé conmigo, pero que no esperara que él se mudara en algún momento a mi departamento, que él era feliz viviendo y durmiendo solo, que solo vendría a verme los sábados por la tarde y cuando naciera el bebé, él iba a cumplir con sus obligaciones económicas, pero era bueno que yo supiera desde ahora que él iba a seguir viniendo solo los sábados a vernos. Me dijo que él iba a seguir viajando solo, que de hecho estaba pensando en irse a Buenos Aires una semana. Me dijo que no iba a atarse a mí y perder su libertad. Me dijo que en ningún caso íbamos a ser la tradicional familia feliz.

Fue duro. Pero encajé el golpe. Porque en el fondo sabía que él mismo no se creía sus palabras. Yo había visto su cara cuando vio en la ecografía a la habichuela latiendo, yo había sentido sus labios besando mi panza cuando aún no estaba abultada, yo había visto tantas veces el amor en sus ojos. Le contesté el mail diciéndole que me parecía bien y que, si eso era lo que él quería, así lo haríamos. Eso fue a comienzos de semana. Ese sábado a las cuatro de la tarde alguien tocó mi puerta. Abrí y era él. Nos abrazamos, aunque presiento que ese abrazo tan intenso no estaba en los planes de ninguno de los dos; cualquier residuo de rencor desapareció con ese abrazo. Entró a mi cuarto y todo fluyó como siempre. No se habló de nada que hubiéramos dicho sin sentirlo. Luego salimos a caminar y me dijo que ya se lo había dicho a Sandra. Me dijo que la noche que nos peleamos, él la llamó a su departamento muy de madrugada. Me dijo que se echaron en la cama uno al lado del otro y él le contó llorando que yo estaba embarazada. Me dijo que le había pedido disculpas por hacerle daño, que ella también lloró y que fue un momento horrible. Le dijo que estaba preocupado porque habíamos peleado y no sabía si yo iba a abortar. Y hasta ahí me contó, no me dijo nada del acuerdo que ellos hicieron esa noche.

Volvimos caminando al hotel. Vimos una película hasta tarde y luego, muy suavemente, hicimos el amor. Me miró a los ojos y me dijo que me quería, y yo también le dije "te quiero". Se fue bien de madrugada y me quedé con su suéter puesto, que aún olía a él.

Pocos días después, eran las dos de la tarde, yo acababa de salir de la ducha, cuando vi que Jaime me llamaba al celular:

"Van a anunciar en el programa de Magaly que estás embarazada". Me tomó algunos minutos entender. Al parecer las enfermeras del doctor al que había visto la primera vez, quizás despechadas porque no volví más y me busqué a otro doctor, llamaron al programa de chismes más visto y le dijeron que la lolita de Baylys estaba embarazada.

"Lo anuncian mañana a las nueve de la noche en Magaly, o lo anuncio yo esta noche en mi programa. ¿Me das permiso para decirlo?". Y sí, me di cuenta de que era mejor que Jaime lo dijera con sus propias palabras, porque sabe Dios qué dirían en el otro programa. Le dije que sí, que lo dijera en su programa y ni bien colgué el teléfono pensé en mi padre.

Llamé a mi madre y le expliqué lo que estaba pasando. En veinte minutos, estaba entrando al departamento de mis padres y el plan era hacer como si fuera una excelente noticia, que en realidad lo era, pero no sabíamos cómo lo iba a tomar mi padre. Nos reunimos en mi excuarto y secreteamos un momento, luego abordamos a mi padre en la sala de televisión, donde estaba leyendo un libro, y aparecimos saltando como dos animadoras de fiestas infantiles: "¡Vas a ser abuelo!". "¿De quién?", preguntó mi padre, algo confundido, porque no soy hija única, tengo tres hermanos bastante mayores que yo, muchos de los cuales ya estaban casados, y él ya era abuelo de una nieta. Pero mi padre es inteligente y en ese momento intuyó por dónde venían los tiros. Al ver que mi madre saltaba, quizás un poco exageradamente, de emoción, no le quedó otra que decir "felicitaciones", con más confusión que entusiasmo. Luego nos sentamos en la sala y le dije que el papá era Jaime y que estaba feliz, pero nada de lo que pudiera decirle podía disolver su confusión. Al contrario, parecía que cuanto más le contaba, más lo confundía.

Casi al mismo tiempo, Jaime tocaba desesperadamente la puerta del departamento de sus hijas hasta que le abrió la empleada. Lo primero que hizo fue buscar a su hija mayor. La encontró en su cama, se echó a su lado. Se lo dijo sin rodeos, como solo él sabe decir las cosas: "Silvia está embarazada". Su hija no le contestó, solo se dio vuelta en la cama, dándole la espalda. "¿Estás molesta?", le preguntó él, pero como no hubo respuesta, se paró de la cama y se fue pensando que hablaría con ella en otro momento. Una hora después, Sandra entró al departamento de Jaime sin tocar la puerta y gritando: "¿Qué le has dicho a Camila? ¡Está encerrada en su cuarto y no quiere abrir la puerta!". Jaime bajó al piso donde vivían sus hijas, tocó la puerta de Camila y no le abría. Sandra perdió el control y empezó a gritar: "¡Eres un imbécil! ¿No te das cuenta de que ese bebé no es tu hijo? ¡Silvia es una perra que se acuesta con todos los tipos que puede!". "No te permito que hables así de la madre de mi bebé", le contestó Jaime con algo de autoridad, pero de todos modos disminuido por una exesposa que sabía gritar más que él y que tenía a las dos hijas de su lado. Los insultos de Sandra contra mí los escuchaban las hijas, las empleadas, quizás los porteros. Todos menos yo, que estaba todavía alojada en un hotel y solo me enteraba de esas cosas cuando Jaime venía y me las contaba. Cuando Jaime me contaba esas cosas, yo entendía por qué las hijas me odiaban.

Esa misma noche, Jaime salió en televisión diciendo que yo estaba embarazada. A pesar de que era un tema difícil de explicar, creo que habló con mucho respeto de su exesposa, sus hijas y de mí. Dijo frases como: "Hay una nueva vida en camino, pero eso no pone en riesgo el amor que tengo por mis hijas y la madre de mis hijas, a quienes seguiré cuidando y protegiendo como lo he venido haciendo todo este tiempo". "Silvia y yo estamos felices con la idea de tener un hijo juntos, y aunque ahora para mis hijas mayores sea difícil entenderlo, espero que en algún momento nos podamos querer todos, siempre hay un espacio más en el corazón de las personas". Y agregó: "Un nuevo amor no necesariamente desplaza el anterior, en mi corazón hay espacio para mis hijas, para Silvia, para el bebé que viene en camino, y también para mi exesposa, a quien he querido mucho toda mi vida. A pesar de estar divorciados, hemos sabido ser buenos amigos".

La verdad es que esa noche yo me sorprendí por lo bonito y bien que había explicado la situación. Pero la exesposa y las hijas no estaban contentas. Y el novio, enterado de la noticia por un mail que Jaime le escribió unos minutos antes de salir al aire esa misma noche, mandó un mail felicitando a Jaime por el embarazo, proponiéndose como padrino del bebé. Más adelante dejaría relucir su lado más canalla.

Desde ese día comenzó la guerra fría entre Jaime, la exesposa y las hijas. No le abrieron más la puerta del departamento. Jaime llamaba por teléfono a Camila y ella no contestaba. La llamaba al teléfono de la casa, la empleada le decía que sí estaba y luego alguien colgaba el teléfono. Estábamos en un restaurante comiendo un sándwich al paso, cuando me dijo: "La llamo y la llamo y no me contesta". Marcaba su número frente a mí y nada. Para entonces me quedaba claro que el cariño que a Jaime más le hacía falta no era el de la esposa, sino el de la hija mayor.

Pero no había nada que yo pudiera hacer. Cualquier intento de acercarme a sus hijas iba a ser, muy probablemente, rechazado. Yo intuía que su odio hacia mí estaba muy avanzado como para poder remediarlo. Por eso nunca intenté contactarme con ellas, por eso y porque no quería exponerme a una humillación o un desplante.

Cuando Jaime lo dijo en la tele, mis mejores amigas se enteraron y algunas se molestaron conmigo por no haberles contado. Al día siguiente aparecieron los titulares de nuevo, pero creo que ya estaba acostumbrada a no contestar el teléfono. En algún momento contesté el celular y alguien me dijo: "Silvia, felicitaciones por el embarazo, ¿Estás contenta?". "Sí", le contesté. "¿Cuántos meses de embarazo?", me preguntó. "¿Esto es una entrevista?", le dije. "Estamos muy felices", añadí, y luego corté el teléfono. Yo había dejado de ser tan cándida con el tema de la entrevista al paso. Por supuesto, días después vi mi comentario de "estamos felices" en todos los periódicos nacionales.

Por fin llegó el día en que pude mudarme de regreso a mi departamento. Todo estaba remodelado, olía a limpio y parecía listo para recibir a nuestro bebé. Yo seguía sin poder comer nada de grasa, harinas o dulce. Pero volví al departamento y estuve contenta entre tantos muebles, cuadros y pintura nueva. También por estar de vuelta en esa cama que había hecho mía hacía poco.

Cada vez que Jaime bajaba un piso para visitar a sus hijas, no le abrían la puerta. Como consecuencia, pasaba más tiempo en mi departamento. Empezó a quedarse a dormir conmigo. Por esa época empezaron a demoler el edificio al lado de donde estaba viviendo Jaime, la exesposa y las hijas, y desde las siete de la mañana hacían un ruido insoportable con martillos y taladros. Un día había venido de comer con Jaime y me dijo algo como: "¿Puedo dormir en el cuarto de al fondo?", y yo, que sabía de los ruidos y peleas a tres cuadras, le dije: "Claro, obvio". Y así se quedó una noche, luego dos, luego volvía a dormir a su edificio, pero me decía que ese cuarto pequeño de mi departamento era perfecto, porque daba a una casa aparentemente abandonada y estaba alejado de la calle, de cualquier ruido que pudiera despertarlo, y tenía el tamaño perfecto como para que una estufa de aire caliente lo pusiera a la temperatura ideal durante ese húmedo invierno limeño.

Uno de esos días, a eso del mediodía, estaba en mi casa la chica de limpieza, que en realidad había trabajado en casa de mi madre y era de absoluta confianza. Yo había salido a comprar jugos, y cuando volví vi que tenía un mail de Jaime en el que me decía que había ido a mi departamento a dormir y había encontrado a la chica limpiando, las ventanas abiertas, el ruido de la aspiradora a tope, y que se había regresado a su departamento.

Me decía que no podía dormir en su departamento y había ido al mío con la esperanza de encontrar silencio, un poco de calor, pero que encontrar a la chica de limpieza había sido una decepción. Me dio pena, sinceramente parecía que a veces no dormía bien y no sabía adónde ir. Le dije que nunca más pasaría, que de ahora en adelante yo no iba a salir cuando estuviera la chica de limpieza, por si él llegaba y en ese caso se interrumpía la limpieza. Le dije que nada era más importante que el buen sueño y que la próxima vez no se sintiera corto de pedirle amablemente a la chica de limpieza que se retirase para que él pudiese descansar. Dentro del reclamo y la pequeña pelea, por primera vez parecía que era él quien estaba recurriendo a mí. Sentí que me empezaba a necesitar.

El pacto ya está roto

A veces se iba a su departamento a escribir, él trataba de escribir todas las tardes, aunque fuera domingo o feriado. Volvía luego de unas horas y me decía para ir a comer algo. A mí lo que más me gustaba era pasear escuchando música con él. Me gustaba mucho cómo olía su camioneta, porque olía a él. Me gustaban sus manos grandes sobre el timón, su cara de perfil, su media sonrisa, que apreciara la música que yo elegía. Me gustaba su delicadeza para proponer las cosas: "¿Te parece bien si comemos en este lugar?".

Nos pasábamos las noches echados en la cama, conversando. Él me contaba historias de su juventud y yo lo escuchaba embobada. Íbamos al club al que yo había ido desde que era una niña, Villa, y jugábamos ping-pong, fulbito a mano, billar. Ambos éramos bastante competitivos y ninguno de los dos se dejaba vencer tan fácilmente. Nos adorábamos en silencio, mientras jugábamos sudorosos unos partidos tremendos, a vista y paciencia de la gente que pasaba alrededor, sin poder creer que era Jaime Baylys el que estaba jugando ping-pong con esa chica que tenía cara de niña y panza abultada. Jaime empezó a llevarme a su departamento. No me preguntó si era una buena idea, simplemente entró al garaje de su edificio, yo no dije nada y esa noche dormimos juntos ahí. En el piso de abajo todo era silencio. La puerta permanecía cerrada día y noche. Pero la verdad es que pasábamos más tiempo en mi depa, porque ahí nos sentíamos menos vigilados, había una energía menos pesada y porque ahí estaba el cuarto bendito donde Jaime dormía tan bien.

Por esa época, Jaime empezó a ganar mucha influencia en la televisión. Se hablaba mucho de su posible candidatura presidencial. Él sabía que tenía posibilidades, pero sus ganas oscilaban: a veces decía que sí, otras que no. Pero lo cierto es que cada vez había más gente que estaba considerando votar por él. Yo miraba su candidatura con absoluto estupor y pensaba que, si al final se lanzaba, era un tema con el que lidiaría en ese momento. Viendo que Jaime se había instalado en Lima, en el canal le ofrecieron hacer un programa de entrevistas de lunes a viernes, sin dejar el de los domingos. Pero los gerentes del canal no contaron con que Jaime empezaría a hablar de sus planes de gobierno una vez que había despedido al invitado. No hablaba más de diez minutos, pero sus ideas eran radicales, controversiales, prácticas, inteligentes. Consistían, por ejemplo, en disolver las Fuerzas Armadas tratando de convertir a los soldados en policías, hacer un Estado laico sin darle plata a la Iglesia católica, legalizar las drogas y el aborto, permitir a las minorías sexuales contraer matrimonio, enseñar inglés en los colegios públicos. Todas estas ideas calaron en los jóvenes peruanos, muchos de los cuales le gritaban "¡Jaime presidente!" cuando nos veían caminando por la calle. Luego vinieron las elecciones municipales y Jaime, fiel a su estilo, apoyaba con pasión a una candidata de izquierda. Me imagino lo que el público podría pensar: "Jaime en algún momento nos dijo que era gay y dejó embarazada a una chiquilla", "Jaime apoyó la candidatura de derecha de Vargas Llosa y ahora, veinte años después, apoya a la candidata de izquierda". Yo lo entendía, porque esta era una candidata que se había pronunciado más de una vez en contra de los gobiernos que pretendieron ser de izquierda y terminaron siendo dictaduras, por ejemplo, Fidel Castro en Cuba, Hugo Chávez en Venezuela. El punto de esta pequeña digresión política es que Jaime era impredecible en sus simpatías en épocas de elecciones y nunca las callaba o escondía. Y yo, en esa época, veía que la idea de ser candidato realmente lo seducía y eso, lejos de halagarme, me ponía los pelos de punta.

Los días de semana, mientras él hacía el programa, yo aprovechaba para visitar a mis padres o ver a alguna de mis amigas. Mi barriga ya se empezaba a notar y era gracioso ver las miradas de los padres de mis amigas. Miraban mi barriga como si fuera una ecuación matemática que nunca iban a poder resolver. Nadie entendía mi relación, ni siquiera mis propias amigas. Pero me veían más contenta y tranquila que nunca, así que aceptaban ese embarazo que, para la época, era precoz. A mis amigos hombres dejé de verlos, por respeto a Jaime y porque presentía que él también estaba siendo fiel a mí. No tenía que preguntarle, me bastaba con verlo a los ojos para sentir que estaba conmigo cien por ciento. Sabía que en ese momento todavía tenía contacto por mail con su chico argentino, pero Jaime no lo había visto hacía más de ocho meses. La última vez había sido en Bogotá, y luego el novio no había venido a Lima; Jaime había amenazado un par de veces con ir a Buenos Aires, pero al final no se iba. En ese momento, decidí que iba a medir la conducta de Jaime por lo que hacía, no por lo que decía.

Jaime empezó a venir a mi departamento todas las noches después del programa. Se quitaba el maquillaje, se ponía cómodo y algunas veces se quedaba a dormir. Otras veces iba a su departamento a escribir, a cambiarse de ropa, a leer los periódicos, a estar un rato solo. Siempre comíamos juntos antes de que se fuera, porque desde que dijo en televisión que yo estaba embarazada, Sandra nunca más le mandó a la empleada con un jugo o una fruta. Una de esas noches que llegaba a su casa,

Jaime vio que el auto de Sandra no estaba en el estacionamiento y asumió que había salido. Fue al departamento de sus hijas con la esperanza de que alguna de las empleadas se apiadara de él y le abriera la puerta. Tuvo suerte, la hija mayor había salido, pero la menor estaba en su cuarto. Jaime entró a hablar con ella, le explicó que no era su intención alejarse de ellas, que iba a tener un hijo conmigo pero que a ellas las iba a seguir queriendo igual o más. Jaime estaba dándole dinero a su hija para un viaje que iba a hacer pronto, cuando escuchó a Sandra entrar al departamento. Apenas lo vio, empezó a putearlo sin parar. A decir a los gritos que él no era el padre del bebé que estaba en mi barriga, que tenía que poner los dos departamentos que él había comprado en ese edificio a nombre de ella. Según me dijo Jaime ese día, cada departamento le había costado un millón de dólares. Ella le había dicho que, si no lo hacía pronto, yo me iba a buscar un abogado, iba a alegar que era conviviente de Jaime y luego iba a reclamar la mitad del total de su dinero.

Cuando Jaime me contaba esto en la sala de mi casa, con el televisor prendido en algún programa sin importancia, yo pensaba que la exesposa me creía más astuta de lo que yo era, porque la verdad es que yo no había hecho esa ecuación matemática y tampoco había pensado en nada de lo que ella suponía que yo haría con el abogado. Ni siquiera sabía que ese alegato de la convivencia fuese posible. Me sentí levemente halagada, porque la exesposa parecía sobreestimarme, y si protegía tanto el dinero de Jaime, entonces había mucha plata en juego, y supongo que ella también estaba teniendo en cuenta los muchos millones que acababa de heredar inesperadamente su exsuegra, la madre de Jaime.

Al parecer la madre de Jaime acababa de recibir una fortuna en acciones mineras de su hermano, que había sido dueño de una de las minas más importantes del Perú. Había muerto recientemente de cáncer y, como nunca se casó ni tuvo hijos, terminó repartiendo su fortuna entre sus tres hermanas. Yo claramente no había tenido en cuenta nada de esto, básicamente porque en esa época no leía los periódicos. La noticia había sido pública y yo ni enterada. Ni siquiera me había enterado de la repartición de acciones que la mamá de Jaime hizo entre sus diez hijos. Repartió unas pocas acciones entre sus hijos, pero al parecer valían mucho dinero. Yo juro por el alma de mi abuela muerta, con la cual me identifiqué siempre, que no tenía la más puta idea de todo esto, hasta que la exesposa me lo comunicó a los gritos, a través de Jaime. Porque ella le decía cosas como: "¿Acaso crees que ella no sabe que tú tienes mucha plata y que tu madre acababa de heredar una fortuna?". No, soy tan pelotuda que no sabía, y porque todo este tiempo lo último que había hecho era pensar en cuánta plata tenía Jaime en el banco. Para mí, el dinero nunca fue una razón para intentar seducir a alguien, y mucho menos en esa época, cuando era feliz vistiéndome con zapatillas Converse, pantalones que se me caían y pashminas baratas de diez soles alrededor del cuello. Me daba igual el dinero. Me bastaba con abrazarlo, sentir su olor, caminar por calles oscuras sin que nadie nos reconociera, comer sándwiches de jamón y queso derretido sabiendo que engordaba pero era delicioso, tomar un jugo de frutas más, escuchar de nuevo esa canción que nos hacía sonreír.

Una noche, Jaime vino furioso a mi casa porque se había enterado de que su madre había ido a tomar el té con la exesposa. ¿Cómo lo supo? Porque él bajó al piso donde vivían sus hijas, pensando voy a encontrar la puerta cerrada, pero no, la encontró abierta y solo pudo dar dos pasos hasta que sintió la voz de su madre. Su madre en el departamento de Sandra. ¿Qué hacía ahí? No le había avisado a su propio hijo que iría a ver a la exesposa. No pudo escuchar mucho, pero lo suficiente como para que él se diera cuenta de que Sandra se quejaba, le decía: "Mire lo que nos ha hecho, nos ha abandonado por irse con esta chiquilla". Sandra estaba tratando de indisponer a su madre contra él, contra mí. Jaime se dio media vuelta y se fue. Y luego cometió el error de no llamar a su madre para contarle su versión de los hechos. Le dolió haberse enterado así de la reunión. Fue entonces cuando me contó lo del pacto.

La última noche que logró entrar al departamento de sus hijas, apareció Sandra y todo terminó a los gritos. Ella le había dicho: "¡Tú rompiste nuestro pacto, ahora asume las consecuencias!". ¿Cuál había sido el pacto? Aparentemente, la noche en la que Jaime le había contado a Sandra que yo estaba embarazada, que nosotros estábamos peleados, que no sabía si yo iba a tener al bebé, ella le había dicho que nada tenía por qué cambiar entre ellos, siempre y cuando él siguiera las siguientes reglas: no hablar del embarazo en público, no mencionar al bebé cuando ya hubiera nacido, a nadie, ni siquiera a los amigos cercanos o la familia; solo podía ir a verme, o vernos, a mí y al bebé, los sábados por la tarde, eso sí, cumpliendo con todas las obligaciones económicas para que yo me mantuviera en silencio y sin necesidad de hablar con la prensa o quejarme ante un juez.

Jaime había accedido a ese trato y luego entendí por qué me había escrito ese mail de "solo te veré los sábados". También entendí que Jaime puede ser muy débil, dejarse manipular para no herir a alguien a quien quiere. No dudo de que quería a su exesposa. No tengo duda alguna. Pero creo que hacía mucho no la quería de una manera romántica, sexual, y eso es lo que define a una pareja, a un matrimonio. Creo que él la quería como una amiga, como el recuerdo de un gran amor. No se puede ser un matrimonio si no hay sexo, química sexual. Y Sandra seguía buscando en Jaime algo que nunca iba a encontrar, porque él antes que estar con ella, creo que prefería estar solo o con su novio argentino. Así de triste, duro y confundido fue todo.

¿Cuáles eran las consecuencias de no haber cumplido el pacto? No poder ver a sus hijas, sentir que ellas estaban molestas con él, como si él hubiera traicionado a su madre, como si ella hubiera estado durmiendo en la misma cama con él cuando yo quedé embarazada. No, Sandra sabía de mí desde la época en que Jaime se quedaba en el Country los fines de semana que venía a Lima. ¿Quizás ella pensó que yo era solo un affaire? Bueno, yo a mi esposo no le permitiría un affaire. O, dicho de otra manera, si me entero de que se está acostando con alguien, entendería que lo nuestro se terminó, o por lo menos que algo ha cambiado entre nosotros. Pero ella lo sabía y le daba igual, no decía nada. Un fin de semana, un sábado por la noche que él estaba en su cuarto en el hotel Country, ella nunca llamaba, si alguien acaso llamaba era el novio. Él sí creo que estaba enamorado de Jaime. Pero también supo de mí desde el comienzo. Pero a ella, ¿recién le importó cuando yo estuve embarazada y había dinero de por medio? Tal vez no, pero me hace pensar. El hecho es que, cuando yo conocí a Jaime, ellos estaban divorciados y, si bien tenían una relación cordial, no se trataban como esposos.

La influencia de Jaime en televisión empezó a ser cada vez más y más grande. No exagero si digo que se convirtió en el personaje más visto de la televisión peruana. La gente hablaba cada vez más de la candidatura. Pero, de nuevo, todo se fue al carajo.

Un día me llamó por teléfono y me dijo que lo habían despedido de la televisión. Me dijo que había estado en la casa del dueño del canal y que él le había dicho que estaba entre la espada y la pared. Nada tenía mucho sentido, porque el programa tenía ratings altísimos. Pero, al parecer, algún político con poder había visto como una amenaza la candidatura de Jaime y había hecho presión para que lo despidieran de un día para otro, y así impedir que Jaime siguiera hablando de una candidatura que no era segura, pero que, a pesar de eso, tenía cada vez tenía más simpatizantes.

Entonces esa noche que Jaime debió salir en la tele y no pudo, vino a mi departamento, se sacó la corbata y me dijo: "Ahora tenemos más tiempo para nosotros". Se le veía triste, cansado, abatido. No había sido justo que lo despidieran así, sobre todo cuando era uno de los programas más vistos de la televisión peruana. En cuestión de minutos lo convencí de que era una buena idea, que no tenía que encontrar un nuevo trabajo mañana mismo, que podía tomarse unas vacaciones para jugar ping-pong, pasear, mirar la nada misma, incluso si quería podía irse a Buenos Aires si eso le hacía feliz. Total, yo ya estaba acostumbrada a amarlo de lejos y sabía que, si iba a visitar al novio, todo terminaría mal, porque así había sido las últimas veces. En los últimos encuentros en Bogotá, el novio había hecho escenas de histeria cuando trataba de tener sexo con Jaime y la respuesta era no, ahora no. Yo podía intuir que Jaime ya no tenía interés por esta persona, no lo llamaba por teléfono, no lo mencionaba casi. Mi impresión era que peleaban mucho y que el novio estaba siempre reclamándole algo. Pero desde que Jaime se mudó a Bogotá y luego a Lima, ya casi ni lo mencionaba. Yo sabía que la cosa entre ellos se había enfriado y mi instinto rara vez se equivocaba.

La noche del despido, antes de irse, Jaime me miró fijamente a los ojos y me dijo: "¿A quién prefieres: a Jaime el escritor o Jaime el periodista de televisión?". Le contesté que al escritor. Y pareció irse sonriendo de mi casa. Sin embargo, dos días después me dijo que había recibido una llamada de un canal en Miami, que le ofrecían un programa de lunes a viernes, a las diez de la noche, un horario en el que él había reinado en rating hacía un par de años, porque había hecho muchos programas en esa ciudad durante años. Me dijo que la plata era buena, pero sobre todo era una revancha a su honor. Me quedé confundida. No sabía qué decirle. Tuve miedo. Y para colmo, dos días después le escribieron del canal más importante en Bogotá, pidiéndole que regresara con su programa y ofreciéndole más plata.

Lo que comenzaron siendo unas vacaciones felices, duró solo una semana. Ahora Jaime tenía dos opciones: ser candidato presidencial, o volver a la televisión en Miami o Bogotá. Todos los días cambiaba de opinión. A veces me decía que no iba a aceptar ninguna de las dos propuestas de televisión, pero luego me decía que era mucha plata como para dejarla ir así nomás. Y lo entiendo, si hay alguien cuyos gastos familiares son bastante elevados, ese es Jaime Baylys, el eterno bonachón, el que casi siempre está culposo, el que no lo dice, pero cree que las heridas sanan más rápido después de un depósito bancario o un sobre con efectivo. Otras veces me decía al carajo, me lanzo como presidente.

Yo sentía que Jaime se quería ir de Lima. Sentía que no soportaba la humillación de que lo hubieran sacado de la tele así, de un día para otro, sobre todo cuando el suyo era un programa de éxito. Una vez roto el pacto con la exesposa, ella y las hijas no querían saber nada de él. La exesposa nunca le abría la puerta y supongo que para él fue duro vivir en ese momento un piso más arriba, tan cerca, pero más lejos que nunca.

La candidatura se fue enfriando porque Jaime ya no tenía el programa en vivo, y aunque algunos partidos políticos lo buscaron para que fuera su candidato, le pedían que se sometiese a unas elecciones internas junto con otros aspirantes para representar al partido. Esto a Jaime le parecía un riesgo y pensaba que quizás lo mejor era que él fundara su propio partido. Pero luego ocurrió algo que cerró una puerta más. Jaime se peleó con su hombre de confianza, su mano derecha, el hombre que lo alentaba a ser presidente y le organizaba comidas con posibles aliados políticos, personas con mucho poder. Se pelearon porque un día Jaime leyó en una columna de un periódico que el asesor había dicho que él tenía "cerebro de mujer". No le molestó la frase en sí misma, sino la forma. Sintió que su asesor político se burlaba de él a sus espaldas, y ahí terminó esa relación.

Por otro lado, estaban los productores de Miami y Bogotá mandando tres mails diarios, rogándole volver. Entonces ahora parecía que todas las flechas apuntaban a volver a la televisión. Yo ya no sabía qué pensar, qué decir. A veces él me decía que se iba solo y que vendría a visitarme todos los fines de semana, a veces me decía que nos íbamos juntos. Yo estaba en un estado de pasmo absoluto, como quien está en el paredón y siente que en cualquier momento le va a caer una bala. Yo pensaba: quizás se vaya solo, quizás me vaya con él. Que pase lo que tenga que pasar. Yo acababa de mudarme sola, de remodelar el departamento, no entendía que se fuera tan pronto y me dolía. Pero también sabía que su orgullo estaba en juego y no quería que se quedara en Lima resentido, sintiendo que podría estar haciendo un programa de puta madre fuera del país. Aceptar un trabajo en el extranjero era una manera de decir: me despiden de Lima, pero en dos semanas ya tengo un programa en Miami, eso no lo hace cualquiera.

Tengo algo que mostrarte

Yo tenía cuatro meses de embarazo cuando él me dijo: me voy. Me voy porque me despidieron de la televisión, me voy porque mis hijas no me quieren ver, me voy una semana a Miami a conocer el estudio, a mis nuevos productores y a ver si realmente vale la pena irnos. Cuando decía "irnos" en plural, yo pensaba quizás se va solo y yo me quedo acá. Yo siempre me ponía en el peor de los escenarios y prefería no hacerme ninguna ilusión, porque la verdad estaba cansada de sufrir. Le dije que estaba bien, que fuese y que mirase. Yo no quería que se quedara pensando "debí ir", porque iba a terminar odiándome.

Por esos días Jaime estuvo un poco más distante, ya no pasaba tanto tiempo en mi casa, aunque me llamaba todo el tiempo y parecía que estaba preparando cosas para el viaje. Estaba enfocado en eso. Yo pasaba mis días escuchando música, leyendo, viendo películas. A veces me metía a la página de Facebook de Camila y veía que la foto de mis adornos quemándose seguía ahí, con la misma leyenda: "Quémate, mierda".

Así llegó el día en que Jaime estaba supuesto a viajar. Almorzó conmigo, luego se fue a su casa a hacer maletas y me dijo que volvería a la noche para despedirse antes de tomar el vuelo de medianoche. Esa tarde estuve triste, pero no demasiado. Sentía que, aunque me diera pena, él tenía que ir y mirar.

Eran las nueve de la noche, yo estaba escuchando música, cuando vibró mi celular. "Estoy abajo", me dijo en tono seco, y yo pensé: "¿Hice algo mal?". Bajé enseguida y lo vi sentado en su camioneta mirando hacia otro lado, parecía molesto. Me senté a su lado y cuando lo saludé me di cuenta de que no estaba molesto, estaba furioso. "¿Pasó algo?", le pregunté. "¿No te enteraste?", me dijo. "Vinieron a tu edificio, tiraron huevos en tu ventana, y escribieron 'SILVIA PUTA' con aerosol negro en la puerta de tu garaje". Me quedé fría, miré a mi garaje, no había nada, pero sí se podían ver manchas negras. Luego miré a mi ventana y sí, vi las cáscaras de huevos y el vidrio todo manchado. "Le dije al portero que limpiara tu puerta del garaje antes de que bajes. Llegué hace veinte minutos". Yo miraba los huevos rotos en mi ventana como si fuera la de algún vecino. No sé si era el embarazo o qué, pero me había acostumbrado a mirar el caos con absoluta calma. Pero Jaime estaba fuera de sí. Nunca lo había visto tan molesto. Me dijo que sabía quién había hecho eso, y arrancó el auto.

Fuimos a un restaurante y, apenas nos sentamos, llamó a su hija mayor. No le contestó. Llamó al chofer, su primera pregunta fue: "¿Dónde está Camila, estás con ella?". "No, señor, su hija salió con unos amigos, salieron caminando". Jaime llamó a la casa de Sandra, le contestó la hija mejor. "¿Dónde está Camila?", preguntó Jaime. "No sé", respondió su hija, desafiante. "Bueno, alguien ha ido a casa de Silvia a tirar huevos y escribir insultos en la pared. Necesito hablar con ella". "¿Y tú cómo sabes que eso es verdad?", le preguntó la hija. "Porque los he visto con mis propios ojos, y cuando le pregunté al portero quién podía haber sido, me dijo que los únicos que habían pasado caminando por esa calle a esa hora había sido un grupo de chicos adolescentes, bien vestidos, riéndose a gritos". "No sé dónde está Camila, pero no fue ella", respondió. "¿Quién más se tomaría el trabajo de venir al nuevo departamento de Silvia a atacarla de esta manera?".

"Todo el mundo sabe dónde vive Silvia", le contestó la hija. Yo pensé: "Estas chicas de verdad creen que soy una puta". Luego la hija le colgó el teléfono.

Yo no lloraba. Ni siquiera estaba molesta, pero sí pensaba: "Son muy pocas las personas que saben dónde vivo ahora. Lo saben mis padres, lo saben mis tres mejores amigas, lo saben tres de mis amigos. Y estoy en muy buenos términos con todos ellos como para que vengan a hacerme algo así. Por otro lado, no tengo enemigos. Hay gente que no me quiere, pero no creo que nadie me odie tanto como para averiguar dónde vivo y venir a tirarme huevos un sábado por la noche".

Jaime me dejó en mi departamento, me dijo que volvía en diez minutos. Yo lo veía tan ofuscado que no quise preguntar adónde iba. Pero sí me sorprendió que a los diez minutos volviera y me dijera que fue a la casa de Sandra y le quité las llaves de su departamento. Al parecer, antes de venir a verme, se había despedido de Sandra, le había dicho que se iba al aeropuerto, que ella ganaba, que le dejaba las llaves de su departamento para que lo usaran cuando quisieran, y que apenas llegase a Miami, iba a empezar los trámites para poner ambos departamentos a nombre de Sandra. Al parecer, esa partida la había ganado ella, porque él había decidido dejarle ambos departamentos a su nombre y sus tres camionetas de lujo a ella y a las hijas, ahora que era muy probable que se fuera a vivir a Miami.

Pero cuando vio los huevos en mi ventana, el insulto en mi puerta, Jaime cambió de opinión. Sandra había pasado mucho tiempo calumniándome a los gritos y eso había provocado que las hijas me odiasen, al punto de escribir cosas en Facebook, dejarme una perra en mi casa, tirar huevos en mi ventana. Él sentía que Sandra era la culpable de que sus hijas me odiaran. Porque ella no había querido ser su amiga y aceptar que él se había enamorado de nuevo. Él, todos estos años, había cumplido económicamente con ella, incluso le había dado bastante más de lo que el juez dictaminó cuando firmaron el divorcio. Pero esa noche le pareció que lo que había ocurrido era una consecuencia de la inestabilidad emocional y la codicia de la exesposa, y no solo le pidió las llaves de su departamento y sus autos, le pidió que se fuera de ahí, que buscara otro lugar dónde vivir. Le dijo que, por supuesto, él seguiría cumpliendo con sus obligaciones económicas con ellas, pero que su paciencia se había terminado. Jaime había venido aguantando golpe tras golpe, porque ella le decía en su cara y frente a sus hijas que él no era el papá de mi bebé, y porque me llamaba perra a gritos. Y Jaime puede ser muy bueno, pero cuando se harta, su reacción puede ser un tanto excesiva. Esa noche él le dijo: "No permito que nadie insulte a la madre de mi bebé, debes irte cuanto antes de mi casa. Apenas llegue a Miami, te depositaré tu plata del año adelantada para que busques un buen departamento y pagues las cuentas de mis hijas". Jaime le hacía a su exesposa las transferencias bancarias cada diciembre, para todo el siguiente año. Le mandaba doce mil dólares al mes, pero cuando hacía la transferencia, la redondeaba en ciento cincuenta mil dólares por año, fuera de gastos de viajes y propinas a sus hijas. Lo que quiero decir es que Jaime no las estaba dejando en la calle. Le estaba diciendo a la exesposa que su odio contra mí había llegado a un límite y que tenía que irse del departamento. Y aunque aún fuera octubre, le iba a depositar el dinero de todo el próximo año. Y sí, quizás fue un error que Jaime reaccionara así cuando vio los huevos en mi ventana, el insulto con aerosol en la puerta de mi garaje, y que luego lo contara todo en una columna en el periódico. Pero quienes estamos cerca de él y nos damos la gran vida gracias a él, sabemos que, si de un pie cojea, es de contarlo todo cuando escribe. A mí también me había tocado aguantar la humillación cuando él publicó esa columna titulada "Todo mal", en la que decía que yo no sabía si mi bebé era de él o de algún amigo. Horrible, pero ese era el precio que uno pagaba cuando se enfrentaba al escritor sin filtro. En ese momento, después de la columna de Jaime, mucha gente creyó que él estaba dejando a sus hijas sin casa, y aunque creo que la suya no fue una reacción prudente, también debo decir que enviar ciento cincuenta mil dólares por año no es dejar en la calle a nadie. Además, Jaime es, ante todo, una buena persona. Él lo que quería era que las hijas le abriesen la puerta del departamento, poder verlas, abrazarlas, decirles que nada era como ellas creían, que no por haberse enamorado de mí dejaba de quererlas a ellas. Pero algo me dice que esa mala opinión sobre mí fue sembrada por la exesposa, quien no supo ser su amiga. Además, la exesposa actuaba como si ella no hubiera tenido otros amores. Como si no hubiera salido con otros hombres todo el tiempo que estuvo divorciada de Jaime. Pero claro, todo lo hacía bajo la sombra, sin decirlo en voz alta, sin que saliera en el periódico, para así poder seguir siendo "la exesposa de Jaime, a ratos la esposa, pero, en cualquier caso, la mujer que siempre fue buena con Jaime, le dio dos hijas y, a pesar de eso, él la dejó porque era o es gay". Esa es la imagen pública que ella tenía en ese momento: "La dignísima señora que había sabido guardar el luto cuando su esposo la dejó por otro". Bien por ella, no debe de ser fácil mantener esa reputación.

Esa noche, cuando Jaime volvió a mi departamento antes de ir al aeropuerto, le dije que tenía algo que mostrarle. Y le enseñé la foto con el insulto que su hija mayor había hecho público en Facebook. "No quise enseñártelo antes, para evitar problemas con tus hijas, pero después de esto, siento que tengo que mostrártelo", le dije. Jaime vio la foto y me dijo: "Hace un mes fueron a mi edificio y pintaron con spray 'Baylys puta', y yo la verdad pensé que el insulto era para mí, pero luego me enteré de que era para mi hija mayor. Lo habían hecho unos chicos de su edad. Al parecer es algo que hacen los de su generación. Por eso siento que es ella. Y si no fue ella, fue alguno de sus amigos, mandado por ella. Ella sabía que yo me iba de viaje esa noche y creo que cuando me despedí de su madre, creyó que me iba directo al aeropuerto; no calculó que pasaría por tu casa a despedirme una vez más de ti. Hablé con los porteros y me dijeron que ella salió caminando con unos amigos, minutos antes de que te tiraran los huevos".

Jaime estaba indignado, fuera de sí. Nunca antes lo había visto tan molesto. Estaba más molesto que yo, y eso que era yo la embarazada, la agraviada. A veces pienso que algo me hacía portarme de esa manera tan calmada para proteger al bebé. Si me alteraba, el bebé lo iba a percibir. Incluso en un momento le dije algo como: "Ya fue, si no me quieren no pasa nada".

Sé que esa noche Jaime intercambió correos terribles con su hija mayor. Él la confrontaba por haberme ido a tirar huevos, por haberme insultado en Facebook públicamente. Ella lo negaba, le decía que no había sido. Él le mandó la captura de pantalla de la foto y el insulto. Ella alegó que yo había tenido que hackear su cuenta de Facebook, es decir, traspasar el filtro de privacidad, para poder ver eso. Él le dijo la verdad, que yo había podido ver eso por algún descuido de ella, quizás había olvidado activar la opción de "no mostrar mis fotos a contactos en común". Ella le respondió que no lo quería ver más.

Él cerró su mail en mi computadora, se pudo se pie y me dijo que tenía que ir al aeropuerto. Y se fue esa misma noche. Yo me quedé sola, triste, sintiendo que las hijas me odiaban injustamente. No se habían dado el trabajo de conocerme. Me odiaban por lo que su madre les había dicho de mí.

Él me escribió un mail a las seis de la mañana diciéndome que ya había llegado, y que se estaba quedando en el Ritz de Key Biscayne. A mediodía me llamó y me contó: "Ya firmé el contrato. El programa comienza en dos semanas. Vuelvo a Lima, celebramos tu cumpleaños y luego regreso a Miami para empezar el programa. Me gusta la idea de que tú y el bebé vivan aquí conmigo".

No sé si vamos a poder vivir juntos

Jaime volvió el día que prometió y se alojó en mi departamento. Para mi cumpleaños fuimos a Paracas. Eso fue a comienzos de noviembre del 2010. Fue una odisea llegar, porque las autopistas en el Perú son en general una mierda. Y porque salimos muy tarde, ya de madrugada, por haber estado mirando las grabaciones de las cámaras de seguridad de mi edificio y del edificio de al lado. Tratamos de identificar a los que me habían tirado los huevos, pero solo podíamos confirmar lo que el portero de mi edificio nos había dicho: "Eran cuatro chicos, como de quince años, todos bien vestidos".

Llegamos a Paracas a una hora insólita. A pesar de que era el mejor hotel de la zona, Jaime puteó porque el internet no funcionaba bien. Eran las seis de la mañana y yo quería dormir y Jaime seguía puteando al recepcionista. En esos momentos pensaba: en qué me he metido.

No hicimos mucho ese fin de semana. Hacía frío. Nos metimos al jacuzzi que teníamos frente al cuarto, jugamos ajedrez y estuve a punto de ganarle: lo había dejado con tres fichas hasta que me comió la reina y me volteó el partido. En ese momento me di cuenta de que si le ganaba, iba a odiarme. Estuve contenta de haberle dado la pelea.

Antes de ir a Paracas, habíamos tenido una consulta con mi obstetra y nos dijo que el bebé muy probablemente iba a ser mujer. Supongo que fue una pequeña decepción para Jaime, porque él tenía ilusión del hijo hombre y la verdad es que yo lo acompañaba en la idea. Pero el doctor nos dijo que sería mujer y Jaime, aunque quizás en el fondo aún tenía la esperanza de que las ecografías mostraran otros resultados, me preguntó qué nombre quisiera ponerle a nuestro bebé si era mujer. Él estaba bastante claro en que si era hombre se llamaría James, pero ¿y si era mujer? Le dije que Lucía era un nombre que a mí me encantaba, que de hecho yo me iba a llamar así, hasta que mis hermanos convencieron a mis padres de que llevar el nombre de mi madre era una mejor idea. Yo hubiera querido llamarme Lucía. Nos echamos en la cama uno al lado del otro. No tardamos más de cinco minutos en encontrar el nombre perfecto: Zoe. Significa "vida" en griego. Me dijo que era perfecto, y yo le contesté que también me encantaba.

Un 10 de noviembre, Jaime regresó a Miami prometiendo que volvería para Navidad. Pero a los pocos días me llamó preguntándome si quería ser su invitada en el primer programa. Me dijo que lo había consultado con los productores y que todos allá estaban encantados con el embarazo y con muchas ganas de conocerme. Acepté encantada y le di a Jaime mi fecha de nacimiento y número de pasaporte. Me preguntó si mi visa seguía vigente, le dije que sí. El programa se estrenaba el 15 de noviembre. Yo viajaba en cuatro días.

Mi panza ya se notaba y me fue muy fácil encontrar un vestido cómodo. Elegí uno plateado, súper cómodo, que se ajustaba a mí sin problemas. Me subí al avión dos días antes de la entrevista, Jaime fue a buscarme al aeropuerto y me quedé con él en el Ritz. Tenía una suite bastante grande y dormíamos en la misma cama. Entre nosotros se había roto bastante el hielo, nos tratábamos cada vez con más confianza, aunque ambos teníamos nuestras dudas. Yo no quería entregarme sentimentalmente por completo para no salir dañada, él a veces me decía que no sabía si iba poder hacer las cosas bien conmigo. Pero nos llevábamos cada vez mejor y ante todo éramos buenos amigos. Ahora que Jaime estaba en Miami, la sombra de Sandra había desaparecido. Ya no se sabía nada de ella. Pero al que empecé a sentir más cerca, apenas Jaime firmó contrato con el canal de Miami, fue al amigo argentino. Por alguna razón él quería participar del programa. Según me contó Jaime, el amigo argentino había trabajado con él en alguno de sus anteriores programas. Lo había ayudado en la sección de videos. Me dijo que él, junto con una chica argentina, le mandaban desde Buenos Aires videos políticos de actualidad para que Jaime los comentara en el programa. Me dijo que esa chica argentina hacía gran parte del trabajo, pues era ella quien grababa desde su casa distintos noticieros internacionales. Al final del día, ya en el canal, Jaime se sentaba con su editor y elegía qué videos iban, cuáles no iban. Pero ahora Jaime quería hacer un programa distinto, no quería politizarse tanto, quería hacer más un late night, hacer un monólogo de humor al comienzo, tener un invitado luego. Entonces el problema parecía ser que Jaime le había dicho algo como no te veo trabajando conmigo, pero el novio igual quería ir a visitarlo a Miami y, en resumen, empecé a sentir su presencia de nuevo. Sabía que ellos se escribían y no sabía hasta qué punto creerle a Jaime cuando me decía que al chico le tenía cariño, pero ya no lo veía en su vida. Yo, en general, trataba de no creerle por completo nada a Jaime, para después no llevarme una decepción.

Llegó el día del estreno y fui al programa, había mucha prensa. Nos hacían fotos juntos. Jaime a ratos parecía incómodo. No sé si por la cantidad de gente que había en el estudio, o porque todos nos asumían como una pareja feliz que se iba a casar pronto. En ese momento todavía había temas pendientes entre nosotros, heridas abiertas y nos queríamos, pero teníamos miedo de amarnos. El programa salió bien. Me quedé dos semanas. Unos días después volví a Lima sin saber si regresaría a Miami.

Jaime ya llevaba casi un mes viviendo en el hotel, así que una vez que eligió a su nuevo equipo de trabajo, y le agarró el ritmo al programa, empezó a buscar una casa. Yo estaba en Lima, viviendo mi embarazo con más calma ahora que las hijas y la exesposa se habían replegado. Dormía muchísimo. Me quedaba dormida con mucha facilidad, nunca dormí tan bien en mi vida. Pero con todo y el embarazo, me las arreglé para terminar mi segunda novela. La mandé a la editorial Planeta Perú y a la semana siguiente ya tenía respuesta: querían publicarme. Qué distinto había resultado todo esta vez. Cuando escribí mi primera novela, por un momento pensé que nadie iba a publicarme. Pero bueno, yo estaba de moda en ese momento y la respuesta fue inmediata; me dijeron ya es casi fin de año, te publicaremos en febrero del 2011. Firmé contrato, me reuní varias veces con el editor para pulir detalles de estilo. Esa segunda novela la escribí fácil, y la publiqué fácil también. Y, sin embargo, de las tres novelas que he publicado, es a la que más cariño le tengo. Porque es real, porque habla de un amor imposible entre dos chicas, y eso me pasó a mí. Quizás por eso nunca me molestó el lado gay de Jaime. No me molestaba que hubiera tenido esta relación en Buenos Aires. Yo sabía que Jaime lo había querido mucho, sabía que, para él, haberse permitido el amor de otro hombre era una manera de buscar el amor que nunca le dio su padre, y escapar de las infinitas reglas religiosas y prohibiciones homofóbicas a las que lo sometió su madre desde niño. También sabía que Jaime le había dicho a su novio desde el comienzo que él no era del todo gay y también era capaz de enamorarse de una mujer. Nunca le escondió que me conoció, que nos veíamos; de hecho, el novio o exnovio, ya no sé cómo llamarlo, vio nuestro primer programa juntos en Miami, y escuchó a Jaime decirme en cámaras que estaba feliz conmigo, que estaba ilusionado con el bebé. Si yo estoy en pareja con Jaime y ya no me ve nunca, y le digo que quiero ir a visitarlo, pero al final nunca voy, y lo veo en televisión tratando como pareja a otra persona, me alejo. Yo entendería que el amor se ha enfriado, o con suerte se ha convertido en una amistad. Por más cariñosos que puedan ser los mails de Jaime, no necesitaría que me dijese explícitamente: ya-no-somos-una-pareja. Los hechos hablan por sí solos. Y aunque me duela decirlo, en la época en que Jaime estaba distanciado de mí porque al final no quedé embarazada, no me escribió durante semanas, lo cual significaba que podía vivir sin mí. Era duro, pero era así. Los hechos siempre hablan más que las palabras. Yo me había enamorado de una mujer y entendía que él se hubiera enamorado de un hombre. Eso era algo que, lejos de alejarnos, nos unía, y mucho.

Pero ahora había algo más fuerte que nos unía y era el bebé que estaba en mi barriga. Un día fui a hacerme una ecografía en 3D, fui con mi madre. En realidad llegué al edificio y la vi parada afuera, esperándome, y en ese momento pensé: "¿Por qué está acá?". Hoy que soy madre me arrepiento profundamente de haber pensado eso. Es mi mamá y tenía ilusión de ver un poquito más de cerca a su nieto o nieta, que ya para entonces todo indicaba que sería nieta. Entramos juntas al consultorio y mi madre estaba más emocionada que yo. Yo sinceramente sentía que quería a mi bebito, pero en esa época no mostraba mis emociones. Mucha gente en la calle me saludaba y me tocaba la barriga, algo que por cierto siempre odié, porque me parecía que lo hacían porque llevaba "al bebé de Jaime Baylys". Pero con mi madre era distinto. Nos imprimieron unas fotos bastante claras del bebé durmiendo. "Tiene facciones muy finas", dijo el doctor. Más tarde escaneé las fotos y se las mandé a Jaime. Su respuesta fue: "Ver su foto me hizo llorar. Tuve miedo de quererla y que después ella me dejara de querer".

Jaime estaba triste. Estaba solo. Sus hijas no le hablaban. Yo estaba lejos. Pero había algo en él que todavía le daba ilusión: nuestro bebé. Casi todos los días me comentaba que había visitado tal casa y tal otra con su realtor de confianza, una señora peruana encantadora, y que estaba buscando la casa más linda, pero sobre todo la más cómoda, para darle la mejor bienvenida a nuestro bebé.

Un día me mandó un mail que decía: "La encontré, esta es nuestra casa", y me mandó un tour virtual en un link. Miré la casa y me pareció linda, pero no quise imaginarme viviendo en ella, por si al final algo cambiaba entre nosotros. Me preguntaba si la aprobaba, yo le dije que sí, un poco sorprendida de que tuviera tan en cuenta mi opinión.

Era casi fines de noviembre y fui a visitarlo de nuevo. Me fue a buscar al aeropuerto y, cuando estábamos entrando a la isla, me dijo: "Nos mudamos mañana". Le sonreí sin decir nada.

Realmente no había mucho que mudar, porque él había venido con una maleta y yo con un carry on. Esa noche él se fue al programa, yo lo esperé en el hotel. En un momento entré al baño y vi una caja de condones. Pensé por qué compra condones si ya estoy embarazada, quizás está teniendo sexo con alguien más, pero sinceramente no creo, porque la caja de condones está cerrada y mi instinto me dice que la compra para sentirse libre. Y yo había tenido un exnovio mentiroso y promiscuo, y en este caso no se me prendían las alarmas, mi instinto me decía que no me debía preocupar por eso. Cuando llegó, no le dije nada de los condones, nos fuimos a dormir y, al día siguiente, a eso de mediodía, hicimos check out del hotel.

Me acuerdo perfecto de la primera vez que entré a la casa. Tenía un piso de ladrillos en la entrada. Puerta de madera doble. Una piscina preciosa. Seis cuartos, seis baños. Cada cuarto tenía un baño incorporado. El cuarto principal tenía un jacuzzi y dos walk-in closets. Jaime me dijo que uno era mío y yo pensé:

"Nunca voy a poder llenarlo". No había un solo mueble en el primer piso. Subimos las escaleras al segundo piso y me mostró el cuarto de la bebé. Era bastante grande. Las paredes eran blancas y solo había una alfombra. Luego me enseñó mi cuarto. Me dijo que, si íbamos a vivir juntos, yo debía tener mi propia cama, un lugar para tener mis cosas, para sentarme a escribir y sentirme libre. El cuarto tenía una doble puerta de vidrio que daba a un balcón. Del balcón se veía la piscina, el cielo celeste, los árboles verdes de la zona. Mi cuarto tenía una cama y encima había un cubrecamas de flores que parecía que Jaime lo había sacado del depósito donde alguna vez guardó todo cuando se fue de Miami a Bogotá. Pero ese cubrecamas era tan antiguo que parecía tener historia. Pensé que era de la época en que vivió con Sandra y sus hijas en Miami, a mediados de los noventa. Esos detalles me hacían darme cuenta de que yo me había enamorado de un hombre con historia. Luego fuimos al cuarto grande y de nuevo había una cama de dos plazas. No había televisión, no había internet. Pero desde un primer momento, sentí que esa era mi casa; no sé, simplemente estuve cómoda, como no había logrado estarlo en mi departamento de Lima.

Esa noche dormimos cada uno en su cama y yo me olvidé de cerrar mi ventana. Me despertó un chorro de agua directo en la cara. Estaba lloviendo y el viento había empujado el agua directo hacia mí. Yo siempre despertaba antes que Jaime. Entraba al cuarto vacío de nuestra bebé. Luego bajaba al primer piso y tomaba un jugo de mango Naked y, como no tenía celular ni internet, me quedaba curioseando por ahí hasta que Jaime despertaba y entonces nos metíamos a la piscina y luego salíamos de compras. Compramos sábanas nuevas. Eso fue lo primero. Luego fuimos a comprar la cuna, un coche de paseo, el car seat, un mueble/cambiador para la bebé. Volvimos a casa con cajas, todo estaba sin armar. Compramos escritorios en Pottery Barn para nuestros cuartos. Pasábamos los días de compras y yo a ratos veía a Jaime abrumado. Un día estábamos en Merrick Park y yo entré a una tienda de ropa para embarazadas y, si bien tardé no más de media hora, cuando salí Jaime estaba molesto, porque él había preferido esperarme afuera y le habían pedido demasiadas fotos. Me acuerdo que me dijo: "Tienes que cuidarme más, no te olvides de que acá la gente me conoce mucho, no quiero pasar un sábado tomándome fotos". "Ops, perdón", pensé y creo que también se lo dije.

Yo era feliz metiéndome a la piscina, porque sentía que a la bebé le gustaba. Aliviaba el peso de mi barriga. A ratos Jaime parecía molesto, pero yo trataba de no reaccionar a sus provocaciones y luego se le pasaba y todo estaba bien. Todos los días llegaban cajas del almacén. Me quedaba claro que Jaime había dejado todo un pasado guardado en cajas, y se pasaba la tarde eligiendo qué cosas se quedaban en la nueva casa que había comprado y qué cosas se iban. Un día estaba ordenando los libros en el librero que acabábamos de comprar y sonó el teléfono de la casa. Jaime contestó, era el novio. "¿Qué hacés?", le preguntó sin saludarlo, o supongo que esa era una forma de saludo. "Nada, acá con Silvia, ordenando las cosas de la casa", contestó Jaime. "Ah, perdón, interrumpo. Hablamos luego", dijo el exnovio, el examante, quizás ahora amigo. En esos momentos yo tenía sentimientos encontrados. Por un lado, Jaime le había dado el teléfono de la casa en la que nos acabábamos de instalar. Por otro le estaba diciendo estoy con Silvia y me mudé con ella, no contigo.

Yo no hice ningún comentario, ningún planteo. Pensaba que lo mejor era no preguntar, no reclamar, y juzgar a Jaime según sus hechos, no sus palabras. Pero sí me quedaba claro que ellos se comunicaban, y como dije antes, ahora no rondaba el fantasma de Sandra, sino el del novio.

Todo parecía ir bien, yo en principio iba a quedarme solo una semana, luego me quedé dos. Poco a poco íbamos amoblando la casa. Ahora ya teníamos cable, internet. Un día Jaime quiso darse una ducha, la tubería se rompió y empezó a salir un chorro de agua que no teníamos cómo parar. Poníamos toallas, tratábamos de taparlo de cualquier modo, pero era imposible. Al parecer la manija de la ducha estaba oxidada o vieja y cuando Jaime había querido abrirla, algo se había roto y el chorro de agua era imparable. No nos quedó otro remedio que cerrar la llave principal del agua de la casa. Con lo cual ahora estábamos sin agua. Jaime llamó a la realtor, que también, por suerte, era su amiga, y ella nos mandó un plomero al día siguiente, quien solucionó el problema enseguida.

Todo iba bien hasta que un día estaba echada en mi cama, cuando vino Jaime y me dijo que la dueña de mi departamento en Lima acababa de mandarle un mail diciéndole que no habíamos pagado los impuestos anuales. Lo que me dijo me sonó en chino. Pero al parecer esta mujer había pasado por el edificio y había encontrado una cuenta dirigida a su departamento enviada por la Municipalidad. Yo le dije a Jaime que antes de irme había dejado todo pagado, que quizás esa cuenta había llegado en el tiempo en el que yo había estado fuera, y le recordé que nosotros habíamos prolongado mi estadía. Pero Jaime estaba molesto, muy molesto, y no entendía por qué. Me dijo que yo había sido muy irresponsable por no haberle recordado que podían llegar cuentas a mi departamento. Esto no me hacía mucho sentido y la verdad lo veía tan fuera de sí que me pareció que estaba loco, que me estaba puteando por algo que no tenía importancia. No exagero si digo que estuvo media hora regañándome como si fuera mi padre, mientras yo pensaba: ya entendí el punto, no sé por qué sigues dando vueltas. Terminó el regaño diciéndome que lo mejor era que yo viviera en Lima, que él viviera solo en Miami, que cuando regresara a Lima, lo mejor era que embalase las cajas de la cuna y el car seat para instalarlos en Lima, el lugar donde yo debía estar, porque él lo que quería era estar solo, dormir bien, sin la interrupción del llanto de un bebé, o la presencia de una nana, o de mis padres viniendo a visitar al recién nacido.

Eso era lo bueno de estar preparada para lo peor. En momentos como ese, no me afectaban sus palabras, aunque muy en el fondo me dolían, pero yo era lo suficientemente dura como para decirle: "Okay". Y básicamente el mensaje que yo le daba era: si no quieres vivir conmigo, me da igual, yo no te voy a rogar.

Luego Jaime bajó al primer piso y escuché que llamaba a alguien y enseguida supe que era a LAN y que estaba adelantando mi regreso a Lima. Puso mi pasaje de regreso en dos días. Lo odié, ahí sí que lo odié. ¿Quién carajo se creía para cambiar mi pasaje sin consultarme? Pero luego recordaba que él había pagado todo y me quedaba callada, jodida, tratando de aferrarme a la idea de que al menos yo era joven, y que algún poder tenía ahora que su hija crecía en mi barriga. Si me busca pelea, pensaba, se va a chocar contra una pared, porque yo no pienso reaccionar, no pienso romper un vidrio más. Para mí la dignidad consistía en saber cuándo el amor se termina, y si lo que él quería era que yo me fuera a Lima para luego ver a su novio argentino, por mí no había drama. Con todo lo enamorada que estaba de él, lo último que iba a hacer era pedirle que me quisiera.

Un día antes de mi partida, estábamos comiendo en un restaurante, cuando me dijo culposo: "Ese día que discutimos, cambié tu pasaje y te vas mañana". Encajé bien el golpe, básicamente porque ya lo sabía, y le dije: "Okay". Durante la comida no actué como si estuviera molesta y creo que él no se esperaba esa reacción. Todo este tiempo había estado rodeado de reclamos. Yo quería hacer la diferencia, y además pensaba si no quiere que esté acá, no tiene sentido reclamar nada.

Al día siguiente mi vuelo salía a las seis de la tarde. Nos bañamos en la piscina, fuimos al mismo restaurante de siempre, uno que nos quedaba cerca de la casa y se llamaba The Plaza. Era genial, porque nos hacían pescado al vapor con ensalada y nunca nada me cayó mal. Yo no podía comer grasa y la verdad es que comprobé que ese mito según el cual en Estados Unidos solo se come comida chatarra es mentira. Yo empecé a hacer mi maleta mientras Jaime dormía la siesta. Terminé enseguida, porque era solo un carry on y pensé: "Me jode admitirlo, pero lo voy a extrañar". Entonces hice algo que, para entonces, era bastante temerario: abrí la puerta de su cuarto con mucho cuidado de no hacer ruido, caminé en puntas de pie hacia donde estaba durmiendo, me eché despacio en la cama, a su lado, y me quedé dormida. Un rato después sentí que alguien me aplastaba y era él, que despertaba de golpe, sorprendido porque yo estuviera ahí. Sin embargo, y contra todo pronóstico, no parecía molesto. "No sabía que estabas ahí, ¿te hice daño?". Le contesté que para nada, y luego vio su reloj y dijo: "Es mejor que vayamos saliendo al aeropuerto". Y yo le dije que sí en un tono de voz amigable. No quería que sintiera que estaba molesta con él. Nos dimos un largo abrazo y me dijo al oído que me iba a extrañar.

Subimos mi pequeña maleta a uno de los autos que habíamos comprado hacía poco y manejamos al aeropuerto. Estábamos en silencio, nadie decía una palabra. Yo prefería mirar al frente porque así todo era menos triste. Aunque yo misma me lo hubiese querido negar, me había dado mucha ilusión mudarme a esa casa y decorarla un poco todos los días. Jaime no había querido meter en el auto las cajas con la cuna y las demás cosas de la bebé, a pesar de que yo se lo había sugerido. Me dijo que él podía llevarlas a Lima cuando fuera por Navidad, o mandarlas por correo si al final no viajaba. Estábamos saliendo de la isla cuando lo escuché decir: "Siempre me quedo solo", y cuando volteé a verlo, había una lágrima sobre su mejilla. Lo abracé enseguida y, sin pensarlo, me eché a llorar como no había llorado hacía tiempo. Él siguió manejando, mientras las lágrimas caían sin parar debajo de sus lentes oscuros. Yo en ese momento sentí que, al llorar así frente a él, estaba dejando salir todo el amor que me había guardado todo ese tiempo.

Llegamos al aeropuerto, estacionamos. Me acompañó hasta el último control y cuando no lo dejaron avanzar más, me abrazó aún con lágrimas en los ojos, la nariz enrojecida, yo toda inflamada por el llanto, y me dijo al oído: "Iré a Lima en Navidad, las cosas de la bebé se quedan aquí para cuando vuelvas. Te amo". "Yo también te amo", le dije sin dudarlo, porque lo había amado desde el día que lo conocí y todo este tiempo no se lo había dicho por tonta o por miedosa. Cuando estuve sentada en el avión, contuve el impulso de salir corriendo y volver a sus brazos. Pero dejé que el avión despegara y me llevara a Lima.

Llegué triste, cansada, me fui a dormir. Él me llamaba y escribía cada dos horas diciéndome que era raro estar en la nueva casa sin mí. Esa noche me dijo: "Esta casa sin ti es muy triste. Vendrás a dar a luz acá. Será nuestra casa". Y yo por primera vez no tuve dudas. Lo que acabábamos de vivir era real, él me amaba y yo, a pesar de las tantas mentiras y decepciones con mi ex, estaba feliz de poder decir esas palabras de nuevo: Te amo. Sin culpa, sin miedo.

Pensé que éramos amigos

Esa noche que llegué a Lima, recibí un mensaje extraño. Como estábamos en vísperas del lanzamiento de mi segunda novela, la editorial me sugirió abrir un blog y publicar un artículo semanal, y así sostener mi presencia con los medios y los que quisieran seguirme. Yo escribía un texto por semana en el cual contaba alguna anécdota de mi embarazo. Que había ido al cine solo para comer el pan con hot dog, porque ese había sido mi antojo del día, que alguien en la calle me había gritado algún piropo a pesar de mi embarazo, anécdotas cotidianas. Y la gente que me leía podía escribirme un comentario dejando su nombre o correo electrónico, o anónimo si así lo querían. Algunos eran positivos, otros negativos, y a mí por lo general no me afectaban los insultos, que no eran muchos, pero cuando uno está en el ojo público siempre hay detractores. Pero hubo un comentario que sí llamó mi atención. Era un comentario anónimo que decía: "Qué bueno que te mandaron de regreso a Lima, ahora Jaime va a estar con su macho en Miami". Enseguida había otro que decía: "El embrujo que me hiciste ya venció, ahora la maldición caerá sobre ti y tu podrida barriga". Me pareció que eran mensajes muy personales como para ser de un extraño. Quién más podía saber que Jaime había adelantado mi pasaje de regreso a

Lima, tenía que ser una persona cercana a él. Podía ser Sandra, podían ser sus hijas, podía ser el exnovio.

Esa noche, después del programa, Jaime me llamó por teléfono y cuando le pregunté cómo estás, me dijo ahí, más o menos, porque yo sabía que era difícil para él estar solo en Miami, principalmente por el silencio de sus hijas y porque yo tampoco estaba ahí para acompañarlo. Pero cuando me preguntó cómo estaba yo, mi respuesta lo sorprendió. Yo siempre le decía que estaba bien, pero esa noche le dije lo mismo que él me había dicho a mí: "Más o menos". "¿Por qué?", preguntó enseguida, y le conté del mensaje que acababa de recibir. Me contestó: "Mi sospechoso es mi amigo argentino". Luego me dijo: "No veo a mis hijas escribiendo que yo tengo un macho en Miami".

Esa noche Jaime le mandó un mail a su amigo argentino preguntándole si me había escrito un mensaje en mi blog, y que era bastante sospechoso que alguien cualquiera, por mucho que me odiase, supiera que mi regreso a Lima se anticipó. El amigo o novio juró por su hermana muerta que él no había sido, que sería incapaz, que ayudaría a encontrar al agresor. Jaime le escribió un correo diciendo: "Te creo, no te creo capaz de escribirle algo tan canalla a la madre de mi bebé, pero el blog de Silvia registra la dirección IP de la computadora, y si ese número nos remite a Buenos Aires, puedes empezar a hacer tus maletas, te vas de mi departamento, no permito que nadie le diga barriga podrida a mi bebé".

El amigo lo negó una, dos veces, y luego, enterado de que teníamos la dirección IP y que si contratábamos a un experto en informática podríamos darnos cuenta de que había sido él, terminó confesando. Le mandó no uno, sino diez mails a Jaime, en los que le decía que había sido él quien me había mandado esos mensajes a mi blog, porque esa era su manera de reaccionar a tantas injusticias que se habían cometido contra él. Al parecer, Jaime le había prometido ser el segundo invitado del programa, le había prometido que viajaría pronto a conocer la nueva casa, y nada de eso se había cumplido. Por más promesas que Jaime pudo haberle hecho, quien viajaba a Miami era yo, quien inauguraba el programa con él era yo, quien se había mudado con él había sido yo. Entonces el amigo o novio argentino no pudo más y me escribió esos mensajes, pero fue lo suficientemente tonto como para delatarse cuando dijo "qué bueno que te mandaron de regreso a Lima". Jaime no lo pensó dos veces y le escribió algo así como: "Cómo pudiste insultar así a mi bebé, pensé que eras mi amigo. Debes irte de mi departamento". Para nuestra sorpresa, su respuesta fue: "Me voy en este momento, no te aguanto más, estoy harto de vos".

Al día siguiente —Jaime en Miami y yo en Lima— el exnovio en Buenos Aires mandaba mails pidiendo perdón y diciendo que ya se había mudado donde su madre. Yo sabía todo esto, porque Jaime me reenviaba los mails que habían intercambiado.

Bajando el cursor de la pantalla, mirando los mails antiguos que ellos se habían mandado, pude encontrar dos mails muy reveladores que Jaime le había enviado la noche que viajé a Lima y al día siguiente. La noche que viajé le había mandado un mensaje de cinco líneas que decía: "Se fue, lloré mucho, no imaginé que me daría tanta pena, tomé muchas pastillas, voy a dormir". Y al día siguiente le había escrito otro mail diciéndole algo así como: "Me da miedo que viajes, en este momento quiero estar solo y la idea de que vengas y yo tenga que ir al mall a comprarles ropa a ti y a tu familia me abruma. No necesito verte. Te aprecio como amigo, pero no tengo ya interés en tener sexo contigo y la idea de que vengas y quieras tener sexo y yo no, y luego te molestes y tires un portazo, me da pánico. Yo no necesito verte y es mejor que en adelante asumas que no nos veremos".

Ya lo dije antes y lo repito: Jaime tiene mucha paciencia, hasta que explota y lo dice todo sin filtro. Cuando leí ese correo, entendí por qué el amigo o novio argentino me había mandado ese mensaje despechado a mi blog. El chico argentino le mandó varios mails a Jaime en los que le anunciaba que ya se había mudado, que no jodería más y que esperaba que algún día le perdonase el error de haber dicho que mi barriga estaba podrida, que no entendía que una amistad de ocho años se terminara así, de la noche a la mañana, y que se iba con mucha pena de un departamento que él había decorado con tanto cariño. Pero lo peor estaba por venir, porque hasta entonces él estaba haciéndose la víctima y aún no había sacado por completo su lado canalla, aunque ya lo había mostrado por un momento cuando me dijo que mi barriga estaba podrida. Pero eso no fue nada en comparación con todas las barbaridades que, por despecho, dijo después.

Yo veía todo este caos como quien ve una película de suspenso, como si los hechos no pertenecieran a mi vida. Era finales de noviembre, faltaba todavía un mes para Navidad, para que Jaime volviera a Lima. Y nada, yo hacía mi vida solitaria, veía a mis padres, a mis pocas amigas, tomaba mucho jugo de frutas, veía mi barriga crecer, dejaba a un lado los jeans que ya no me cerraban y me ponía la ropa que había comprado en Miami.

Un mes después de haberle pedido a la exesposa que se mudase de su casa, Jaime estaba arrepentido. Yo de esto me enteré luego, pero una de esas tantas noches que Jaime estaba solo en el Ritz en Miami, había llamado por teléfono a Sandra después del programa a pedirle que no se mudase. A pesar de los ciento cincuenta mil dólares que ya le había enviado, la distancia y el silencio de sus hijas hicieron que la culpa lo carcomiera, y por eso le había pedido esa noche por teléfono a la exesposa que por favor no se mudase. Según me contó, se lo pidió llorando, y me dijo que ella lloraba también, diciéndole algo como "cómo pudiste dejarnos por una cualquiera". Jaime le prometió que pondría ambos departamentos a su nombre, que ahora sí, ella ganaba. "Déjame pensarlo", le había dicho ella. Colgaron.

Un 24 de diciembre, en la madrugada, Jaime llegó a Lima. Entró a mi departamento a las seis de la mañana, mientras yo dormía, y se fue a su cuarto del fondo a dormir. Cuando desperté, a las nueve de la mañana, vi la puerta del pequeño cuarto cerrada y supe que estaba ahí.

Él despertó a la una de la tarde y yo lo esperaba con jugos de papaya que había comprado en la juguería cercana, porque así de considerada me había vuelto el embarazo. Me dijo que tenía un regalo para mí. Me dio dos pulseras Tiffany, una de parte mía, otra de parte del bebé, dijo. Luego me pidió que lo acompañara a su departamento para dejarles regalos de Navidad a sus hijas. Me dijo vamos juntos. Me sorprendió su valentía. Salimos caminando, cargando las cajas de regalos. Yo estaba un poco nerviosa, pero me gustaba sentir que él me estaba dando mi lugar. Llegamos al departamento y Jaime entró a identificarse con el portero, como quien llega como invitado a un edificio. No actuaba como el dueño. Le dijo: "Vengo a dejarles estos regalos a mis hijas. ¿Estarán arriba o han salido?". El portero lo miró algo sorprendido y le contestó: "Ellas ya no viven aquí, señor. Se mudaron hace como dos semanas". Yo me quedé fría y Jaime no hizo grandes gestos de tristeza, aunque supongo que en el fondo fue un golpe duro, y le dijo: "Bueno, me voy entonces".

Volvimos al departamento cargando los regalos y ahí yo le dije a Jaime que por qué no se reunía con sus hijas sin su madre y les trataba de explicar su versión de la historia. Me hizo caso y le escribió un mail a su hija mayor pidiéndole encontrarse en un café media hora, solo media hora, para darles a ella y a su hermana el abrazo de Navidad y los regalos. Jaime les había pedido que no se mudaran y Sandra decidió irse a la guerra, mover a sus hijas, ponerlas en la situación de tener que hacer maletas al poco tiempo de haberse instalado allí.

Mientras esperábamos la respuesta de Camila, Jaime me dijo para ir a visitar a su madre. Cuando estábamos parqueando, le pregunté: "¿Estás seguro de que ella quiere verme?". "Más le vale", me contestó. Bajamos del auto, entramos a la casa. Era muy elegante, las paredes estaban llenas de pinturas y fotos de sus diez hijos. Mientras caminábamos a la terraza, la vi aparecer con los brazos abiertos: "Hola, mi Jaime, qué sorpresa", y luego vio que estaba conmigo y sonrió como quien celebra la picardía de su hijo, o como si conocerme le resultara divertido. Me abrazó y besó con un cariño tan maternal que para mí fue imposible no quererla enseguida. La sentí tan real, tan buena, tan amorosa. "Qué linda y qué jovencita eres, pareces una de mis nietas", me dijo. Me gustó su sinceridad, porque sí, podía ser su nieta. De hecho, su nieta mayor estudió en la misma clase en la universidad conmigo. Luego se sentó a mi lado en la terraza y me hizo muchas preguntas mirándome a los ojos, como sorprendida de que me hubiera enamorado de su hijo. No vi una pizca de malicia en ella y me pareció que de veras estaba encantada de conocerme. También intuí que parte de esa felicidad radicaba en que mi presencia eclipsaba al chico argentino, a quien nunca quiso conocer. Yo estuve encantada con ella por lo genuinamente amorosa que fue conmigo y no encontré en mí rencor contra ella por haber ido a tomar el té con Sandra.

Nos preguntó si vendríamos esa noche a la cena de Navidad con la familia y Jaime le dijo: "No creo, ma".

Camila le contestó a su papá diciéndole "tal vez más adelante", así que recibimos las doce de la noche en mi departamento, viendo películas, tomando jugos de frutas. No era la Navidad que uno se imagina, pero había un aire de felicidad entre nosotros. A pesar de que él estaba peleado con sus hijas, a pesar de que yo estaba lejos de mi familia, a pesar de que no habíamos comido pavo y los únicos regalos que habíamos recibido eran los que habíamos intercambiado, estábamos contentos, de buen ánimo. El 25 de diciembre, Jaime conoció a mi familia. Conoció a mis padres y mis tres hermanos, a sus esposas y a mis sobrinas. Todo ocurrió en un almuerzo en casa de uno de ellos. Todo fluyó bastante bien teniendo en cuenta lo que había pasado antes. Mis padres habían empezado a mirar a Jaime con otros ojos desde que decía en televisión que estaba feliz conmigo. Lo empezaron a querer, sobre todo porque me veían feliz, ilusionada con mi embarazo y con él.

Esos días nos queríamos más que nunca. A ratos Jaime ponía su mano en mi panza y sentía las primeras patadas de nuestra bebé. Nos besábamos, escuchábamos música, hacíamos el amor. Todo a nuestro alrededor era un puto caos, pero no miento ni exagero si digo que nosotros éramos felices cuando estábamos juntos. Ahora éramos solo él y yo. Jaime había llegado un 24 de diciembre por la madrugada y por contrato tenía dos semanas de vacaciones y me dijo que podíamos ir a Buenos Aires a ver su departamento, que, en teoría, tendría que estar sin las cosas del amigo argentino. Jaime fue muy claro en decirle por mail: "Dado que ese departamento está a mi nombre y yo pago las cuentas mes a mes, lo justo es que te lleves solo tus cosas personales. El resto de muebles que compré, como los televisores, el equipo de música y las camas, son míos. Pero si te quieres pasar de listo y llevarte todo, enjoy the ride". Jaime, que siempre se pasa de bueno, esta vez tuvo un mal presentimiento, y para mi sorpresa, acertó.

Tantas casas vacías

La noche de Año Nuevo la pasamos en mi departamento y al día siguiente muy temprano salimos para Buenos Aires. Jaime seguía de vacaciones. Nos hospedamos en el hotel Alvear. Una suite con una cama queen, lo cual significaba dormir de nuevo en la misma cama. Yo nunca sabía hasta qué punto a él le gustaba o acomodaba dormir conmigo. A veces sentía que lo hacía por mí, como si en su mente yo lo quisiera así. Pero no sé, yo a veces sentía que él dormía mejor cuando su cama estaba al lado de la mía. Me gustó mucho el hotel, porque era señorial en su decoración y me hizo acordar al hotel Country de Lima. Los primeros días Jaime y yo no hicimos otra cosa que darnos largos baños en el jacuzzi del spa, visitar librerías, comer en el restaurant Fervor. No podía comer nada muy grasoso, pero me encantaba el pescado con puré de papas y ensalada. A veces pedíamos los panqueques con dulce de leche, pero luego lo lamentaba cuando llegaba al hotel y estaba demasiado estreñida como para siquiera intentar ir al baño. Mi doctor me había recomendado usar supositorios de glicerina. Me decía que debía ir al baño todos los días, pero yo con el embarazo estaba más estreñida que nunca. Y eso me causaba ardores vaginales y tenía que estar untándome cremas antimicóticas constantemente. Así de delicadas somos las mujeres en ese sentido. Era gracioso porque, como Jaime veía que yo usaba supositorios, él se los aplicaba también, y parecía contento con los resultados. Toda la segunda mitad de mi embarazo fue una época de muchos supositorios.

Hasta que llegó el día en que fuimos al departamento de Jaime, al lugar donde todo este tiempo había estado viviendo el exnovio. Y ahora sí digo ex porque Jaime no quería saber nada de él. No parecía perdonar lo que este tipo había dicho de mi barriga y nuestro bebé. Nos subimos a la camioneta que habíamos alquilado. Las siguientes veces que fuimos y tratamos de alquilar la misma camioneta VW Tuareg, que no una camioneta de lujo, fue imposible. Como gran cosa nos conseguían un auto Toyota Yaris. Pero con todo y su crisis, Buenos Aires nos resultaba una ciudad preciosa, llena de magia. Mientras él manejaba a San Isidro, donde estaba su departamento, yo ponía mi CD de música para escuchar esa canción que en esa época era para nosotros un clásico: "You're a part time lover and a full time friend". También le hablaba como argentina a ratos y él se reía y me decía: "Te sale rebien".

Yo me quedé en silencio cuando me di cuenta de que ya estábamos por llegar. El exnovio había dicho que se había mudado, pero ¿y si no se había ido? Estacionamos cerca y caminamos al departamento. Era un edificio antiguo, pero bien ubicado. Jaime saludó a Ismael, el portero, con mucha familiaridad. Ismael le dio las llaves del departamento. Porque ya para ese entonces Jaime no tenía un juego de llaves de ese departamento, quizás porque las había perdido y no se había molestado en conseguir una copia, y esos detalles me hacían pensar que en el fondo no tenía ganas de estar con el novio. Siguiendo las órdenes de Jaime, el exnovio le había dejado las llaves del departamento a Ismael cuando se fue. Subimos al ascensor en el que a duras penas cabíamos y que tenía reja, como suelen tener los elevadores antiguos. Entramos al departamento. Estaba vacío, más de lo que habíamos imaginado. Yo no me daba cuenta de nada, pero Jaime me hizo notar que el exnovio se había llevado todo lo que no debía, lo que no era suyo, digamos. Se llevó el equipo de música que Jaime había comprado, por el que había pagado un precio no menor, se llevó las teles de todos los cuartos, las camas, los colchones, los adornos, los cuadros, el microondas, la tostadora, los vasos, los platos. Todo. Solo había dejado en la sala un sofá de cuero blanco que estaba roto en la parte del asiento, tenía un corte de lado a lado, como si lo hubieran hecho con una tijera o cuchillo. Una mesa redonda, otra rectangular baja que estaba frente al sofá. Las cosas de mayor valor no estaban, pero notamos algo curioso: había pilas de revistas *Vogue* al lado del mueble donde había estado el televisor. Cuando abrimos el clóset, vimos unos tres pares de zapatillas. Pegados en la refrigeradora había unos imanes con la bandera gay o frases de Madonna. Había una botella de vodka a la mitad. Casi pude respirar el dolor y el despecho del exnovio. Pero nada de esto hubiera pasado si no me hubiera insultado de esa manera. Primero se había propuesto como el padrino de nuestro bebé, ¿pero luego me escribía un mensaje anónimo diciéndome que mi barriga estaba podrida? Me consta que cuando estaba embarazada, Jaime le había dicho al exnovio que podía quedarse a vivir en ese departamento todo el tiempo que quisiera. Él supo desde el primer momento, desde la primera columna titulada "Lucía en el malecón", que yo estaba en la vida de Jaime. Y aun así se mantuvo cerca, porque quizás tenía la esperanza de que Jaime se aburriera de mí. Esa parte la entiendo. Lo que nunca pude entender fue su idiotez en mandar un mensaje diciendo "qué bueno que te mandaron a Lima" y no darse cuenta de que se estaba delatando.

Apenas vio las revistas, Jaime las empezó a sacar del departamento. Empezó a apilar en el pasillo todo lo que el exnovio había dejado. Sacó todo, las zapatillas, la bandera gay y demás imanes. Yo solo miré, no saqué nada. No me atreví. Jaime cerró el departamento con llave y le dijo a Ismael que le avisara a su exnovio que viniera a buscar sus cosas. Jaime se quedó con el juego de llaves que, hasta donde yo sé, era el único. A pesar del mal rato que pasó Jaime al darse cuenta de que el novio se había pasado de listo y se había llevado más de la cuenta, al mismo tiempo comprobó que había dejado algunas cosas como si tuviera la intención o la esperanza de volver. Porque quizás para alguna gente dejar revistas *Vogue* es como dejar el periódico del día de ayer, pero el exnovio tenía una fascinación por las revistas de moda y las coleccionaba. Al punto que un día, hace años, Jaime me contó que estaban en el aeropuerto de Ámsterdam, y cuando ambos chequearon sus maletas, los de la aerolínea les dijeron que la maleta del chico tenía sobrepeso. Y el exnovio abrió la maleta y solo había revistas: *Vogue* en chino, *Vogue* en francés, *Vogue* en italiano. El exnovio tuvo que hacer una selección rápida y dejar ahí en el counter unas cincuenta revistas *Vogue*. Creo que por eso Jaime tuvo el impulso de sacar esas revistas de su departamento y de su vida. Porque, además, según me contó, el exnovio no se estaba quedando en la calle. Durante el tiempo que habían estado juntos, el novio se había comprado un departamento con la plata de Jaime. La operación había sido así: en la época en la que Jaime tenía un programa en Buenos Aires y viajaba una vez al mes, cada vez que iba, llevaba un fajo con dólares. Si el límite para entrar el país era de diez mil, Jaime llevaba nueve mil y los iba ahorrando. Por alguna razón las leyes argentinas no permitían que un turista extranjero abriera una cuenta bancaria. Entonces a Jaime no le quedaba más remedio que ahorrar, literalmente, bajo el colchón. Durante los años que viajó a Buenos Aires a hacer el programa, fue llevando efectivo y dejándolo ahí. Hasta que llegó el momento en el que tenía doscientos mil dólares. Un día que Jaime estaba en Miami, lo llamó el exnovio, que entonces era el novio oficial, porque yo ni siquiera había aparecido en escena, y le dijo que a la vuelta del departamento había una súper oportunidad, que estaba en venta un departamento precioso a muy buen precio y que costaba alrededor de ciento ochenta mil dólares. No me queda claro si Jaime se lo ofreció o él se lo pidió, pero el hecho es que el exnovio agarró todo el efectivo para comprar el nuevo departamento, el cual puso por supuesto a su nombre.

Un día del 2007, mi mejor amiga, la misma que me hizo el comentario de "obvio que viaja tanto, si Jaime es millonario", me hizo otro comentario que me hizo pensar: "Jaime podría casarse en Buenos Aires con su novio, pero si no lo hace, por algo será". Y Jaime no solo no se casaba, tampoco vivía con él. Un día, alrededor del 2008, Jaime me contó que había tenido una semana difícil, porque había tenido que tomar una decisión importante. Me dijo que desde que conoció a su novio, ellos siempre habían hablado de vivir juntos, ya sea en Buenos Aires o en Miami. Pero que, dado que Jaime viajaba tanto por trabajo, se resignaban a visitas de un mes en una ciudad o la otra, pero que siempre esas visitas terminaban en pelea. Y al margen de la pelea, Jaime me dijo que lo que realmente le provocaba era vivir solo y así se lo había dicho a su entonces novio. Le había dicho: "Nos veremos de vez en cuando, pero no viviré contigo, porque me gusta vivir solo y estoy mejor así". Por supuesto, el novio había tenido una crisis de furia y le había dicho las peores cosas, pero a los pocos días, lo había aceptado. Lo mismo había pasado cuando Jaime me entrevistó por primera vez en televisión. El novio, para entonces ya un amigo lejano, había "renunciado" al canal colombiano en el que Jaime trabajaba. Había enviado no uno, sino varios mails diciendo que no contaran más con su colaboración para los videos. Por supuesto, todo esto fue un bochorno para Jaime porque, para empezar, el novio no estaba empleado por el canal, quien figuraba en el contrato era Jaime y el novio era, si acaso, un colaborador directo de él. A los editores del canal colombiano les daba exactamente igual si el novio de Jaime Baylys seguiría mandando videos de actualidad, porque así como él había cuatro o cinco personas más haciendo el mismo trabajo, quizás mejor, si puedo permitirme una pizca de maldad. Además, quedaba claro que todo era consecuencia de que el programa que yo había hecho con Jaime se hubiera emitido no solo en Lima, sino también, por órdenes de Jaime, en el canal de Colombia.

Pero si algo yo sabía entonces es que Jaime tiene demasiada paciencia con quienes quiere, y no mucha con quienes ya no quiere tanto. Y el novio había estado en esa primera categoría durante años. Jaime lo había llevado de compras y había pagado cada una de sus cuentas, viajes a París del chico con su madre y hasta le había regalado un departamento.

Yo, por supuesto, me venía a enterar de estas cosas en el camino de regreso al Alvear. Mi intuición no me fallaba y Jaime, hasta antes de que el novio me insultara en mi blog, tenía aún asuntos irresueltos, pendientes con el chico argentino.

Yo sé que cuando Jaime quiere de verdad, es para siempre. Puedes fallarle muchas veces, pero para bien o para mal, él sabe perdonar. Pocas veces no perdona.

El punto de todo esto es explicar que el exnovio no estaba en la calle. Tenía el departamento que había comprado con el efectivo y el permiso de Jaime.

Cuando volvimos a Lima, Jaime tenía un mail de su exesposa. Hacía tiempo que ella no le escribía. El mail eran unas pocas líneas exentas de cariño en las que le decía que ellas se habían mudado y que, si él quería entrar a sus departamentos, las llaves estaban en la notaría tal. Resultaba que la notaría quedaba en uno de los distritos más alejados y peligrosos de Lima. Y por esos días llamó Paolo, el chofer que había trabajado con Sandra y que ya sabía de nosotros, porque en algún momento le había tocado recoger cuentas de mi departamento, en una o dos ocasiones que Jaime había estado molesto conmigo. Yo no pretendía que alguien viniera a recoger mis cuentas, pero cuando bajaba a pedírselas al portero, me decía: "Ya se las llevó el chofer". Resulta que ese chofer era Paolo. Él había llamado a Jaime diciéndole que Sandra no le había pagado el último mes, que no le había pagado las horas extra que había trabajado, cuando había ido a recoger a sus hijas de madrugada a las casas de sus amigas. Jaime no dudó en pagarle lo que ella le debía, también lo contrató como su chofer y asistente personal. Le encomendó la primera tarea: llamar a un cerrajero y romper las cerraduras de ambos departamentos. ¿Realmente ella creía que Jaime iba a ir personalmente a la notaría? Más fácil era romper la cerradura, porque al fin de cuentas ambos departamentos eran de Jaime, estaban a su nombre, eran suyos.

Cuando Paolo nos dijo que las cerraduras de ambos departamentos estaban ya cambiadas y nos entregó las llaves, fuimos a ver cómo habían quedado. No nos sorprendió que no hubiese nada. No había un solo mueble, una sola alfombra. El departamento del exnovio parecía amoblado-full equipo al lado de esto. No había inodoros, no había cortinas, no había interruptores de luz. No había un solo enchufe, una refrigeradora, una cocina, un microondas, un basurero. No había una sola manija en las puertas de los cuartos, no había lavamanos en los baños, mucho menos las manijas para abrir el agua. La casa era un absoluto vacío y había una pared rajada de techo a suelo y por un momento pensé que pudo haberse rajado por uno de los tantos gritos que Sandra lanzó contra mí. La hija mayor había pintado en su cuarto algo con pintura negra que parecía ser griego. Jaime lo descifró gracias a Google y al parecer la traducción era: "Ocaso en la casa".

Y voy a ser totalmente sincera por un momento: no hubiera existido un "ocaso en la casa" si ellas se hubieran dado el trabajo de conocerme, si Sandra hubiera sabido ser exesposa amiga y no hubiera pretendido jugar el papel de la esposa engañada. Porque sí, es verdad que Jaime se mudó al mismo edificio, después de tantos años divorciados. ¿Pero qué pretendía ella? ¿Que de un día para otro, él dejara de ver al chico argentino, que dejase de ver a la chica con cara de adolescente de la cual venía escribiendo varias columnas, algunas de ellas diciendo que le gustaría que fuese ella la madre de su próximo hijo? ¿Acaso pensó que por el simple hecho de vivir en el mismo edificio, eso la convertía en dueña y señora de la vida de su exesposo? Yo, en su lugar, hubiera sido un poco más pesimista, un poco más realista.

Pero, al parecer, a pesar de que Jaime le rogó a Sandra que no se mudara, ellas habían encontrado pronto un nuevo lugar dónde vivir. Jaime estaba todo tiempo preguntándose: ¿A dónde habrán ido? Gracias a Paolo, el chofer, Jaime se enteró de que estaban viviendo en una casa linda, a pocas cuadras de La Huaca, muy cerca de donde vivía la madre de Jaime. Al parecer Sandra había comprado la casa. ¿Con qué plata? Era un misterio.

Después de pedirle a Paolo que comprase inodoros, enchufes, interruptores de luz, terma de agua, refrigeradora, cocina y todo lo necesario para que un departamento se viese decente, Jaime volvió a Miami para retomar el programa.

Una vez que Jaime peleó con el novio y con la exesposa, el plan era que yo fuera a vivir con él. Yo siento que ese momento en el que ambos lloramos en el aeropuerto y nos dijimos te amo definió nuestra relación. Hizo que ambos tuviéramos las cosas más claras o, dicho de otro modo, dejásemos de tener miedo. Es difícil amar con el corazón roto y ambos veníamos de eso. Pero ese día las lágrimas eran una forma de rendición, una manera de dejar caer las barreras del orgullo. Entonces el plan era el siguiente: yo publicaba mi novela a comienzos de febrero y me mudaba con él, teníamos a la bebé allá y nos quedábamos juntos para siempre. Si no hubiera sido por la novela, me hubiera ido con él después de su última visita a Lima. Pero yo tenía una novela que publicar y estábamos a comienzos de enero, solo tenía que esperar un mes, exactamente un mes, porque ya Jaime me había comprado un pasaje para los primeros días de febrero. Había contratado a un abogado para que me ayudara con los papeles una vez que yo estuviera allá. Pasar migraciones con una panza abultada no sería fácil. Yo debía entrar como turista. En ningún caso debía decir que iba a quedarme a vivir. Porque a pesar de que Jaime era ciudadano americano, yo no estaba casada con él y solo tenía una visa de turista.

Todo ese mes nos extrañamos como locos. Nos llamábamos y escribíamos mails todo el día. Yo sabía dónde estaba él, a qué hora, y él también sabía con quién estaba yo en cada momento del día. Mi celular sonaba y yo cada vez me iba a acostumbrando a la "J" que apareciera, y me encantaba que me llamara todo el tiempo, me gustaba sentir que me necesitaba.

Estaba a pocos días de publicar mi novela, cuando Jaime me llamó por teléfono para decirme que el exnovio le había escrito un mail diciéndole que cómo había sido capaz de dejar sus cosas en la calle, que él había decorado ese departamento con mucho cariño y que, si no se lo daba de vuelta, iba a tener que hablar con la prensa. En otras palabras, lo estaba chantajeando. Y si para algo Jaime ya estaba viejo, era para chantajes. "Que diga lo que quiera, me importa un carajo", fueron sus palabras. Pero la reacción de despecho del exnovio fue peor de lo que imaginamos.

Una semana después, salió una columna escrita por él en el periódico más leído del Perú. Ese es el precio de la fama: que incluso los examantes despechados tienen un lugar en la prensa "seria", porque todos querían saber qué había pasado, por qué Jaime había publicado una columna titulada "La fuga de la lombriz" en la que contaba cómo me había insultado y por qué esa relación se había roto para siempre. Entonces ahora venía la respuesta del exnovio argentino que nunca fue a un solo programa de Jaime y solo dio entrevistas a los medios peruanos a fines del 2005, cuando publicó "Mi amado Mister B.", una novela en la que contaba cómo se enamoró de Jaime.

La columna decía en resumen que Jaime había sido malvado al expulsarlo del departamento de San Isidro, Buenos Aires, que seguramente igual se sentirían las hijas, porque también habían sido invitadas a irse del departamento que habían hecho su casa. Al final decía que la culpa era mía, porque yo había "sembrado el odio" contra los antiguos amores de Jaime y estaba tan contenta de que tanto él como las hijas "se quedaran sin casa". Tremendo.

Luego decía que Jaime hablaba mal de mí y me llamaba "la enana arribista", "la enana que está obsesionada conmigo", y yo la verdad pensaba que, conociendo los altibajos emocionales de Jaime, era muy probable que él hubiera hablado así de mí en algún momento en el que hubiésemos peleado, o simplemente para quedar bien con el novio cuando le lloraba o preguntaba si las cosas entre ellos se habían enfriado por mi culpa. Porque si Jaime tiene un defecto, es el de no tomar partido en el campo sentimental. En el ámbito político, me quedaba clarísimo que él elegía su bando y se lo comunicaba al mundo. Pero en el ámbito personal, sentimental, Jaime es malísimo en decir "no te quiero más", y eso lo lleva a exagerar un poco frente a ambos campos en disputa.

¿Era verdad que yo estaba obsesionada con él? Pues sí, desde el día en que lo conocí. ¿Se lo demostré? A mis ojos no, pero quizás él se dio cuenta. ¿Soy enana? Depende. Mido un metro sesenta y cinco, y soy baja si me comparan con Jaime, que mide un metro ochenta y ocho. El exnovio medía un metro noventa y pico. Era o es desmesuradamente alto y no sé hasta qué punto eso se ve bien, pero supongo que es cuestión de gustos. Y eso lo hacía sentirse con derecho de llamarme enana.

Aunque Jaime me lo niegue, estoy bastante segura de que él pudo haber hablado así de mí frente al novio. Está bien. Lo triste era ver que ahora el chico lo escribía en una columna con el afán de que yo me resintiera con Jaime, que le reclamase, que nos peleásemos para siempre. Pero esta columna, lejos de alejarme de Jaime, me unió un poco más a él, porque entonces comprendí que, así como ese, vendrían muchos otros ataques, y junto con eso, la certeza de que este tipo era un canalla.

El exnovio despechado abrió un blog en el que subía un post casi todos los días insultándome, contando anécdotas sexuales con Jaime, tratando de convencer a sus pocos lectores, aunque eran cada vez más los interesados en el pleito, de que Jaime no me quería en serio, que hacía todo este teatro heterosexual para ganarse el cariño y, más adelante, el dinero que acababa de heredar su madre. Otras veces decía que estaba conmigo por ambiciones políticas, porque en una sociedad todavía bastante homofóbica como es la peruana, es mejor decir soy macho y mira qué rica esta mi flaquita, a decir soy gay y tengo un novio argentino.

Pero a mí ninguna de estas teorías me hacía sentido básicamente porque yo había percibido el desinterés repentino de Jaime por entrar en política y por ver a su novio argentino.

Luego el tipo este dijo que yo estaba atrás del dinero de Jaime y se permitió otras bajezas como por ejemplo decir que yo tenía relaciones sexuales con uno de mis hermanos, que por cierto estaba casado y con hijos, pero por suerte esos escupitajos llenos de odio no me llegaban a tocar, porque nadie en mi familia le dio la más mínima importancia, y porque yo tenía un pasaje ya comprado a Miami al día siguiente de haber presentado mi novela. Y porque de nuevo, las acciones de Jaime hablaban más que sus palabras, aunque esos días era inevitable que sus palabras me tocaran el corazón cuando leía sus mails: "No dudo ni un segundo de que quiero que vengas, quiero que estemos juntos en los últimos meses de tu embarazo, quiero que nos bañemos en la piscina temperada muchas veces y quiero que juguemos ajedrez y ganarte siempre o casi siempre y quiero estar a tu lado en el parto y quiero ver a nuestro baby y quiero verla cuando sonría, cuando abra los ojos, cuando nos vaya conociendo, quiero estar cerca y gozar de todo ese momento mágico, y todo eso lo quiero sinceramente, de veras, como te quiero a ti. te amo, te espero, te cuidaré y protegeré siempre y tú y nuestro bebé recibirán siempre lo mejor de mí".

A mí en ese momento lo que me preocupaba no eran los insultos o calumnias del exnovio despechado. Lo que más me angustiaba era lograr entrar a los Estados Unidos con una panza de casi siete meses, que, aunque era pequeña, ya se notaba, y entonces al llegar a migraciones tenía que decir que iba "de shopping" y sonar creíble. Porque si decía la verdad, que iba a quedarme y dar a luz allá, lo más probable era que no me dejasen entrar, me cancelaran la visa y me devolvieran de vuelta mi cuidad, que en ese momento estaba más gris que nunca.

Cásate conmigo

La única razón por la que no me había ido ya a Miami era mi novela. La presentaría a fines de enero, comienzos de febrero, pocos días antes de cumplir siete meses de embarazo. Había una gran expectativa con mi segunda novela y no parecía buena idea dejar de presentarla por correr detrás de un amor que al final no sabía si iba a funcionar. En cualquier caso, me empeciné en asistir a la presentación de mi libro, enfrentar sola a la prensa, contestar sus preguntas insidiosas. Mi pasaje a Miami estaba para un par de días después; pero con todas las ganas que tenía de estar finalmente con Jaime en la casa nueva, algo me decía que tenía que presentar esa novela primero. Y eso hice. Presenté mi novela rodeada de gente, de prensa, de luces y preguntas. Ahora estaba con la editorial Planeta y eso era un pequeño triunfo personal. Era una manera de decirles a mis enemigos: soy una escritora, aunque eso, la verdad, siempre será discutible. Yo solo escribo cuando tengo una historia que contar, cuando dejar de escribir me da ansiedad, me hace sentir incompleta, burda, vacía. No escribo por oficio, escribo por dolor. Así como un día desperté sintiendo que esta historia me la tenía que sacar de encima. Decía que presenté mi segunda novela con cierto éxito y, si puedo permitirme una inmodestia, con casi toda la prensa peruana ahí, todos querían un pedazo de mí. Fui feliz tomando agua y me fui temprano, rodeada de flashes y micrófonos.

Cuando volví al departamento, sentí que me había sacado un peso de encima. Llamé a Jaime, le conté de la presentación. Él leyó los artículos publicados en internet. En general la prensa había sido más amable esta vez.

Yo estaba lista para irme. Fui con mi madre a comprar una ropa adecuada para viajar. Algo que no resaltara mi barriga de casi siete meses. Por suerte, a pesar de que mi bebé era grande, mi barriga era pequeña. Según me explicaron, el tamaño de la barriga no depende tanto del tamaño del bebé, sino de cuánto líquido amniótico hay en la barriga.

Llegó el día y yo tenía mi maleta lista. Un carry on negro y mi cartera, eso era todo. Me despedí la noche anterior de mis padres y les prometí que irían a verme apenas naciera la bebé. Al día siguiente Paolo me dejó en el aeropuerto. Me extendió la mano y me dijo: "Mucha suerte, señora". Nunca nadie me llamaba señora, y él había pasado de llamarme "señorita" a "señora" en cuestión de meses. Me incomodaba un poco que me llamaran así, pero era la posición en la que yo me había puesto. Su manera de desearme suerte también me hizo sospechar, sus palabras sonaron como si me estuviera previniendo de algo.

Me subí al avión con ilusión. Llegué a migraciones y, cuando un agente me preguntó el propósito de mi viaje, le dije que por vacaciones. Pero para mi mala suerte, justo en ese momento vino otro agente a saludar al que me estaba atendiendo, vio mi barriga y me dijo: "Congratulations", y yo con cara de "me cagué", y el agente que me había estado atendiendo se puso de pie para ver mi barriga y me dijo en inglés: "No me había dado cuenta de que estabas embarazada, seguro vienes a hacer shopping". Y yo: "Exactamente", y entré. Entré a los Estados Unidos. El pecho se me infló de felicidad cuando caminé por los pasillos a la zona de salida, donde sabía que me estaría esperando Jaime.

Jaime me estaba esperando sentado junto con otras personas que también esperaban a sus familias. Fue emocionante ver su sonrisa cuando me vio cruzar la puerta de salida jalando mi carry on. No sé si había pasado un mal rato esperándome, pero si ese fue el caso, no me lo dijo. Ya en el auto, camino a la casa, noté que su sonrisa estaba llena de inseguridades.

Apenas entré de nuevo a la casa, me sentí en paz. A pesar de los miedos de Jaime, estuve cómoda, como si alguien me dijera que todo iba a estar bien. Y eso no lo había sentido en el departamento que había alquilado en Lima. Nunca pude sentirlo, ni siquiera después de la remodelación. Estuve a gusto ahí, pero nunca tanto como para llamarlo "mi nueva casa". Algo me decía que no iba a estar mucho tiempo ahí. Y me inquietaba la idea de un día tener que irme alejada o separada de Jaime. En esta nueva casa, no sé si porque todos los ex estaban lejos, o porque estábamos lejos de Lima, una parte de mí sentía que estábamos empezando de cero, que ahora éramos solo él y yo, sin los celos, las intrigas o chismes de otras personas. La casa aún seguía medio vacía, pero Jaime había comprado toallas, televisores, edredones nuevos. Había en el aire un olor peculiar, agradable. Cuando subí al que sería mi cuarto, vi que me había comprado jabón, shampoo, acondicionador, y había puesto el cepillo de dientes que había dejado antes de irme en un vaso de porcelana que decía "Key Biscayne". Me di cuenta de que había hecho todo lo posible para que yo estuviera cómoda y lo amé por eso. Lo que él no sabía era que yo estaba feliz solo por el hecho de estar a su lado.

Cuando entré al cuarto de Zoe, vi que la cuna estaba armada, al igual que la cómoda de ropa. El resto del cuarto estaba vacío y eran cuatro paredes blancas, un clóset, vacío también, nada más. En la cama había dos juegos de ropa de bebé. Me acerqué a verlos. Eran dos enterizos manga larga de Ralph Lauren. Ambos de mujer. Me fijé en la talla y decía "de seis a nueve meses". A mi lado él susurró: "La señora de la tienda me dijo que crecen tan rápido, que era mejor comprar una o dos tallas más grandes". Volteé a verlo y tuve miedo al darme cuenta de que nunca había amado tanto a alguien.

No sé si esto estaba en sus planes, pero yo tenía toda la intención de quedarme. Estaba dispuesta a hacer lo que fuese necesario para que lo nuestro funcionase.

No exagero si digo que los últimos dos meses de mi embarazo fueron los más felices de mi vida hasta entonces. Jaime me adoraba y yo no podía estar más enamorada de él. Ya éramos capaces de decirnos te amo, pero aún había dudas o temores que solo la convivencia con suerte iba a ir mitigando. De todos modos, los días eran felices y yo siempre despertaba antes que él, aunque tarde. Nos íbamos a dormir a las tres o cuatro de la mañana, yo despertaba a mediodía, Jaime hacia la una. Yo dormía en un buzo Calvin Klein gris que había comprado hacía poco en Buenos Aires. Era comienzos de febrero y no hacía calor, tampoco frío. Era un clima muy agradable. Yo despertaba a mediodía, sintiendo que había dormido delicioso, porque nunca en mi vida he dormido tanto y tan bien como cuando estaba embarazada. Bajaba a la cocina y sacaba un jugo de mango marca Naked de la refrigeradora. Me sentaba en la mesa del comedor y lo disfrutaba en silencio. No tenía un celular y ya en esa época estaba de moda tener un Blackberry o un iPhone. Jaime despertaba a eso de la una de la tarde y lo primero que hacíamos era ponernos traje de baño y meternos a la piscina. Yo sabía pocas cosas en esa época, y una de ellas era que a mi bebé le gustaba que me metiera a la piscina. Mi barriga creció mucho en los dos últimos meses. Había sido una suerte entrar a los Estados Unidos con casi siete meses de embarazo, y era como si mi cuerpo supiera que mi barriga no se podía notar hasta que estuviera allá. Apenas llegué, Jaime llamó a su abogado de migraciones para empezar a poner en orden mis papeles. El altavoz del teléfono estaba activado cuando escuché cuales eran las dos opciones: "Pedir una extensión a mi visa de turista o casarnos en las próximas semanas". Y como yo en esa época no quería hacerme ilusiones de nada, le hice a Jaime un gesto desde la piscina como diciéndole: "No sé, elige tú". Él hizo un par de preguntas más, cortó la llamada y luego entró a la piscina, y mientras el traje de baño se le inflaba por la presión del agua, me dijo: "No descarto la opción de casarnos". "Okay", le contesté, flotando boca arriba en el agua, con media panza afuera. Así de romántica fue mi pedida de matrimonio.

Y por supuesto, al día siguiente por la noche, Jaime vino a mi cuarto muy tarde y me dijo que tenía dudas sobre si debíamos casarnos. Le dije muy tranquila que yo solo le pedía una cosa: que no hiciera nada que no sintiese. Le dije que no por el hecho de estar embarazada teníamos que casarnos, que yo no tenía ninguna intención de hacer nuestra relación formal solo por cumplir. Me preguntó si estaba bien si pedíamos una extensión a mi visa de turista y le dije que por supuesto. Creo que se sorprendió con mi respuesta. Él estaba acostumbrado a no comprometerse sentimentalmente con nadie y a que le reclamasen por eso. Yo, sinceramente, lo último que quería era que Jaime hiciera algo por compromiso, porque sabía que eso podía terminar mal. También tenía mucho respeto por nuestra amistad, sentía que nos queríamos en serio y no quería empujarlo a hacer algo que él no quisiera, y yo misma no tenía puta idea de si me quería casar con él. Otra de las pocas cosas que sabía era que yo era feliz a su lado sin necesidad de que me dijera que me amaría para siempre. Yo vivía el momento y sabía que estaba en el lugar correcto, que había elegido al hombre ideal para ser el padre de mi bebé, no tanto por la comodidad económica que nos pudiera dar, sino por ese algo que había entre nosotros. Eso que se sentía con claridad cuando nos besábamos, cuando escuchábamos música, cuando nos quedábamos en la cama conversando hasta tarde, cuando nos mirábamos a los ojos y había magia en el aire.

Seguimos bañándonos en la piscina, yendo al cine tarde por la noche los fines de semana, riéndonos de todo y de todos. Una mañana, una tarde en realidad, estaba tomando mi jugo de desayuno en la mesa de la cocina cuando lo veo bajar las escaleras de la casa, ya en traje de baño. Era un jueves. Me dijo: "He sacado una cita en la corte de Miami para casarnos mañana". Lo dijo mientras tomaba su jugo de mango, el mismo que había tomado yo. "En realidad, tenemos cuarenta y ocho horas para presentarnos ante la corte para casarnos". No se arrodilló, no llamó a mis padres, no se lo contó ni a su madre. Y en el fondo, la niña terrible que habita en mí le agradeció la no sé si extrema o falta de delicadeza. "Okay", le contesté, como si no acabara de proponerme matrimonio.

Al día siguiente, el día en que debíamos casarnos, teníamos hasta las dos de la tarde para estar en la corte de Miami, porque a esa hora cerraban, es decir, los empleados terminaban su turno y el edificio cerraba. Por alguna razón en Miami solo se podía contraer matrimonio civil durante la mañana. Decía que, al día siguiente, el día en que debíamos casarnos, yo me levanté a la una en punto, la hora en que habíamos acordado encontrarnos en la cocina para tomar juntos nuestro último jugo de mango de solteros. Me puse un vestido que él me había regalado en mi último cumpleaños en Lima. Era un vestido de seda, corto, gris, con piedras muy pequeñas y brillantes en el pecho. Me puse también unas sandalias de vestir planas, grises. Para mis estándares de la época estaba elegantísima. Lo esperé a la una en punto en la cocina, tomé mi jugo sola a la una y cuarto y cuando bebí el último sorbo me dije a mí misma: "Supongo que hoy no es el día", pero a los quince minutos, escuché la puerta de su cuarto abrirse de golpe. "¡¿Qué hora es?!", preguntó, agitado, y no pude evitar sentir que me quería. Subí en mi vestido gris y me dije: "Es la una y media, ya no llegamos". Pero él me vio en mi vestido gris, tan elegante para mis estándares, que me dijo: "De ninguna manera, vamos ahora mismo". Y con la misma ropa con la que despertó, salimos de la casa y él manejó a toda velocidad a la corte. Parecía tener apuro en casarse conmigo. Él iba oliendo a él mismo, con la ropa del día anterior, porque Jaime hasta entonces no había aprendido a ponerse pijama, dormía con la ropa que llevaba encima. Yo iba arreglada, pero de todos modos estaba muy lejos de ser la novia perfecta. No estaba vestida de blanco, y quizás por eso estaba tan relajada, tan contenta. Solo tenía un poco de culpa porque mis padres no estaban ahí y todo indicaba que sería una boda fugaz, medio en secreto.

Llegamos corriendo al edificio de la corte de Miami, eran las dos en punto. Yo pensé que no nos iban a aceptar, pero en la ventanilla de registración lo reconocieron de la televisión y nos dijeron que ya estaban por cerrar, pero que, a lo mejor, tratándose de él, podían hacer una excepción. Los empleados de la corte estaban, y no estaban, sorprendidos con nuestro matrimonio. Por un lado, estaban quienes decían: "¿Pero Baylys no era gay?"; por otro, quienes pensaban: "Ha encontrado la esperanza de seguir viviendo en el amor de esta niña". Y cuando decían niña, la mayoría de veces no se referían a la bebé que estaba en mi barriga, sino a mí.

Esperamos unos pocos minutos y luego entramos al cuarto donde estaba la jueza que nos casaría. El lugar tenía una decoración extraña. Había una especie de arco de tecnopor, con flores blancas, artificiales, de esas que con mirarlas a diez metros te das cuenta de que no son verdaderas. La decoración era bastante huachafa, pero apenas entramos a la habitación sentimos el cariño de la jueza, que saludó a Jaime como una fan, y tras carraspear un poco, comenzó la ceremonia. Juramos lealtad, fidelidad, en las buenas y en las malas. Cada uno leyó un texto, escrito por alguien más, que estaba en el libro de la corte, en el que nos declarábamos y nos jurábamos amor eterno. No pude evitar sonreír cuando él juró cuidarme en la salud y la enfermedad. Se supone que esa línea va para aquellas parejas que no se llevan muchos años de diferencia. Se supone también que el de los problemas para dormir y los constantes resfriados por viajar tanto era él. No era yo la que se enfermaba a menudo. Él sonrió cuando me tocó leer el texto y le prometí fidelidad. No lo tomó muy en serio y yo sonreí con él, pero en mi corazón era verdad. Ambos sonreímos cuando prometimos amarnos para siempre, quizás porque contra todo pronóstico, en el fondo compartíamos esa ilusión.

Pero luego dejamos de sonreír repentinamente cuando la jueza nos preguntó por los anillos. No teníamos anillos de matrimonio. Ninguno de los dos había pensado en eso. Tampoco teníamos testigos. La jueza hizo pasar a dos de sus empleados para que fuesen nuestros testigos, no tanto por falta de ética, sino porque a lo mejor vio el amor en nuestros ojos, y puede que en la televisión también, y quizás por eso supo que, a pesar de la diferencia de edad, estábamos enamorados.

Salimos del lugar casados, pero sin anillos. Sin familia que nos acompañara, pero tomados de la mano. Caminamos un par de cuadras, y paramos en un restaurante italiano para hacer algo que, por mi embarazo y sus años, no hacíamos a menudo: comer pasta. Nos pedimos ambos un plato de espagueti con salsa de tomate y mucho queso parmesano. Comimos felices, no hablamos de nuestro matrimonio. En mi cabeza seguíamos siendo ante todo amigos.

Exactamente una semana después llegaron mis padres y su madre de visita. Se hospedaron en nuestra casa. Mis padres en el cuarto de huéspedes, su madre en el segundo piso. El bebé estaba supuesto a nacer alrededor de diez días después de la llegada de los visitantes.

La misma noche que llegaron todos, nos fuimos a dormir, y esa madrugada desperté a las cinco de la mañana sintiendo una presión en la barriga. Yo había estudiado bien cuándo las contracciones indicaban un parto: más de dos en menos de cinco minutos. Desperté en medio de la noche, con apenas tres horas de sueño encima, sintiendo que no podía respirar. Eran las contracciones que anunciaban el parto una semana antes de lo previsto, la misma noche que nuestras familias habían llegado de visita. Eran las cinco de la mañana, nos habíamos ido a dormir hacía dos horas, pero no dudé en despertar a Jaime. Entré a su cuarto en silencio y le moví los pies: "¿Amor?, creo que ya es hora". Despertó aturdido y sin entender bien qué pasaba, eso pasa cuando tomas pastillas para dormir, pero aun así se subió al auto conmigo y me pidió que no le dijera nada a mis padres ni a su madre. "¿Qué pasa si es falsa alarma?", me preguntó, y yo intuí que esas palabras provenían de alguna experiencia pasada con su primera esposa. Odiaba que me comparase con gente de su pasado, pero solo atiné a decirle "sí", aunque, ya en camino a la clínica y en medio del dolor, pensara: "Hoy nace tu hija, de eso estoy segura".

Bienvenida, Zoe

Un 27 de marzo del 2011 fui madre por primera y única vez. Entramos al hospital a eso de las cinco de la mañana y le dijimos a la enfermera de Emergencias que creía que estaba por dar a luz. Me llevaron a un cuarto, me hicieron sacarme toda la ropa y ponerme una bata blanca con dibujos que no logré identificar. La enfermera introdujo dos dedos en mí para comprobar que tuviera por lo menos dos centímetros de dilatación. Me dijeron que si tenía menos que eso debía volver a casa hasta que las contracciones se hicieran más frecuentes. Pero mi instinto no me falló y ya tenía dos centímetros y me admitieron en la clínica. Me dijeron que iban a monitorear mis contracciones y cuando tuviera cinco centímetros de dilatación, llamarían a mi doctor. Las contracciones eran como dolores de cólicos de regla, aunque bastante más intensos. Cuando tuve cuatro centímetros, me preguntaron si quería ponerme la epidural y les dije que sí. Me dijeron que iba a ayudarme con el dolor, pero que al momento del parto iban a tener que interrumpir la anestesia para que yo pudiera "sentir" mis músculos y pujar. Eso me dio pánico, pero yo aparentaba estar tranquila. No gritaba, no hacía gestos de dolor con cada contracción. Suena absurdo, pero tenía miedo de que el dolor me doblegara y me hiciera perder el control. Sentí una presión en la espalda cuando me pusieron la epidural, y después de eso podía sentir cada contracción, pero el dolor había disminuido bastante. Tres horas después, las enfermeras empezaron a entrar con más frecuencia al cuarto. Yo presentía que algo no estaba yendo del todo bien. Jaime salió del cuarto preocupado y llamó por teléfono al doctor. Al parecer no estaba dilatando lo suficiente y cada contracción hacía que la cabeza de la bebé se presionara contra mi pelvis. Me pusieron una máscara de oxígeno, me inyectaron algo que me ayudaría a dilatar, pusieron los latidos del bebé en altavoz. Cada vez que yo tenía una contracción, se escuchaban los latidos ir un poco más lento. Estaba claro que el bebé no la estaba pasando bien y yo veía la pantalla con el gráfico de sus latidos con absoluto pasmo y pavor. "El doctor está en camino", dijo Jaime, apenas volvió al cuarto. Quizás en otro momento mi reacción natural hubiera sido agitarme, asustarme, dar gritos a las enfermeras. Pero si no hacía eso era porque algo me decía que todo estaría bien, que lo mejor que podía hacer por mi bebé era estar tranquila.

El doctor llegó sudoroso y con ropa de deporte, porque era un domingo en la mañana y él había estado montando bicicleta en el puente de Key Biscayne, y había llevado su celular consigo, porque sabía que mi fecha de parto estaba cerca, aunque en realidad yo di a luz dos semanas antes de lo previsto. Por eso creo que fue providencial que él tuviera su celular en ese momento y, más aún, que detuviera la bicicleta en medio del puente para revisar si tenía alguna llamada perdida. "Yo nunca me detengo en medio del puente a ver mi celular, pero hoy lo hice, vi que tenía una llamada perdida de Jaime", dijo el doctor, mientras revisaba el monitor y medía con el tacto cuánto más había dilatado. "Vamos a darle media hora más, si en media hora no dilataste ni un poquito, te hacemos cesárea". Me asusté, porque eso no estaba en mis planes. "Don't worry, your baby is gonna be fine", me dijo en inglés, y salió del cuarto.

Cuando me dijo la palabra cesárea, pensé en cómo se vería mi cuerpo con una cicatriz en la parte baja de la panza. Yo había nacido por cesárea y siempre había visto la cicatriz de mi mamá sin imaginar que a mí me pasaría lo mismo.

El doctor volvió a entrar al cuarto, metió los dedos entre mis piernas con esa naturalidad que tienen los doctores veteranos, pero nada de eso me incomodaba porque la epidural me impedía sentir de la cintura para abajo. Tanto era así que en un momento estábamos Jaime y yo solos en el cuarto y se escuchó un pedo, y yo lo miré con cara de "eres un desubicado", pero por su expresión, me di cuenta enseguida de que la del pedo había sido yo, y como no tenía sensación alguna ahí abajo, no tenía ninguna capacidad de control.

"Okay", dijo, sacándose los guantes de látex celestes con los que acababa de tocarme, se acercó a mí y me dijo: "Let's go meet your baby". Salió del cuarto y dos enfermeras salieron con él, otras dos le quitaron el seguro a mi camilla y desconectaron los chupones que tenía en la panza. Los latidos dejaron de sonar. Me empujaron a la puerta de salida, vi a Jaime recibir un gorro, una bata, unos cubrezapatos celestes y una mascarilla blanca. En el quirófano, pusieron una especie de tela celeste a la altura de mi pecho, de manera que no pudiera ver lo que hacían los doctores con mi barriga. Jaime se sentó a mi lado y me decía: "Todo va a estar bien". Cuando te hacen cesárea, te ponen un tipo de anestesia en la que estás despierta, consciente, pero no sientes dolor. Yo sentía la mano del doctor mover mis órganos por dentro. A duras penas veía la cabeza del doctor, que ya se había cambiado y estaba todo de celeste, con un gorro blanco. A su lado cuatro enfermeras alcanzándole utensilios. El pitido que monitorea los latidos del corazón, esta vez del mío. "Jaime, mira aquí", dijo el doctor. Jaime se puso de pie y no se volvió a sentar. Yo miraba al techo sin pensar en nada, mi mente estaba en blanco, hasta que escuché el llanto de un bebé. Se me aceleró la respiración cuando caí en cuenta de que ese llanto era de mi bebé. "Es preciosa", me dijo Jaime al oído. Una o dos lágrimas rodaron por mi cara. Aunque lo hubiera querido evitar, había llorado, es decir, había perdido el control. Fue así como, sin haberla visto todavía, supe cuánto la amaba.

En cuestión de minutos me la trajeron envuelta en una manta blanca y un gorrito rosado con rayas azules. La pusieron en mi pecho. Tenía un ojo abierto y uno cerrado. Su piel era levemente rosada. Jaime sacó la cámara de su bolsillo y nos tomamos nuestra primera foto familiar.

Luego no recuerdo más, porque aparentemente caí dormida de un momento a otro. Jaime se preocupó, pero el doctor le dijo que era un efecto de la anestesia: era normal que colapsara así. Cuando desperté, vi a mi suegra parada a mi lado. "Gracias, muchas gracias", le dije, sin saber bien por qué le agradecía exactamente, y ahora pienso que en ese momento todavía estaba drogada y lo que quería decirle en realidad era: "Gracias por quererme. Gracias por aceptar que Jaime se ha vuelto a enamorar". Mis padres también estaban ahí. Se hicieron fotos con la bebé, se hicieron fotos los tres. Yo estaba todavía en cama, sin poderme parar o mover, con unas bolsas que se inflaban y desinflaban en mis piernas, como para mejorar la circulación, o aliviar la hinchazón. Estaba hecha mierda y feliz al mismo tiempo.

La primera noche, Jaime se fue a dormir a la casa y mi madre se quedó a dormir en el sofá cama de mi cuarto en el hospital. No me molestó que Jaime se fuera, sabía que si no dormía bien al día siguiente iba a ser más difícil lidiar con él que con la bebé. La madre de Jaime se fue pronto, pues solo había venido haciendo escala de algún lugar del mundo y, dado que había tenido la suerte de coincidir con el nacimiento de su nueva nieta, la número veintitantos quizás, se fue tan contenta de regreso a su casa. Mis padres sí se quedarían dos semanas en el cuarto de huéspedes de la casa. Decía que mi madre se quedó la primera noche conmigo y no exagero si digo que no dormimos nada. Yo quería tener a mi hija en mi cama, pero la enfermera que entraba cada tanto insistía en que la bebé debía dormir en su "cuna". En realidad, no era una cuna, era una urna de plástico transparente, alta y con ruedas, donde ponían a todos los recién nacidos. Me dijo que si yo decidía poner a la bebé en mi cama y se caía en medio de la noche, no era su responsabilidad. Por supuesto eso asustó a la madre primeriza que acababa de despertar en mí, y no quería ponerla en su cuna porque lloraba, quería tenerla cerca, pero despertaba cada veinte minutos, para ver si seguía a mi lado, y me alucinaba ver que ella no estaba durmiendo. Estaba con los ojos abiertos, mirado todo a su alrededor, aunque estuviera oscuro. A ratos mi madre me la pedía y la echaba en su pecho, pero ella tampoco dormía, porque le sorprendía la fuerza que la niña tenía en el cuello para levantar la cabeza de un lado a otro, estando echada boca abajo.

No sé qué cara habré tenido al día siguiente cuando Jaime llegó, que me dijo: "No has dormido nada", y como todavía tenía que pasar en el hospital dos noches más, se preocupó en serio, habló con el doctor y le pidió que las enfermeras cuidaran de la bebé por una noche y me dejaran dormir. Yo llevaba ya dos noches sin dormir, porque la noche en que desperté con contracciones había dormido apenas dos horas.

A partir de ese momento nada fue fácil y a veces quisiera volver en el tiempo y poder hacerlo todo de nuevo, sabiendo lo que sé ahora. Esa noche dormí sola y de corrido diez horas, desperté a las siete de la mañana. Llamé a la enfermera y le pedí que trajeran a mi hija. Me dijo: "Okay, pero primero tengo que sacarte el catéter y debes hacer pis en este vaso". Entre una cosa y la otra no me había enterado de que tenía un tubo en mis vías urinarias y solo lo sentí cuando lo sacó, pero al mismo tiempo fue un alivio saber que un tubo tan grueso ya no estaba conectado a un orificio tan pequeño. Si algo había hecho desde que di a luz, era tomar grandes cantidades de agua. Agarré la botella de agua que tenía al lado y tomé un poco más. Le dije a la enfermera que quería tratar de ir al baño. Me tomó unos veinte segundos poder ponerme de pie. Todavía tenía conectados en el brazo muchos tubos y tenía que caminar llevando ese palo de metal en forma de T con ruedas y bolsas de líquidos colgando de sus ganchos. No exagero si digo que poner mis pies descalzos en el suelo y dar un paso fue casi como volver a caminar por primera vez. Mis pasos eran lentos, torpes. Por suerte tenía el palo de metal con ruedas y a la enfermera para ayudarme. Me levanté el camisón y vi que tenía un calzón descartable con una toalla higiénica tan grande que parecía un pañal. Me senté a duras penas en el inodoro y traté de hacer pis mientras la enfermera ponía un nuevo pañal en mi ropa interior. Luego la enfermera se fue del baño, yo separé las piernas y sostuve la taza medidora que ella me había dado y pude hacer pis sin dificultad. No pude ver mi cicatriz, porque estaba cubierta con una gaza y esparadrapo. La enfermera volvió a entrar al baño y yo le enseñé con aires de triunfadora la taza casi llena. Me ayudó a volver en la cama y en cuestión de minutos la vi entrar empujando la cuna de mi bebé.

Pero decía que todo se complicó, porque me ponía a la bebé en el pecho y no parecía agarrar bien el pezón, porque ni ella ni yo sabíamos cómo hacerlo, y porque yo no tenía suficiente leche, y las pocas veces que la enfermera me ayudaba a que la bebé se agarrara bien del pezón, el dolor era terrible y yo aguantaba, pero media hora después daba la impresión de que la bebé todavía tenía hambre y eso, más el dolor de la cesárea, me angustiaba tanto, todo esto era tan nuevo para mí que a ratos me superaba.

La siguiente noche la bebé volvió a dormir con las enfermeras y los demás bebés. Yo me quedé dormida, agotada, rendida, a eso de las siete de la noche. Doce horas después desperté y lo primero que hice fue llamar a la enfermera y pedir que me trajeran a mi bebé. Me sentía fatal por hacer eso, por tener que alejarme para poder dormir bien. Para mi sorpresa, ya no estaba conectada al palo de metal. Mi barriga había disminuido considerablemente. Parecía de tres meses de embarazo y yo esos días lo único que hacía era tomar agua. No me interesaba comer. Vi que me habían llegado flores, globos y peluches de mi familia y la de Jaime. Esperé diez minutos, no llegaba mi hija. Esperé quince, volví a llamar, me dijeron ya vamos, pero luego pasaron veinte minutos, no pude más y salí del cuarto. Sabía que estaba prohibido, que no podía salir sola, pero me valió madre. Caminé por los pasillos con dificultad, a paso lento, sin saber bien adónde iba, hasta que llegué a un cuarto enorme donde había muchos bebés en cunas de plástico transparentes. Eran muchos bebés, casi treinta. Entré al cuarto sin que nadie me viera y lo primero que noté era que había un bebé llorando. Nadie venía a atenderlo. "Más les vale que no sea mi hija", pensé. Y fui mirando los apellidos en la tarjeta de identificación que tenía cada cuna en la parte de enfrente. Yo tenía en la mano un brazalete que tenía un mismo número que la cuna de mi bebé, además del nombre y los apellidos por supuesto. Me acerqué al bebé que estaba llorando, la reconocí enseguida, luego vi el nombre. Era mi hija la que había estado llorando y nadie había venido a atenderla. Pensé cómo habría pasado las dos noches previas. Sin dudarlo la tomé en mis brazos y caminé hacia mi cuarto. Cuando estaba en medio del pasillo, una enfermera me dijo en inglés que no podía hacer eso. Le dije que era mi hija, mirándola fijamente a los ojos. Me dijo que si la bebé se me caía, era mi responsabilidad. No me molesté en contestarle, seguí caminando a mi cuarto. La eché en mi cama, le quité el gorrito y la manta que llevaba puesta. Le abrí el pañal y me di cuenta de que había que cambiarla. Abrí mi mochila de madre primeriza y saqué un pañal que había traído de la casa, uno de los pañales que Jaime había comprado para ella hacía meses. La limpié con algodón y agua tibia, la sequé, le puse su nuevo pañal, luego le puse la ropa que yo le había traído de la casa. Era un enterizo de Baby Cottons que, aunque era talla de recién nacido, le quedaba grande. La miré a los ojos y pensé que, a mí que todo me daba igual y estaba acostumbrada a observar el caos con serenidad, por fin había tenido el valor para levantar la voz y decir que no. Le sonreí a mi bebé y pensé que, en cierto modo, ella también acababa de traerme al mundo.

Ser mamá y esposa

Llamé a Jaime y le dije: "Me voy de este hospital ahora mismo". Me faltaba un día más para que me diesen de alta. Llamé a una enfermera y pedí hablar con el doctor de turno. Cuando llegó el doctor, le dije la verdad: "Quiero irme a mi casa, ya no estoy conectada a ningún aparato, ya hice pis en el pomo ese, y me siento bien, solo quiero llevarme a mi hija a mi casa". El doctor de turno, que era un reemplazo del doctor que me había hecho la cesárea, pero trabajaban juntos, fue paciente conmigo y me dijo que iba a revisarme y según eso decidiría si me daba de alta. Por suerte pasé los exámenes, me dio de alta y a la una de la tarde, cuando Jaime despertaba, le dije que podía venir por mí, es decir, por nosotras, que ya estábamos listas para ir a casa. Él se puso feliz, porque con todo y sus manías, no le gustaba dormir solo en la casa. Mis padres estaban en el cuarto de huéspedes, pero eso estaba fuera de la casa, en un espacio independiente, y de todos modos la presencia que él necesitaba en ese momento era la mía, la mía y la de Zoe. Vino por nosotras y, cuando salimos del hospital, había un par de camarógrafos inoportunos tomando videos y fotos. A mí, que por supuesto no esperaba eso y a duras penas había podido meter mis pies hinchados en los zapatos, nada de eso me resultaba mínimamente halagador.

Llegamos a la casa, ya eran los últimos días de marzo, el calor en Miami se empezaba a sentir. Todavía no habíamos instalado el aire acondicionado nuevo de la casa, porque en un principio pensamos que no lo necesitaríamos. En ese momento, muchas cosas ocurrían al mismo tiempo: hacía calor adentro de la casa, yo no tenía leche en las tetas y a duras penas podía caminar, mis padres estaban de visita, Jaime había llamado a una nana que habíamos entrevistado juntos unos meses antes, y a pesar de que se veía una buena mujer, yo no tenía planes de contratarla porque quería hacerlo todo yo, pero Zoe despertaba cada dos horas en la noche y ya no sabía si ponerla a dormir en mi cama o dormir al lado de su cuna, no sabía qué puta teoría de la maternidad seguir. Para mí era difícil seguir mi instinto en ese momento con tanta gente tirando en direcciones distintas. No tenía leche y eso me afectaba mucho. Tenía los pezones irritados, al rojo vivo, de todo lo que la bebé chupaba en vano. Me había quitado frente al espejo la gaza para descubrir que mi cicatriz era grande, notoria, cero sexy. Y sí, mi hija había nacido bien y todo estaba bien. Pero yo no podía más con tener que despertar cada dos horas y caminar agachada al cuarto de al lado, o levantarla de su cuna si estaba a su lado, para luego sentarme en la mecedora rosada y que no saliera leche de mi teta, sudar por el calor, que la bebé me patease le cicatriz de la cesárea en medio de su desesperación.

Hoy lo haría todo distinto. Hoy sé cómo ser mamá, cómo ser mujer, cuándo y cómo tomar mis decisiones. Pero en ese momento no lo sabía, tenía veintidós años, acababa de casarme dos semanas atrás, estaba terminando de consolidar una pareja, ya no digamos un matrimonio, porque para entonces seguía asumiendo que Jaime podía dejarme en cualquier momento. Por alguna razón, ciertos días despertaba preparada para que él me dijera: "No puedo con esto, ve a vivir a Lima y yo te apoyo económicamente en todo, pero necesito vivir solo".

Los días pasaron y se fueron mis padres. Fue en cierto modo un alivio, no porque no los quisiera, sino porque en ese momento todo me incomodaba, a ratos sentía que no estaba lista para ser madre, que no había nacido para eso, que no me salía del pecho leche ni instinto para calmar a mi bebé cuando lloraba. Fue así como comencé a aceptar la ayuda de la nana que al comienzo solo estaba para pasar la noche con nuestra hija, mientras él y yo estábamos juntos, solos, viendo una película o conversando, teniendo un momento de pareja. Ese tiempo que pasábamos juntos nos daba mucha estabilidad, nos unía. Porque además las hijas de Jaime habían dejado de hablarle, y entonces yo sentía que de alguna manera tenía que llenar ese vacío, o por lo menos no abandonarlo emocionalmente por estar con nuestra hija. Era una ecuación complicada de resolver, porque todo había ocurrido muy rápido. Jaime y yo empezamos a consolidarnos como pareja recién cuando yo quedé embarazada. Entonces pasaba las noches con Jaime hasta que cada uno se iba a dormir en su cama y eso era alrededor de las tres de la mañana. Yo despertaba a las ocho para estar con la bebé, así que dormía poco y mal.

Entonces tenía que partirme en dos. Eso más el dolor de la cesárea. Encima de todo, el doctor había dicho que no podía tener relaciones sexuales durante un mes. Sentía que si no pasaba mucho tiempo con Jaime, las cosas se enfriarían con él, y no quería perder eso, y por otro lado tampoco quería ser una mala madre. Y luego estaba en mí la sensación de que no había estado sola conmigo en un tiempo. Cada mañana despertaba adolorida y caminaba con dificultad al cuarto de mi hija. La nana bajaba y yo me quedaba a solas con ella. La miraba durmiendo en su cuna y, aunque el dolor y el cansancio me hicieran odiar al mundo entero, todo volvía a tener sentido cuando ella agarraba mi dedo índice con su mano pequeñita.

Un día la tenía en mis brazos, estaba tratando de que se durmiera y la mecía de arriba abajo, no exagero si digo que llevaba media hora así. Me dolía todo y tenía calor, porque aún no habían instalado el aire acondicionado nuevo. Ya parecía haberse quedado dormida cuando vi que sonrió con los ojos aún cerrados. No sé por qué esa sonrisa me hizo sentir lo mismo que el día en que escuché su llanto por primera vez: un temblor en el pecho. Traté de contener las lágrimas, pero fue imposible. Tenía casi un mes cuando me sonrió por primera vez.

El doctor me había indicado usar una faja durante el primer mes para evitar que se abriera la cicatriz. Pero entre mis intentos de ser la esposa y la madre ideal, por supuesto se me abrió la cicatriz por uno de los extremos, y entonces Jaime dispuso que la nana pasaría más tiempo con Zoe para que yo pudiera dormir por lo menos ocho horas de corrido. Me molestaba sentir que tenía que elegir entre ser esposa o madre.

Entonces tuve que elegir entre ser una buena madre o una buena esposa. Y elegí lo segundo. Y no me equivoqué, porque al cabo del tercer mes, cuando ya la herida había cicatrizado y podía moverme sin dolores, cada una de esas salidas que hacía con él un sábado por la noche al cine, a algún bar, nos iba acercando cada vez más. Cada vez éramos más amigos, más cómplices, cada vez el sexo era más desinhibido y perfecto. Y aunque me duela decirlo, quizás hoy no estaríamos tan consolidados como pareja o familia si yo no hubiera tomado esa decisión. Y no es que no pasara tiempo con Zoe. Jaime y yo estábamos en la casa durante el día, ella nos veía todo el tiempo, por la tarde nos metíamos a la piscina los tres. O poníamos música y bailábamos "Nada de esto fue un error", y todas esas canciones que habíamos escuchado durante mi embarazo. No fui la madre que está día y noche con su bebé. Y hoy me arrepiento de eso. Pero si pienso en la familia que somos ahora, y en lo que pasó luego, creo que tomé la decisión correcta.

Pero hice algunas cosas de las que hoy no me siento orgullosa. Cuando iba al cine, estaba a la mitad de la película y tenía dolor en los pechos, porque no había dado de lactar. Era curioso, porque cuando ponía a Zoe salía poca leche y para entonces ya había empezado a darle leche de fórmula. Nunca tuve mucha leche, y aún así tenía dolor en los pechos si no le había dado el pecho a Zoe en un par de horas, y cuando volvía a casa, tenía que conectarme esa máquina succionadora de leche al pezón que hace un sonido tremendo, y no exagero si digo que es un eliminador de libido muy eficaz. Me sentía una vaca sentada en la alfombra con el chupón haciendo un ruido del carajo solo para sacar unas cuantas gotas amarillentas de leche. Dicen que eso amarillo se llama calostro, de nuevo otra palabra poco erótica, y tiene muchas vitaminas, así que lo guardaba en un biberón y se lo daba a mi bebé al día siguiente. Por esa época también pusimos una cama al lado de la cuna para la nana, con quien ya teníamos mucha confianza y era parte de la familia. Tanta era la confianza con esta señora, que por cierto también era peruana, que empezó a cocinarnos el almuerzo, ir al supermercado por nosotros. Esta señora era de gran ayuda, y en ese momento la queríamos tanto que la tratábamos como familia y le pagábamos bien; por supuesto Jaime le daba bonos extra para que terminase de construir la casa donde vivían sus hijos en el Perú, y yo cada vez confiaba más en ella y dejaba que bañara a mi hija, le diera de comer, le cambiara los pañales. Yo siempre estaba ahí, pero solo miraba, pocas veces participaba. Todo esto hoy en día me da una culpa tremenda, y si pudiera volverlo a vivir no lo haría. Pero en ese momento me parecía que tenía que consolidar mi matrimonio primero, para luego ser madre a tiempo completo. Suena terrible, pero así fue.

Jaime y yo empezamos a dormir en una misma cama. Cuando nació Zoe, Jaime se prometió a sí mismo no tomar demasiadas pastillas para dormir. Para entonces él tomaba tres pastillas cada noche: Dormonid, Remerón, Zolpidem Tartrate. En las épocas en que viajaba a menudo y tenía que dormir en aviones y en hoteles, había llegado a tomar tres o cuatro de esa dosis en una misma noche, o sea hasta doce pastillas por noche. Por eso a veces, cuando despertaba, actuaba como si estuviera borracho, y por eso el exnovio, cuando fue a Lima a dar sus entrevistas despechadas, alegaba que él había tomado estas últimas decisiones, es decir, dejarlo y enamorarse de mí, porque vivía drogado, mal medicado. Poco antes de dar a luz, el tipo este fue a un programa de chismes muy sintonizado a decir que yo estaba con Jaime por la plata, que Jaime era gay y por lo tanto era imposible que estuviera enamorado de mí, que Jaime estaba conmigo para contentar a su madre y heredar eventualmente parte de sus millones. Otras veces decía que Jaime estaba conmigo porque iba a ser candidato presidencial y necesitaba una primera dama joven como yo. También dijo que yo era una puta y que tenía sexo con mi hermano. No especificó con cuál, porque al parecer no sabía que tengo dos hermanos hombres y una mujer, en cualquier caso, la acusación era tan vil que, incluso si fuera verdad, era un tipo de ataque en el que quedaba mucho peor el acusador que el acusado. El hecho es que a mí esas barbaridades me hacían cosquillas, porque yo ya estaba en Miami, había dado a luz y estaba feliz cada día que pasaba en el que los tres estábamos juntos, con o sin nana, porque hechas las sumas y las restas, dejando la culpa de lado, los tres éramos felices, y al final eso era lo que importaba. Zoe, con cuatro meses, ya hacía lo que quería con su papá, y yo poco a poco veía como él iba rindiéndose ante ella. Por lo pronto, había dejado de tomar Dormonid, porque me dijo que esa era la pastilla que lo hacía balbucear, y recurrió a una pastilla naturista llamada Kavinace, que contiene básicamente melatonina. Jaime lo escribía en sus columnas semanales sin pudor: "Yo antes no quería seguir viviendo, me daba igual si una noche me moría de una sobredosis, pero Zoe me ha devuelto la ilusión de vivir". Entonces empezó a dormir con menos pastillas y no solo eso, ahora dormía a mi lado. Dormíamos juntos, tarde, uno al lado del otro. Un día desperté de madrugaba y estaba echado encima mío. Hicimos el amor. No dijimos una palabra y nos volvimos a dormir.

Para mí esa era la felicidad. Estar cerca de Jaime, escuchar la risa de mi hija retumbar en las paredes de la casa, tener a una mujer mayor de absoluta confianza en casa que cuidara de ella, de nosotros, ir a la televisión con él algunos viernes, ir al cine juntos los fines de semana, fumar marihuana muy de vez en cuando, ir a bares insólitos y pedir mojitos, champagne para tomarlos solo yo, porque Jaime no toma una gota de alcohol. Por esos días él y yo nos hicimos amigos, amantes, novios, esposos. Y si bien yo no era la madre ideal, por fin parecía haber logrado lo que en algún momento creí imposible: vivir juntos y ser felices.

A Jaime todo el año 2011 lo vi bien de salud. No viajamos a ningún lado. Él hacía su programa de lunes a viernes en una misma ciudad, así que ya no había excusa para correr a tomar un avión a ninguna parte. Había dejado de tomar Dormonid, y en ese momento nos parecía un logro mayor. Teníamos la mejor ayuda doméstica posible. Sus hijas mayores no le hablaban, no le contestaban ni siquiera los mails, y si bien era un bajón, yo lo veía consistente en su cariño y apoyo económico a ellas.

Jaime y yo no peleábamos nunca. Si vuelvo a esa época, la única pelea que puedo recordar es que una vez fue una chica guapa española al estudio de televisión y a él por supuesto le llamó la atención, porque ojalá fuera gay para esos momentos, pero no. Cuando volvió a casa, me contó de la chica, sin filtro, sin pudor, y por supuesto a mí se me pararon los pelos y las antenas que no tengo, y luego me dijo que había vuelto otra vez, yo me metí al Facebook de Jaime a espiar sus mensajes y vi que le había escrito un mensaje dándole su mail personal. Cuando Jaime volvió de la tele, yo hice una escena de profunda decepción, y la verdad es que, en mi defensa, no estaba exagerando.

No podía creer que, después de haberme dicho que, si bien la chica era guapa, no le interesaba en lo más mínimo, luego le escribiese un mensaje privado. A mí, cuando alguien no me interesa, no le escribo, punto. Y el hecho de descubrir el mensaje espiándolo me recordó mucho a mi exnovio que me mentía con frecuencia sobre mensajes a chicas que "solo eran sus amigas". Ese día aprendí que hombres son hombres. Tienen en sus genes un instinto depredador, y cuando están en pareja puede que no lo concreten, pero les gusta jugar con la idea de seducir a una chica. Ese día también aprendí que las mujeres somos mujeres, y por eso podemos traer de vuelta a cualquier viejo amor que no concretamos, podemos escribirle un mensaje a ese chico que nos tiró onda y al que nunca le dimos bola, porque, de nuevo, ellos tienen en sus genes un instinto depredador. Pero en esos asuntos, nosotras las mujeres tenemos el control.

Después de esa escena mía de celos, salí a caminar indignada por la isla, luego volví a mi cuarto y cerré la puerta. Al cabo de un rato, escucho que alguien toca y dice: "¿Se puede?". Entró a mi cuarto sin decir una palabra y se sentó en la silla que está al lado de mi cama. Tenía los ojos llorosos, seguía sin hablar. Me puse de pie y lo abracé. Ahí terminó nuestra primera pelea de casados.

Pasaron cinco meses y yo empecé a notar que después de decirnos buenas noches, Jaime se paraba de la cama y se iba al otro cuarto. Al día siguiente me decía que le había costado trabajo dormir y por eso se había ido a otra cama, para no molestarme. Yo siempre supe que Jaime era un hombre de hechos, no de palabras. Y lo que sentía en ese momento, era que no quería o no podía dormir más a mi lado. Y a mí, que voy con bandera de superada, me dolió. Las siguientes noches me decía directamente que se iba al cuarto de al lado a dormir. Yo, despechada, me iba a mi cuarto oficial, al original digamos, donde estaba el balcón. Él me insistía en que durmiera en el cuarto grande, en nuestra cama matrimonial. Yo le decía que prefería dormir sola, aunque fuera mentira. Me dolía sentir que no quería dormir conmigo, pero una parte de mí pensaba que a lo mejor le acomodaba mejor dormir solo, porque así nos habíamos conocido, y así habíamos funcionado muy bien hasta antes de que naciera Zoe. Quizás los mandatos sociales nos empujaban a dormir juntos, pero si nosotros hubiésemos seguido esas reglas desde el comienzo, no hubiésemos estado juntos nunca. Y la verdad es que nuestra vida del día a día iba bien, a ratos lo notaba triste, pero lo atribuía a la ausencia de sus hijas. Su madre estaba cada vez más cerca de mí y me escribía correos a menudo preguntando cómo estábamos. Mis padres me llamaban por lo menos una vez por semana para saber de mí, de Zoe, de Jaime. Mis padres le habían tomado cariño a Jaime, porque habían estado cerca de nosotros y se habían dado cuenta de que nos queríamos.

La Navidad del 2011 la pasamos en Miami sin comer pavo, con nuestra hija durmiendo con la nana en el cuarto de al lado. Sin embargo, no diría que fue una Navidad triste. En abril del 2012 viajamos por primera vez solos, él y yo. Fuimos a Madrid y Barcelona a presentar una novela de Jaime. Fue en este viaje que noté que Jaime hablaba a ratos como borracho y fue en el bar Obama, del paseo de Gracia, en Barcelona, en el que, tomando cava y escuchando "Losing My Religion", me confesó que, en medio del caos del viaje y del cambio de horario, había vuelto a tomar Dormonid. Me prometió dejarlo apenas llegase a Miami. Yo le creí. Nuestra hija de un año se había quedado en Miami con la nana de confianza y su hermana, que había llegado hacía poco para cubrirla en sus días de descanso. Ahora teníamos dos nanas. Dos señoras mayores que estaban al lado de nuestra hija día y noche. Si bien nuestra hija era muy pequeña para viajar a Europa, yo noté algo raro a la vuelta de ese viaje. Cuando volví, me pareció sentir a mi hija algo apagada, balbuceando menos. Luego me dije que era la culpa lo que me hacía sentir así y no hice nada. Fue un error.

Luego, en junio del 2012, Jaime y yo viajamos a Nueva York por una semana. Zoe se volvió a quedar con las nanas. Yo no sé en qué estaba pensando, y solo recordarlo me hace una herida profunda en el corazón. Pero supongo que en ese momento estaba tratando de no perder a un amor por el que había venido peleando años.

La Navidad del 2012 la pasamos de nuevo en Miami. Esta vez sí comimos pavo con nuestra hija. Por supuesto, la llenamos de besos y regalos. Jaime tenía altibajos emocionales, pero yo no les daba mayor importancia. Lo atribuía a una mala noche que había pasado. A veces me decía que era completamente gay y que no sabía si podría seguir siendo mi amante para siempre. Yo lo tomaba con calma, porque siempre he apreciado la sinceridad, y aunque me dolía, le decía que no había problema, que yo no necesitaba que alguien me hiciera el amor todos los días o una vez por semana. Creo que eso lo tranquilizaba y le hacía sentir que ante todo éramos amigos.

En el 2013 ocurrieron algunos hechos importantes. La hija mayor de Jaime ya estaba yendo a una universidad en Nueva York, y por supuesto Jaime pagaba no solo la educación, sino también los gastos de vida de sus dos hijas. La hija menor acababa de cumplir dieciocho años, así que Jaime ahora les enviaba el dinero directamente a ellas. No eran cuentas menores y las sumas que ellas pedían casi siempre sobrepasaban las expectativas de Jaime, que la verdad eran bastante generosas, pero lo que a él más le molestaba no era que sus hijas se diesen la gran vida a costa suya, sino que lo hicieran diciéndole: "No estamos preparadas para verte". Ese tema despertaba largos debates entre él y yo, tarde por la noche. Yo le aconsejaba que siguiera dándoles dinero, pero que, si ellas no querían verlo, entonces no les diera todo lo que le pedían. Pero pronto me di cuenta de que Jaime estaba lleno de culpa por la pelea que había tenido con ellas, y en su mente darles todo lo que le pedían era una manera de redimirse de sus errores del pasado.

Fue como a mediados de ese año que Jaime un día estaba hablando por teléfono con su madre y se animó a hacerle la pregunta que había querido hacerle hacía un par de años: "¿Tú le diste plata a Sandra para que se mudase?". Desde que nos mudamos a Miami, nos habían llegado rumores de que Sandra y las chicas se habían mudado a una casa muy linda, a pocas cuadras de la casa de la madre de Jaime. Él todo este tiempo se había preguntado: ¿De dónde sacó la plata para comprar una casa tan linda? Siempre me decía que la familia de Sandra tenía dinero, pero eran muy tacaños y jamás le darían una suma importante de dinero para que se comprase una casa. Sin embargo, era bien conocido que la madre de Jaime, desde que heredó la fortuna de su hermano, gastaba su dinero en hacer donaciones no menores por aquí y por allá. La madre de Jaime siempre fue muy generosa, y no había nada que le gustara más que estar cerca de la gente pobre, ayudar a cualquier persona que estuviese emocional o físicamente desamparada. Y Sandra sabía eso.

Decía que Jaime estaba hablando con su madre por teléfono cuando le hizo la pregunta del millón, literal. Su madre se quedó en silencio unos segundos, y luego le dijo: "Yo había prometido no decirte nada, pero tú eres mi hijo, y si me lo estás preguntando directamente, no te voy a mentir, no puedo mentirte. Sí, le di un millón trescientos mil dólares para que se mude. Me dijo que tú habías botado a tus hijas de su casa y no tenían adónde ir". Luego Jaime le contó sobre los ciento cincuenta mil dólares que él le había enviado a Sandra para que se mudase, o para que no se mudase, porque al final le pidió que se quedara. Pero que incluso si ella ya no quería quedarse en ese lugar, con esos doce mil quinientos dólares mensuales, hubiese podido buscar un lugar en alquiler más que decente para vivir hasta que las aguas se calmasen. Fue así como se enteró de lo que había hecho Sandra con su madre. Y aunque siento que él siempre le tendrá cariño a su exesposa, sí fue una gran decepción para él. Con la respiración todavía agitada, le escribió un mail a su hija mayor diciéndole que ya sabía lo de la casa.

Al día siguiente, a las siete de la mañana, la madre de Jaime estaba saliendo a misa, cuando vio un Audi negro estacionado en la puerta de su casa. Vio a Sandra bajar en una bata blanca y decirle, con el rostro desencajado: "¡Nosotras teníamos un pacto, usted lo rompió y ahora sus nietas no la van a ver nunca más!". De película la escena, pero así fue.

La madre de Jaime no le contestó, se subió a su auto y enrumbó contra el tráfico a misa, pensando: "Como si mis nietas hubieran sido tan cercanas a mí". Si hay algo que admiro de la madre de Jaime, es su capacidad para no involucrarse emocionalmente con la gente desequilibrada cuando siente que no es el momento, o no vale la pena.

Lo último importante que ocurrió en el 2013 fue que, a fines de noviembre, Jaime pudo ver a sus hijas después de tres años.

Para él había sido una larga agonía, porque cada vez que proponía un encuentro, ellas le decían que no, que más adelante, y a ratos él creía que no las iba a ver nunca más. Pero un sábado, a fines de noviembre, Jaime recibió un correo de su hija mayor diciéndole que estaban en el Starbucks de la isla y que lo esperaban ahí. Por supuesto fue corriendo y volvió cuarenta minutos después diciéndome que había visto a sus hijas muy bien. Me dijo que le había aliviado la culpa verlas tan superadas con el tema de la pelea. De todos modos, él lo primero que hizo, cuando las vio, fue pedirles disculpas, llorando a ratos. Aunque breve, ese encuentro fue muy positivo, porque después noté a Jaime mucho más tranquilo, menos culposo con ese tema.

Por último, otra cosa que ocurrió ese año fue que el exnovio terminó por desaparecer de la vida de Jaime. Todo su rollo de "Jaime me engañó, es gay, no quiere a Silvia", le duró hasta ese año, pero al final mucha de la gente que había comenzado a seguirlo terminó desencantada cuando sintió el odio no solo era hacia Jaime y hacia mí, sino también hacia nuestra hija. Solo un canalla puede insultar a un bebé. Y por eso Jaime lo desterró por completo de su vida y en su mente pasó a ser un mal recuerdo, un bicho malo. A pesar de insultarlo públicamente, el exnovio le mandaba muy de vez en cuando mails a Jaime pidiéndole perdón, como si él fuera tan tonto de no leer los diarios y los insultos de baja estofa que el exnovio decía contra él. Yo pensaba que era un tonto, porque si no hubiera reaccionado de esa manera tan violenta y despechada, seguiría viviendo en el departamento de Jaime en San Isidro, Buenos Aires, y hasta hubiera podido ser un escape cuando Jaime tenía estos momentos de "creo que soy gay". En cualquier caso, pudo saber perder y quedar como un amigo agradecido, pero no, igual que Sandra, decidió ir a la guerra, y en el caso del exnovio, como no tenía hijas con Jaime ni cercanía con su madre, salió perdiendo en toda la línea. Yo sinceramente creo que si Sandra y el exnovio hubieran tratado a Jaime con un poquito más de cariño, a pesar de la decepción que pudiesen tener, no hubieran perdido nada, incluyendo la amistad y lealtad de Jaime.

Esa Navidad del 2013 también la pasamos en Miami. A mí no se me ocurría proponer ir a Lima, porque estaba contenta donde él estaba bien. Y porque, aunque me duela decirlo, no sabía estar con mi hija sin una nana al lado.

Fue a mediados del 2014, después del Mundial de fútbol, cuando todo volvió a irse al carajo. Jaime empezó a despertar cada vez más tarde. Ya no despertaba a la una en punto, despertaba a las dos, tres de la tarde. Algunos días llegaba a despertar a las cuatro de la tarde, hablando como borracho, balbuceando, como si hubiera tomado muchas pastillas a lo largo de la noche. Yo, en ese momento, no me daba cuenta, pero algo andaba mal. Muy mal.

No te reconozco

Hasta comienzos del 2014 Jaime había tenido altibajos emocionales. Había días en que parecía triste sin razón aparente. Su sueño era errático. A veces despertaba medio drogado por el Dormonid y le tomaba un par de horas volver a la realidad, o por lo menos hablar sin balbucear. Algunas veces, después de encerrarse a escribir, se iba a hacer la siesta al final de la tarde, aunque hubiese despertado a las dos de la tarde. En el trabajo le iba muy bien, los gerentes y el público estaban contentos con él. Con Zoe era siempre cariñoso, conmigo también en realidad, me consentía en todo.

Otras veces despertaba a la una en punto y parecía haber dormido bien, hablaba sin balbucear. Parecía contento y tranquilo. Salíamos a pasear los tres en la camioneta escuchando música. Tomábamos helados, nos bañábamos en la piscina los tres juntos. Él me decía que esos años viviendo conmigo y con Zoe en Miami habían sido los más felices de su vida. Y cuando lo veía a los ojos, yo sentía que no me estaba mintiendo.

Pero no había podido dejar el Dormonid como me prometió esa noche en el bar de Barcelona. Y yo veía que cada día tomaba más y más pastillas, pero no le decía nada porque sabía que las tomaba para dormir bien, y si no dormía bien, estaba gruñón al día siguiente, cualquier cosa lo irritaba con facilidad.

Zoe ya tenía tres años en ese momento. Iba a un prekinder. Jaime al comienzo se negó y me dijo que en la casa tenía dos a nanas a cargo de ella, qué más podía necesitar. "Socializar", le contestaba yo, y esa batalla la gané por suerte. Yo presentía que a nuestra hija le faltaba algo. Lo tenía todo, pero al mismo tiempo yo tenía un presentimiento extraño. Si bien ya entonces daba muestras de ser brillante, casi no hablaba, y por eso contraté a una terapista de lenguaje para que viniera a casa a verla dos veces por semana. A los dos años, Zoe identificaba cada letra del abecedario y cada número del uno al veinte. Tenía unas tarjetas con letras y solo por placer las ordenaba en orden alfabético sobre la alfombra del cuarto de juegos. También era capaz de armar su nombre y apellido utilizando las mismas letras. Yo reconozco mi estupidez al no darme cuenta de que todo esto era avanzado para su edad. Yo pensaba que estaba solo levemente adelantada. Años después supe que hay niños que a los cuatro años siguen sin reconocer las letras y me doy cuenta de lo despistada que estaba entonces. Zoe hacía estas cosas, pero al mismo tiempo no hablaba mucho, solo unas pocas palabras y la terapista que venía a casa era bastante informal, nunca me aconsejó ver a un doctor, ella solo hacía su trabajo y se iba, pero sí me ayudaba en la medida en que me decía cosas como: "Nunca va a hablar si tiene a dos nanas haciendo todo por ella, anticipando cada cosa que quiere". La terapista hablaba solo inglés y a ratos podía parecer ruda, porque era fría y directa en sus comentarios. Yo me aferraba a ella, porque estando en un país donde no tenía ningún contacto, no sabía a quién más acudir, y porque sí empecé a notar a las pocas semanas que Zoe comenzaba a mejorar su lenguaje. Zoe demostraba ser muy lista y sobre todo receptiva a la terapia.

A ratos parecía que la terapista también me estaba ayudando a mí. Una vez le dije algo como: "He hablado ya con las nanas y les he dicho que no le den todo en la mano, que esperen a que Zoe se los pida, pero no me hacen caso". Su respuesta fue tajante, y por eso me llegó al corazón: "Mientras más tiempo estés con Zoe, menos dependerás de las malas decisiones de las nanas". Estábamos en la puerta de mi casa hablando en inglés, por eso no me preocupaba demasiado que las nanas escuchasen.

Esa frase me quedó dando vueltas en la cabeza y decidí hacer más decisiones por mi hija. Cada noche, le dejaba lista la ropa que se pondría al día siguiente para ir al prekinder. La nana la llevaba por la mañana, yo pasaba a buscarla. Por la noche, empecé a bañarla yo misma. Empezamos a hacer paseos ella y yo a solas por la isla, a tomar un helado, al parque, a montar patineta. Para entonces mi hija ya tenía tres años y había dejado el pañal, pero no el chupón. Y según me explicó la terapista, el chupón es pésimo para la lengua, sobre todo para niños que tienen dificultades para hablar. Entonces decidí quitárselo, de un día para otro. Y ahí tuve el primer choque con la nana, que era la que se quedaba a dormir, su hermana se quedaba solo hasta las cuatro de la tarde y luego se iba al departamento que ambas alquilaban en Brickell. Fue un choque, porque ella no estuvo de acuerdo. Le pareció que era muy brusco sacarle así el chupón "a su niña" de un día para otro. Quizás sí, era radical el cambio, pero era mi decisión y por primera vez sentí su renuencia de hacer algo en mi casa. Quizás porque esta era la primera decisión que yo tomaba, la primera orden que yo le daba. Todo este tiempo ella había estado acostumbrada a hacer lo que ella quería. Comprar lo que quería en el súper, cocinar lo que ella decidía, vestir a mi hija como ella quería. Fue en ese momento, en esa confrontación, que me di cuenta del poder que esta mujer tenía sobre mi casa y mi hija. Saqué todos los chupones del cuarto de mi hija y le dije a la nana que seguía durmiendo con Zoe que, si despertaba llorando, saliera a buscarme. Yo estaba dispuesta a darle a mi hija su chupón en medio de la noche si estaba sufriendo mucho, pero quería ser yo quien lo hiciera, no la nana.

En algún momento hice un comentario como: "Si escucho a mi hija llorar, entro al cuarto enseguida", y ella respondiéndome: "No, señora, ustedes solo entran si yo les llamo". Y luego se reía, como si fuera una broma.

Empecé a pasar más tiempo con mi hija. Ahora yo le daba el almuerzo y la cena. Estaba muy pendiente de que no le dieran todo tan fácil sin que ella lo pidiera usando sus palabras. Y la única manera de controlar eso era pasando más tiempo con Zoe. Todo este tiempo había sentido que mi hija estaba en las mejores manos, por lo cuidadosas que eran las nanas, pero ahora me parecía que tanta protección le estaba haciendo daño. Y traté de hablar con ellas. Les dije una y varias veces lo importante que era para el desarrollo de Zoe que la dejaran equivocarse, caerse, que le diesen tiempo para que ella tratase de decir una palabra o dos, no tener la tele prendida todo el tiempo, hacer juegos didácticos. No pasó mucho tiempo para que me diera cuenta de que eso no era posible. Nunca supe si no querían o no podían hacerlo. Yo les hablé hasta el cansancio, tanto que parecía un disco rayado y me sentía una pesada repitiendo lo mismo una y otra vez. Pero ellas al final hacían lo que querían, estaban acostumbradas a eso, yo las había acostumbrado a eso. Y a ratos me preguntaba si era muy tarde para corregir esa dinámica.

En la casa empezaron a pasar cosas que no me gustaban. Tal vez ocurrían antes, pero no me molestaban o no me daba cuenta. Cuando era la hora del almorzar y la nana nos servía la comida, comíamos bajo el radar de su mirada y sus comentarios muchas veces inoportunos, porque ella ya asumía que nuestra conversación la incluía siempre. Nosotros le habíamos dado esa confianza, al punto que ella podía hacer un comentario sin miedo, pero lo suyo sobrepasaba el límite del respeto, y decía cosas como: "¿No terminaron la comida? Látigo les voy a dar". Y de nuevo, se reía, pero no era una broma graciosa. Y tanto Jaime como yo sentíamos que detrás de esa risa o esa broma, había un velo de autoridad o poder que ella imponía sobre nosotros.

Otro día ella había pedido permiso para ir al médico, en realidad ella no pedía permiso, avisaba que tenía cita con el médico y salía. Se fue a las cuatro de la tarde, dejando a su hermana en la casa. A su hermana no le correspondía ese horario, pero nosotros le pagábamos esas horas extras y por supuesto no se nos ocurría descontarle a la nana las horas que no había trabajado, porque tenía tres hijos y seis nietos, todos viviendo de ella, del sueldo que le pagábamos.

Esas cosas empezaron a molestarnos. No tanto el tema del dinero, sino que ella decidiera sobre sus horarios y vacaciones. Por un lado, era una cocinera exquisita y daba la vida por nuestra hija, le hacía a Jaime todos los jugos de frutas posibles y a mí cualquier antojo de comida o masaje si tenía alguna contractura. Por otro lado, nos hacía sentir que ella era la jefa absoluta de la casa. Sus comentarios y miradas me hacían sentir que hacía mucho que ella había dejado de sentirse la persona que trabajaba para una familia y que, por lo tanto, como cualquier empleado de cualquier rango, debía someterse a las decisiones de su jefe. Por alguna razón ella se había asumido como la jefa de la casa, y lo peor era que sus decisiones sobreprotectoras estaban afectando directamente a mi hija. Así que me dije: esto tiene que cambiar.

Pero también estaba Jaime y sabía que tenía que estar cerca de él. Principalmente porque lo quería, y luego porque sentía que me necesitaba. Para contarme de su programa de televisión, de su próxima novela, de la noticia que acababa de leer en el periódico, de lo absurda que era nuestra situación con la nana.

Un día de esos lo acompañé al podólogo a que se revisara las uñas de los pies, porque al usar varios pares de medias en el día a día y para dormir también, algunas se le habían deformado. Lo acompañé y resultó que había que quitarle la uña del dedo gordo de cada pie. Le pusieron anestesia local y se las sacaron. Luego la doctora le recetó Oxycodin para el dolor. Le dio treinta pastillas.

En el auto volviendo a casa, Jaime me dijo que no tomaría esa pastilla porque sabía que era altamente adictiva. Pero una semana después ocurrió algo que en cuatro años viviendo juntos no había sucedido: se le terminó el Dormonid. Tratamos de encontrarlo en Miami, fue imposible. Fuimos a las farmacias más recónditas de la ciudad, nadie tenía Dormonid ni quería venderle el genérico sin receta. Conseguimos pastillas parecidas, pero no le hacían el mismo efecto. Fueron días duros, porque sabía que él no estaba durmiendo bien. Un día despertó contento y me dijo que había dormido como los dioses. Me dijo que había tomado media pastilla de Oxycodyn que le había funcionado muy bien para dormir algunas horas de corrido. Me preocupé y se lo dije, pero él no me hizo mucho caso, y yo pensé que no se engancharía a esa pastilla, teniendo solo treinta cápsulas y sin una receta médica para conseguir más. Me equivoqué.

El efecto que esta pastilla le dejaba era aún peor que el Dormonid. Porque ahora me queda claro que no tomaba solo media por noche, debía tomar mucho más que eso, porque al día siguiente no solo balbuceaba, sino que parecía ausente. No hablaba mucho, le costaba mantener los ojos abiertos a ratos. Por suerte al final de la tarde, cuando ya había escrito, el efecto de la pastilla había casi desaparecido y podía hacer el programa de televisión sin grandes dificultades. Aunque hace poco vimos en Youtube un programa de él por esa época y Jaime se quedó sorprendido de lo lento que hablaba. Para ese momento el público no se había dado cuenta de lo que le estaba pasando. No todavía.

Y si bien era capaz de seguir trabajando sin mayores inconvenientes, en la casa parecía ausente. Pasaba gran parte del día echado en la cama, o sentado leyendo, o tratando de escribir. Jugaba con Zoe, pero menos que antes, como si se cansara rápido. Yo no podía entender cómo podía necesitar doce horas de sueño por noche. En ese momento no lo entendía.

Un sábado despertó a las cuatro de la tarde, nos habíamos ido a dormir a la una de la mañana, yo estaba con Zoe saltando en la cama elástica que teníamos en el jardín. Yo saltaba mientras miraba su ventana, pensando: a qué hora va a despertar. Sentía angustia, pero saltar de alguna manera la aliviaba. Hacía toda clase de juegos con Zoe, perseguirnos la una a la otra, Simón dice, nombrar las partes del cuerpo, y todo lo que se me ocurriera para estimular su lenguaje y, sobre todo, para que sintiera que yo estaba ahí para ella. La nana se quedaba parada mirándonos y yo a veces le decía: "Puedes ir a hacer tus cosas, no necesitas quedarte acá". Y ella decía: "Ah, bueno", pero se iba molesta. Esos momentos me preocupaban. Como también me preocupé el día en que salió de la casa y al poco rato se largó a llover. Diez minutos después, creo que todavía estaba lloviendo, no recuerdo bien, la nana entró furiosa a la casa, empezó a dar de gritos diciendo que nos había estado llamando a nuestros celulares y que el señor Jaime, ni su hermana, ni yo habíamos contestado. Estaba completamente desencajada y lamenté el mal momento. Pero me pareció que su reacción no era apropiada y que solo mi madre podría llamarme la atención así. Jaime escuchó los gritos, pero no salió de su cuarto. Yo le pedí disculpas y le ofrecí algo caliente de tomar. Pero en esos momentos me daba cuenta de que su actitud perturbaba la paz de la casa. Porque Jaime y yo nunca peleábamos a los gritos y cuando discutíamos, lo hacíamos en privado. Era una excelente cocinera y sobre todo una muy buena mujer, muy trabajadora, siempre preocupada por nosotros. Si Zoe estaba enferma, ella no dormía por estar a su lado, cuidándole el sueño. Pero si yo quería entrar para ver cómo estaba mi hija, me decía que mejor saliera del cuarto, que iba a despertar a Zoe. Yo a veces sentía que su autoritarismo nublaba sus virtudes.

Mi hija hablaba poco, mi esposo estaba cada vez más dopado y dependiente a las pastillas para dormir, la nana se creía la señora de la casa, la otra nana me hacía sentir que la jefa era su hermana y no yo. Cuando trataba de darle alguna instrucción sobre cómo hacer las cosas en la casa, me decía, y no pocas veces, que su hermana le había indicado que lo hiciera distinto. Y yo en ese momento no tenía el coraje para decirle: "¿Y en esta casa quién es la jefa, tu hermana o yo?". Pero no decía nada y empecé a dormir mal de la preocupación. Para colmo, la terapista me dijo que iba a visitar a su madre enferma y que era probable que se quedara unos meses con ella. En otras palabras, me estaba dejando. Yo tenía la esperanza de que a Jaime se le terminasen las pastillas de Oxycodyn y ya no tuviera cómo conseguirlas, porque acá son súper estrictos en las farmacias con el tema de la receta y eso. También tenía la esperanza de que mejorasen sus ánimos. Antes había pasado por momentos de muchas pastillas o tristeza sin razón, pero eran ciclos y luego se le iba. Yo estaba esperando a que terminara ese ciclo. Pero pasaban las semanas y el ciclo no tenía cuándo terminar.

A Jaime se le acabaron las pastillas de Oxycodyn y yo pensé que volvería un poco a la realidad. Solo quienes han estado en mi situación saben de lo que estoy hablando. La persona que toma opiáceos está completamente ausente. Está su cuerpo, pero no su mente o su espíritu. Es casi como hablar con una pared, con alguien que no se deja ayudar. Pasó un día, dos y Jaime seguía ausente. Un día entré a su baño mientras dormía, que para esa época la repisa de mármol marrón que estaba al lado del caño parecía una farmacia por la cantidad de pastillas que había, y vi un frasco que no había visto antes. Leí la etiqueta y decía "Vicodyn". Leí el compuesto y era básicamente un opiáceo, derivado del Oxycodyn. Los expertos en fármacos seguro corregirán mi terminología, pero en pocas palabras era otro opiáceo, una droga muy parecida al Oxicodyn. Me llevé las manos a la cara y pensé que tenía que hablar con él.

Ese día, cuando despertó, tuve que esperar un par de horas a que volviera un poco más a la realidad, porque yo era perfectamente consciente de que si le decía algo apenas se había despertado, dos horas después con seguridad no lo iba a recordar. Por supuesto la nana nunca entendió esto y apenas veía a Jaime entrar a la cocina a tomar su jugo de naranja salía a darle las cuentas del súper, o ancontarle un problema con alguno de sus hijos, o una anécdota que le había ocurrido horas antes. Yo me quedaba en silencio y salía con Jaime en la camioneta a pasear por la isla y lo escuchaba decirme que quería ser candidato presidencial un día, que quería dejar la tele para dedicarse solo a escribir al día siguiente. Esa tarde me armé de valor y me senté a su lado mientras leía el periódico. Le pregunté de dónde había sacado esas pastillas Vicodyn, me dijo que se las había conseguido uno de sus editores en el canal, que a su vez tenía un contacto con una enfermera. Le pregunté si no le parecía peligroso tomar tantas pastillas y su respuesta fue rápida, tajante: "No puedo dormir. Me hace falta mi Dormonid y no lo consigo acá". "¿No quieres que veamos a un doctor?", le pregunté, y me contestó: "No ahora, dame un tiempo más para reajustarme. Si pude dejar el Dormonid antes, puedo dejarlo ahora". Yo pensé que, si él no estaba dispuesto a ver a un doctor, era poco lo que yo podía hacer.

Yo, en ese momento, segundo semestre del 2014, tenía veinticinco años. Y como había tenido a una madre que dependía de las pastillas para estar bien emocionalmente, sabía cuán importante era estar bien medicado. Y sabía también que muchas de las personas que sufren de trastornos de sueño o de personalidad o simplemente químicos, con frecuencia no admiten que deben ver a un médico, dejarse ayudar, a menudo culpan a otros de su sufrimiento. Mi madre, a pesar de su depresión y sus medicinas, supo ser una gran mamá, porque me enseñó a reírme de mí misma, a tener paciencia ante el caos, a que no importaba cuán dura y distante hubiera sido yo en ciertas épocas de mi vida, sobre todo durante mi adolescencia, su amor hacia mí era incondicional. Y justamente por eso es que sabía que Jaime todavía podía ser un buen padre, un buen esposo, una persona menos triste si se permitía ayudarlo. Pero mientras él no me dijera que quería ver a un doctor, yo no podía hacer nada, o casi nada.

Jaime seguía tomando muchas pastillas para dormir cada noche, y al día siguiente era como un fantasma que caminaba por la casa. No solo porque no hablaba, era como si no estuviera ahí. Pensaba que tenía que buscar un doctor. Entré a Google y escribí "psiquiatras y neurocirujanos en Miami", cerca de donde vivo. Encontré un par, llamé y pedí una cita, pero la fecha disponible más cercana era en dos meses. "En dos meses puede que mi esposo haya muerto de una sobredosis", pensaba al colgar. No quería llamar todavía a la madre de Jaime, no quería preocuparla. Pensaba que era cuestión de darle las pastillas correctas y ya, y que si estuviéramos en Lima sería mucho más fácil encontrar a un doctor. Y cuando se me vino a la mente Lima, recordé que una vez él me había hablado de un doctor que a comienzos del 2008 lo había ordenado con las pastillas para dormir. Porque al parecer en el 2005, cuando Jaime cumplió cuarenta años y se mudó a Buenos Aires para vivir con su novio, tuvo la peor crisis de sueño de su vida, porque simplemente no podía conciliar el sueño y hasta entonces no tomaba pastillas para dormir. Pero fue así como trató con una y con otra y terminó automedicándose, y fue la exesposa, ese es un mérito de ella, lo reconozco, quien lo llevó donde un doctor en Lima para que lo ordenase con las pastillas. Mientras Jaime dormía, busqué en su agenda el correo electrónico del doctor. Le escribí un largo mail contándole lo que estaba pasando. Al día siguiente me contestó que estaba encantado de ayudarme, siempre y cuando Jaime lo autorizara a hablar de esos temas conmigo. Me jodió la respuesta, pero entendí. Decidí no insistir y buscar otros médicos en la ciudad.

Le escribí un correo al editor que le había dado el Vicodyn a Jaime. Le expliqué muy escuetamente lo que estaba pasando y le pedí que por favor no le diese más pastillas a Jaime. Para mi sorpresa, me contestó enseguida y me dijo que él mismo ya había decidido no hacerlo más, porque había notado, editando los videos del programa al lado de Jaime, que estaba "como perdido y no se ubicaba en el tiempo presente". Me pareció una excelente descripción de lo que yo también veía en casa. Si Jaime seguía así, era solo cuestión de tiempo que los televidentes y los ejecutivos del canal se diesen cuenta de que Jaime estaba mal de salud.

Por esos días pedí una reunión con la profesora de Zoe. Me dijo que académicamente la veía muy bien, que la veía más avanzada que los demás niños. Pero también me dijo que, siendo la mitad del año escolar, recién estaba empezando a jugar más en grupo con sus compañeritos, que antes su juego era más aislado. Me dijo también que en "Circle Time" ella iba preguntando niño por niño "¿How are you?", y que, de los veinte alumnos, Zoe era la única que no le contestaba. Me dijo que no sabía si era por vergüenza, miedo o qué, pero que fuera de eso no veía nada que le preocupara realmente. La que sí se preocupó fui yo cuando salí de la reunión, sentí que mi hija necesitaba seguridad en sí misma, y que esa confianza solo se la podía dar yo.

Una de esas tardes, salimos al jardín a soplar burbujas. Solas ella y yo. Yo llevé mi cámara para hacerle fotos. Yo soplaba las burbujas primero, luego ella. Cuando yo las soplaba, aprovechaba que ella las estaba mirando para tomarle fotos. Siempre supe que ella entendía perfectamente todo lo que ocurría a su alrededor. Creo que intuía lo que estaba pasando con su padre. Cuando tenía seis meses y mis padres vinieron una semana de visita, ella lloró cuando los vio subirse al taxi que los llevaría al aeropuerto. Hablaba poco, pero estaba muy atenta a todo lo que ocurría a su alrededor. Y por eso, yo no fallaba en mis tareas maternales del día a día. La iba a buscar del colegio, le daba el almuerzo, hacía con ella alguna actividad divertida por la tarde, pintar con témpera, cocinar con agua y harina, llenar la tina con pelotitas de gelatina. La única vez en mi vida que he sido constante, ha sido con ella, con Zoe. Y después de cada uno de esos momentos, nos íbamos necesitando un poco más.

Un día me tuve que sacar las muelas del juicio. Me saqué todas en una sola operación, y por eso no pude buscar a Zoe a la salida del colegio, fue la nana. Llegué hinchada y adolorida a casa pasadas las dos de la tarde y lo primero que hice fue entrar al cuarto donde estaba ella. La vi sentada en su mesita almorzando. La abracé y lloró, sin decirme nada. Yo tuve que contener las lágrimas para no llorar también. Enseguida la nana sacó un peluche y trató de distraerla diciendo "ya, ya, que termine de comer". Esta no fue la nana, fue su hermana. Le dije educadamente que yo me quedaría con Zoe y que aprovechara de hacer otras cosas en la casa. Me quedé con mi hija un rato, la miré a los ojos, sentí que no todo estaba perdido, que tarde o temprano yo, iba a recuperar las fuerzas para mandar a todos al carajo, y quedarme sola con ella si era necesario. Esos días fueron espantosos, porque a veces tenía tanto dolor que no podía pararme de la cama y el doctor me recetó Oxicodyn y yo de la pura rabia prefería aguantar el dolor a tomar esa jodida droga. Había sido una operación complicada y tenía la cara muy hinchada y adormecida. De hecho, tuve la cara adormecida por dos meses. Jaime en esos días no se hizo presente. Estaba en la casa, pero ausente. No preguntaba cómo estás y permanecía la mayor parte del tiempo echado en la cama o encerrado en su cuarto, tratando de escribir.

Me recuperé de la operación, y un sábado por la tarde le dije a Jaime: "Hagamos algo, por qué no vamos al Museo de Ciencias que está saliendo de la isla". Para mi sorpresa dijo que sí, no sé si fue por la culpa, porque había noches en las que realmente me torturaba contándome cada uno de sus demonios. Ahora ya no me decía que era gay, me decía que no quería tener sexo con nadie nunca más. Y que estaba pensando comprar una casa en algún lugar alejado de Costa Rica para que nunca nadie lo encontrase. Era horrible escucharlo, pero creo que en ese momento todavía había en él un ápice de consciencia y muy rara vez, digamos una vez al mes, me decía para salir de la isla en familia. En ese momento todavía íbamos a cine por la noche, pero a veces se quedaba dormido y otras, lloraba a la mitad de la película y no paraba hasta llegar a la casa, era muy sentimental. Una de las veces que fuimos a Merrick Park y solo paseábamos, quizás también compramos algo, al salir les tomé a él y a Zoe un par de fotos con unos cuadros de unos perritos. Ese día sinceramente sentí que Jaime había salido con nosotras para cumplir. Apenas volvimos a casa, como a las seis de la tarde, se echó en la cama hasta las nueve de la noche que salimos al cine.

Yo tenía una paciencia infinita y pensaba que, mientras él no se quisiera tratar, yo no podía hacer mucho. A ratos pensaba irme a Lima con Zoe, pero dejarlo solo no era la solución. A veces me daba miedo que se deprimiera tanto que terminara matándose. Porque en ese momento no parecía consciente de la realidad, de lo que ocurría a su alrededor. Alguna gente lo veía caminar por la isla y pensaba que estaba borracho. Yo a ratos le hablaba, pero veía que mis palabras no calaban en él y ya no volvía a insistir. Era como un alma en pena, y a veces me partía el corazón ver cómo Zoe lo iba a buscar a su cuarto y le decía: "Pipo, vamo' a juga'". Y él le decía: "En un ratito voy a tu cuarto", pero nunca llegaba y yo sinceramente quería llenar el corazón de Zoe con tanto amor para que no sintiera la ausencia de su padre. Por eso empecé a pasar todo el tiempo en el cuarto de Zoe. Conversaba bastante con la nana, que ya se había dado cuenta de lo que le estaba pasando a Jaime.

Decía que un día le dije para ir al Museo de Ciencias y me dijo que sí. Fuimos los tres, con la nana. Entramos, todo parecía ir bien, Zoe estaba contenta y la verdad yo también. El museo no era gran cosa, pero yo estaba feliz de poder hacer por fin un paseo en familia. Vimos serpientes en vitrinas, peces, nos tomamos fotos con un oso disecado en dos patas. Luego, en la zona de juegos familiares, nuestra hija se distrajo con unos juegos de memoria y nosotros decidimos sentarnos en uno de los muebles que había en ese cuarto. Yo estaba todavía de pie, cuando vi que la nana me hacía gestos desde el otro extremo del cuarto: "¡Se cayó el señor, se cayó el señor!". Volteé y Jaime estaba tendido en el piso, sin un zapato. Al parecer había caído tan estrepitosamente que no solo había perdido un zapato, sino que no podía ponerse de pie. Ante la mirada de quienes ya lo habían reconocido, y en medio del barullo que ocurre cuando una persona se cae en un museo, lo jalé del brazo hasta que pude ayudarlo a ponerse de pie. Mi hija de tres años salió del cuarto, quizás avergonzada, acompañada de la nana que la seguía a todas partes. "La rodilla no me funcionó bien, no sé qué pasó", me dijo con dificultad para pronunciar la letra "r".

Y yo, harta, cansada, herida, le grité: "¡No es la rodilla, son las pastillas! ¡Llegando a la casa me vas a dar el Vicodyn que te queda y el Rivotril en gotas que ya sé que estás tomando a escondidas, y cualquier otra pastilla que no esté dentro de tu medicación original!". Por primera vez en nuestra relación lo vi asustado ante algo que yo le decía.

Todo mal

Tras una larga conversación con Jaime, llegamos a la conclusión de que, si no estaba durmiendo bien, tenía que ser por la falta de Dormonid. Teníamos que hacer lo que fuese necesario para conseguirlo. Y como en Miami no lo vendían, Jaime ideó un plan que no me pareció tan malo. Llamó por teléfono a su chofer Paolo, que ahora que estábamos lejos era más un asistente que se encargaba de pagar las cuentas de los departamentos en Lima. Le preguntó si tenía la visa para viajar a los Estados Unidos, la respuesta fue no. Entonces le encargó comprar muchas cajas de Dormonid para seis meses y le pidió que lo encontrara en Panamá. Jaime compró el pasaje de avión del chofer y el suyo. Se aseguró de que le dieran las pastillas al asistente y un sábado por la noche viajó a Panamá con la intención de reunirse con el chofer y volver al día siguiente en el primer vuelo a Miami.

Jaime se fue a Panamá y yo me quedé en la casa con Zoe y la nana tan tranquila, porque pensé que el Dormonid solucionaría el problema. Pensé que lo haría dormir mejor y eso le levantaría un poco el ánimo. Pero me equivoqué. Y en ese momento aprendí la lección: no puedes decir que sí a todo.

Jaime volvió al día siguiente de Panamá resfriado. Era una gripe extraña en la que no solo tenía tos, flema y mocos, sino que no podía pararse de la cama por el dolor de cabeza. Me dijo que era cuestión de que durmiera bastante y abrigado en su cama un par de días y que se mejoraría. Le creí. Entonces pasaron, dos, tres, cinco días y Jaime seguía en cama. Día y noche, solo se levantaba y se bañaba para hacer el programa. Luego volvía, estaba un rato conmigo, aunque parecía ido, distante, y luego me decía que se iba a leer y dormir más temprano. Yo sentía que no quería estar conmigo. Sabía que no se iba a dormir temprano. Sabía que apagaba a luz y se quedaba en su cama despierto mirando el techo. A veces pegaba la oreja a la puerta a ver qué podía estar haciendo. Pero nada, era el silencio absoluto.

Pero como todavía seguía con tos y mocos me dije tranquila, ya va a volver. Porque antes había ocurrido que se ponía triste unos días, pero luego volvía. Y yo pensaba que cuando se le pasara el resfrío y durmiera bien con el Dormonid que acababa de ir a buscar en avión, ya estaría bien. Pero no, fue un error.

No hablaba mucho, pero cuando lo hacía era tarde de madrugada. Ponía luz baja y me decía que estaba cansado de hacer televisión, que le hacía ilusión irse solo por un tiempo a una casa en Costa Rica a escribir. "Quiero ir a un lugar donde nadie me encuentre. Solo tú y Zoe sabrán dónde estoy". La sola imagen de tener que vivir sola en la casa en la que habíamos sido tan felices me rompía el corazón. No me consolaba ser la única en saber su escondrijo. Me decía que estaba pensando en renunciar a la televisión. Me pedía disculpas porque no habíamos hecho el amor en las últimas semanas. "El sexo ya no me interesa con nadie. No me interesa estar con un hombre, ni con una mujer. Tú puedes buscar a un amigo o una amiga que te haga feliz en ese sentido, pero yo ya no puedo", me dijo. Cada una de esas frases era una bala en el pecho. A veces lloraba sin que él se diera cuenta, otras me quedaba en silencio y le decía cosas como: "Yo no quiero estar con nadie más, yo quiero estar contigo", pero era inútil, porque mis palabras no parecían llegar a su corazón. Luego me encerraba en el baño y lloraba hasta que no podía respirar y luego me iba a mi cama y me quedaba dormida con el corazón roto. Sentía que ya no me quería. Pero otros días despertaba y lo primero que hacía era salir de su cuarto y llamarme: "¿Mi amor, estás aquí?". En esos momentos me decía que no todo estaba perdido, que tenía que ayudarlo. Tenía que buscar ayuda profesional.

Yo siento que Zoe, con solo tres años y medio, se daba cuenta de todo. Su padre estaba ausente y ella lo sabía. De todos modos, yo pasaba más tiempo con ella, pero la nana casi siempre estaba ahí y su presencia muchas veces rompía la magia entre mi hija y yo, pero ahora más que nunca la necesitaba, porque no sabía cuándo Jaime iba a salir de su cuarto buscándome, pidiéndome ir a dar una vuelta. Decidí esperar el momento adecuado para hablar con él, un momento en el que estuviera más o menos consciente para que me escuchase de veras y me prometiese que iría conmigo al doctor. Yo todavía tenía que conseguir una cita pronto, pero el primer paso era que él admitiera que necesitaba ayuda. El momento adecuado nunca llegó. En vez de mejorar, cada día estaba más ausente y recluido. Era como si estuviera hundiéndose de a pocos en un pantano del que ni siquiera intentaba salir. Tratar de hablar con él era desgastante, frustrante. En sus "buenos" momentos se la pasaba escribiendo en su cuarto, o diciendo cosas en Facebook como que iba a ser candidato presidencial, iba a legalizar la marihuana, iba a nombrar a tal y cual de ministros. Muchos de sus textos tenían una cuota de humor y sus seguidores lo celebraban, yo echada a su lado en la cama pensaba: estás loco, realmente loco. No podía entender cómo podía hablar de ser presidente del Perú si no podía dormir. Una de las pocas noches en que no lo miré con mala cara cuando me habló de ser presidente, hicimos el amor, y fue delicioso, pero terminamos súper tarde, como a las cinco de la mañana. Yo me fui a dormir pensando que al final no era cierto lo que me había dicho unos días antes, porque en sus besos, en su mirada, había sentido que todavía me amaba. Desperté a las once la mañana para ir al baño y vi que la luz de su cuarto estaba encendida. Me pareció rarísimo, porque él siempre era el último en despertar. Toqué y dije: "¿Se puede?". "¡Claro, mi amor!", respondió enseguida. Y entré al cuarto y tenía la luz encendida y estaba echado en el mismo lugar donde lo dejé. Me eché en mi lado de la cama, porque, aunque no dormíamos juntos, teníamos una cama matrimonial y cada uno tenía su lado. Parecía de buen humor y me enseñó lo que había escrito en Facebook. Eran textos humorísticos, divertidos, políticos. Estaban buenos, me reí. Miré las horas de publicación y había escrito uno cada hora desde que nos despedimos. "¿Has dormido algo?", le pregunté. Me dijo que no y sonrió.

Empecé a buscar doctores en Miami. Le pregunté a la señora peruana que nos había vendido la casa. En esos años se había hecho muy cercana a nosotros y la consideraba una amiga de confianza. Le escribí contándole que Jaime no estaba durmiendo y si conocía a algún psiquiatra en Miami. Me recomendó a un par. Los llamé enseguida. Para entonces no solo yo, sino también las nanas estaban preocupadas por Jaime. Alguna gente en la isla había notado que Jaime salía extremadamente abrigado para la época, caminando en zigzag, con la mirada algo perdida y tropezando con las palabras al hablar. En la televisión la gente no lo notaba, no todavía. Finalmente conseguí cita con un doctor para la semana siguiente. Le dije a Jaime que había conseguido un doctor que le iba a dar unas pastillas para que durmiera mucho mejor. Lo dudó, fue difícil convencerlo, pero la consulta no quedaba muy lejos de la casa y le prometí que valdría la pena.

Entramos a la consulta, nos sentamos en dos sillas frente al doctor, que estaba detrás de su escritorio de madera brillante. Jaime parecía de mal humor. Yo me puse nerviosa, porque sabía que al primer comentario del doctor que a él no le gustara, Jaime podía explotar.

Como el día en que mis padres iban a venir a visitarnos y ambos quedamos en que los alojaríamos en un hotel en la isla y les prestaríamos uno de los autos de Jaime. Como sabía que él volvía cansado de la televisión, pensé que podía llevar yo misma el auto al hotel y volver corriendo, porque en Key Biscayne todo está relativamente cerca. Y pensé que así le ahorraba el esfuerzo de manejar al hotel en dos autos, volver en uno, y también quise hacer algo por mí misma, sin depender de él. Lo hice sola y cuando él volvió de la tele me dijo para ir a dejar el auto, y yo le dije que ya lo había hecho. Su reacción fue la misma que si le hubiera dicho que choqué con un camión. Me dijo que cómo no le había consultado, que era su auto y por qué disponía así de él, y yo "pero habíamos quedado en que ese era el que les prestaríamos". En ese momento no entendía por qué se molestaba tanto. Luego lo supe.

O, por ejemplo, otro día yo me había puesto una camiseta que tenía una calavera, y estábamos conversando de lo más bien hasta que empezó a decirme que mi camiseta no le gustaba y terminó diciéndome que no entendía cómo podía haberse enamorado de una persona que pudiera vestir una camiseta así. Yo le dije que estaba en la casa, no había salido a la calle y mucho menos en televisión. En ese momento pensaba: "Es la una de la mañana y es solo una camiseta", pero nunca más pude ponerme algo que tuviera una calavera.

Por eso me puse tan nerviosa ese día frente al doctor. Porque sentía en la respiración de Jaime que estaba de mal humor y el doctor hizo un par de preguntas básicas y una de ellas era algo como: "¿Sexualmente todo está bien entre ustedes?". Y Jaime le dijo: "Yo no he venido a discutir mi vida sexual ni mis problemas personales con usted, doctor. Yo vine porque no puedo dormir, estoy medicado hace algunos años y, dado que usted es el médico aquí, espero que sea usted quien me resuelva ese problema". Yo tuve que mirar a otro lado, porque si bien Jaime no había levantado la voz, cada palabra suya había sido un ladrillo que caía entre el doctor y nosotros. Jaime tiene esa cualidad, la de hablar sin gritar y hacer sentir diminuto a cualquiera, incluso al que tiene aires de ganador.

Finalmente el doctor le recetó una pastilla y le dijo que eso lo pondría a dormir como un bebé. Esa noche Jaime se tomó la pastilla y se fue a dormir. Al día siguiente, a la una de la tarde yo estaba despierta, ilusionada, pensando que él saldría del cuarto con una sonrisa diciendo: "¡Dormí bien, por fin!". Pero no, entré a su cuarto imaginándome que iba a verlo dormido, pero lo encontré caminando a su clóset. Tenía muy mala cara. "He pasado la peor noche en años, tengo un dolor de cabeza horrible, no quiero ver más a ese doctor", dijo. Lo vi tan mal que no quise discutir, porque vi con claridad que la pastilla no le había caído bien y tampoco me atreví a decirle que lo llamase de vuelta a pedirle otra pastilla. Me dijo que iba a tomar sus pastillas de siempre en un tono tajante y por primera vez estuve de acuerdo, porque nunca lo había visto tan mal. Para mí era difícil no sentir que Jaime estaba en el lugar equivocado. Lo mismo le había pasado cuando trató de vivir con su exnovio en Buenos Aires. Se volvió loco porque no podía dormir. Lo mismo que ahora. Al parecer esa crisis se curó cuando se mudó solo un semestre a Washington a dar clases en una universidad. A veces pensaba que quizás la solución era que se fuera a vivir solo a algún lado. Y sinceramente pensaba que, si esa era la solución, debía hacerlo. Yo quería tenerlo de vuelta, poder mirarlo a los ojos y encontrarlo. Porque ahora en su mirada solo veía frío, vacío.

Después de esa mala experiencia con el doctor, no me atreví a hacer ninguna otra cita pronto. Yo ya no sabía qué hacer, a quién acudir. No sabía si irme a Lima con Zoe, era una opción, pero tampoco quería dejarlo solo, algo me decía que esa no era la salida. Yo estaba sola, completamente sola, con un esposo que dormía muchísimo y se encerraba a escribir sin hablarme, y una hija que ya tenía tres años y medio.

A veces salía a caminar, otras tomaba vino tinto sola en mi balcón, pensando: cómo mierda soluciono esto, tal vez no tiene solución, tal vez no me quiere y no sabe cómo decírmelo y por eso está así, distante, para que yo me dé cuenta y me aleje sola. Lo único que me tranquilizaba era saber que, aunque las cosas estaban mal, yo ya había tenido mi cuota de mala suerte, mi mala racha, mi suma de eventos desafortunados, y que, si había sobrevivido emocionalmente hasta ahora, a lo mejor ya había pasado la peor parte. Otra cosa que aprendí en ese momento fue que las cosas siempre pueden ponerse peor.

En cuestión de días todo se fue al carajo. Yo a ratos sentía que nos habían hecho brujería, aunque no creo en esas cosas, pero me parecía todo muy raro. Medio año atrás éramos felices y ahora todo estaba para el culo. No entendía cómo eso era posible. Por un momento pensé que tenía un amante, pero esa teoría no me hacía sentido, porque él siempre estaba en cama o escribiendo y, terminando el programa, llegaba a tiempo a casa. Nunca se retrasaba ni diez minutos, al contrario, cada vez parecía llegar antes, y en general se le veía tan abatido que no podía imaginarlo tratando de seducir a alguien.

Lo que no entendía era por qué estaba triste. Me pasaba el día jugando con mi hija, esperando a que saliera de su cuarto, me dijera para ir a tomar un café o algo. Pero nada. Se hacía de noche y él no salía de su cuarto. Yo jugaba con mi hija sonriendo, pero con la angustia punzando en medio del pecho.

Algunas veces entraba a su cuarto, a nuestro cuarto, al cuarto donde estaba nuestra cama matrimonial, en la que ahora él dormía solo, a oscuras, tratando de dormir o de escribir. Yo entraba de día y era como estar en una cueva, porque no veía nada, absolutamente nada. Caminaba a tientas y me sentaba a su lado en la cama. Solo se escuchaba su respiración, pero sabía que estaba despierto.

—¿Amor?

—Sí, mi amor, dime...

—¿Estás bien?

—Sí, solo estoy descansando...

—¿Estás triste?

—No, estoy feliz.

Entonces era casi imposible para mí ayudarlo. No sabía cómo. A veces me echaba a llorar en su pecho y le decía: "No estás bien, mi amor, estás deprimido". Y él me contestaba: "No, tontita, estoy perfecto, solo necesito dormir un poquito más".

Y esa frase encendía el fuego en mí. Porque yo vengo de una madre que sufre de depresión y de un padre que fue alcohólico hasta que quedé embarazada. Y recuerdo claramente los momentos en los que ellos peleaban y mi padre se iba al club con sus amigos y yo me quedaba sola en el departamento con mi madre. Ella tomaba tantas pastillas para dormir que luego no era capaz de despertar a la hora de almuerzo. Pasaba el día durmiendo. Yo iba a la cocina y me hacía un sándwich. Un día decidí hacerle tallarines con salsa roja. Nunca antes había cocinado y era fin de semana y no estaba la empleada. Busqué los tallarines, miré en la parte de atrás de la caja cómo se preparaban. Herví la olla, puse los tallarines quince minutos. Luego abrí la salsa de tomate que por suerte ya venía preparada y la eché encima. Me comí mi plato, el suyo lo puse en un azafate con una servilleta, cubiertos y un vaso de agua. Se lo llevé a su cama, traté de despertarla, pero fue imposible, porque siguió durmiendo. Yo tenía diez años.

Por eso sé cuándo una persona está deprimida. A mí nadie me lo va a contar. Y me resultaba curioso estar viviendo la historia de nuevo. Haber elegido como pareja a un hombre que se pasaba el día en la cama como mi madre y, cuando estaba de pie, balbuceaba como si estuviera borracho, como mi padre cuando todavía tomaba. De alguna manera estaba viviendo la historia de nuevo. Y ahora tenía que sacar a Jaime de ese hueco, pero no sabía cómo. También tenía que salvar a mi hija, hacer con ella todo lo que no hice durante sus primeros años: de alguna manera yo la había abandonado para consolidar mi vida en pareja. Todo era un enredo y la culpa quizás era mía, por no haber hecho preguntas cuando debí hacerlas, por haber elegido quedarme callada y dejar que las cosas pasaran, por delegar en otros una responsabilidad que era solo mía.

Decidí que como Jaime no quería dejarse ayudar, iba a rescatarme a mí primero. Tenía que buscar a una psicóloga, algún tipo de ayuda de ese tipo. Encontré a una psicóloga/coach argentina que atendía en la isla donde vivíamos. Mi primera sesión con ella fue muy distinta de lo que esperaba. Ni bien me senté en el sillón, rompí en llanto sin decir una palabra y lloré desconsoladamente durante algunos minutos, como nunca lloraba frente a nadie. Lloré sin vergüenza, pero con resignación, como quien había venido largo rato inflando un globo a pulmón y lo dejaba ir sin atarlo antes. Empecé contándole de Jaime, que casi no me hablaba, que tenía miedo de que un buen día se cansara y me dejase. Que tenía mucha culpa con mi hija por no haber estado todo lo cerca de ella que hubiera querido durante sus primeros meses. Que las nanas que antes me habían ayudado tanto, ahora eran un fastidio.

La psicóloga lo primero que hizo fue decirme que tenía que buscar ayuda para mí y que con mi esposo, si no quería dejarse ayudar, no había mucho que yo pudiera hacer. Me preguntó sobre la rutina familiar, le conté las dudas que tenía sobre las nanas, y hasta el día de hoy recuerdo su frase: "Zoe lo único que necesita es una madre presente, disponible para ella". Me dijo lo que yo venía sintiendo hacía tempo: "Nadie va a hacer las cosas mejor que tú, aunque te equivoques, porque al final es una cuestión de tacto, de olores, de miradas, entre una madre y su hija".

Después de esa primera sesión, salí pensando distinto. Por fin alguien validaba lo que yo venía sintiendo. Porque hasta ahora, cuando le había dicho a Jaime mis dudas sobre las nanas, en especial sobre la nana principal, él me había dicho algo como: déjala, ella es así, un poco autoritaria, pero al final es una buena persona. Y siendo verdad todo eso, las buenas intenciones de las nanas estaban haciéndole daño a mi hija, y estaba solo en mí cambiar eso. Al final, había sido yo la de las náuseas los tres primeros meses, la que había aguantado los huevos y los insultos por un lado y por el otro. Mi hija había llegado al mundo gracias a mí y la única persona que podría alejarla de mí era ella misma, cuando sea adolescente seguramente, si decide juzgarme y decirme que pude haberlo hecho mejor. "Tengo una hija brillante, y solo le falta confianza en sí misma y esa confianza se la voy a dar yo. Jaime sigue deprimido y si se quiere ir a Costa Rica o a la China, que se vaya. Me dará pena, pero yo voy a preocuparme por mí, voy a pasar más tiempo a solas con mi hija, voy a ayudar a Jaime, en ese orden", pensé.

Pero las cosas siempre pueden ponerse peor. Yo ahora dormía a mis horas y despertaba a las nueve de la mañana y veía la puerta de su cuarto abierta y algunas veces lo encontraba durmiendo en el sofá de la sala, otras en los sofás del jardín, otras en las tumbonas de la piscina. Alguna vez llegué a encontrarlo durmiendo en la piscina con un flotador bajo el cuello. Cuando ese era el caso, me sentaba a su lado hasta que se despertase, porque si algo ya había notado en ese tiempo, es que él pasaba la noche durmiendo en períodos cortos de media hora. Me sentaba a su lado hasta que despertaba y muchas veces estaba completamente desnudo y las nanas se quejaban conmigo y yo pensaba que se vayan si están incómodas. Sabía que no era apropiado, pero no le decía nada a Jaime porque él no sabía bien dónde estaba. Lo llevaba a su cama, lo ayudaba a vestirse y lo dejaba echado, a oscuras. "Gracias, mi amor", me decía, cuando apagaba la última luz.

A Zoe empecé a hacerle planes divertidos, cuando la buscaba del colegio la llevaba a comer a algún restaurante, ella y yo solas. Cuando llegaba el fin de semana, trataba de llevarla a la playa o a algún museo. Una vez que la llevé al museo de niños, y fue divertido, luego volvimos a casa, la puerta del cuarto de Jaime, nuestro cuarto, estaba cerrada. Aunque pasaran los días y nunca dejase de dolerme, trataba de seguir con lo mío y pasar el máximo tiempo posible con mi hija. Recuerdo el día en que la saqué de la tina y la puse de pie sobre el inodoro, y ambas empezamos a hacer muecas frente al espejo. Sentí que me seguía, que estaba conmigo. Sentí que cada momento que pasábamos juntas nos unía más y más. De todos modos, la nana seguía durmiendo con ella, porque yo, dentro de todo, seguía pendiente de Jaime y su sueño errático. Yo a veces no dormía bien. Porque cuando despertaba, nunca sabía en qué lugar de la casa iba a encontrarlo. A veces me daba miedo que se fuera manejando y atropellara a alguien, o que chocara y perdiera la vida. Por eso, siempre me aseguraba de que hubiera en la casa jugo de naranja y batido de fresa y banana, para que no tuviera excusa de salir a la calle. Pero él ya no tomaba los jugos, no comía, no salía a ninguna parte. Iba de la cama al baño, o de la cama a su estudio a escribir, muy rara vez bajaba zombie a la cocina y tomaba dos sorbos de jugos de naranja. Yo sinceramente no me explicaba cómo podía pasar todo el día sin comer, solo durmiendo y escribiendo y, en las noches, haciendo al programa. Pero claro, estaba deprimido.

Volví donde la psicóloga. Entré con un poco de temor, quizás con vergüenza por mi escena de llanto la sesión anterior. El cuarto era todo blanco, con cuadros de arte. Los sillones eran blancos. Ella, una señora argentina como de la edad de Jaime, estaba sentada frente a mí. Yo en el sofá más grande. En medio de nosotras, una mesa de vidrio con conchitas y arena justo debajo, como decoración. "Cuéntame más de tu vida", fue lo primero que me dijo, apenas me senté. Le conté un poco de mi vida en los últimos años. Me dijo que me olvidase de la culpa de lo que hice y no hice en el pasado con mi hija, que lo que valía era lo que estaba haciendo en ese momento. Cuando hablamos de Jaime, me dijo algo que no olvidaré: "Muchas veces uno ve su reflejo en la mirada de la persona que ama. Si el amor es correspondido, ese reflejo está lleno de virtudes, quizás es la mejor versión de uno mismo. Y cuando esa persona por un motivo o por otro, no te mira, no te presta sus ojos como espejo, uno se siente perdido. Uno siente que no tiene dónde mirarse, encontrarse. Pero la clave está en crear ese espejo en tus propios ojos. Es lindo mirarse en el espejo de otra persona, pero si un día esa persona no está, tienes que tener un espejo propio en el cual mirarte, identificarte. Un espejo tan nítido en el que seas capaz de ver todas esas cualidades que otros no pueden o no saben ver por ti". Creo que esa frase cambió mi vida para siempre.

Por qué no lo dejé

Con mucha pena empecé a hacer mi vida con mi hija sin esperar que él se uniera al plan. Él casi siempre estaba en su cuarto en la cama con la luz apagada o tratando de escribir. Yo veía casi todos los días a la psicóloga, que me ayudaba a calmar la angustia, el vacío que tenía en medio del pecho. Luego buscaba a mi hija del colegio, íbamos escuchando música a la casa y almorzábamos juntas. Luego pasábamos la tarde jugando en la piscina o en el parque y a eso de las seis de la tarde subíamos al segundo piso para que se bañara y se pusiera pijama. Entonces pasábamos por el cuarto de Jaime y veíamos la puerta cerrada. Ninguna de las dos intentaba entrar. La bañaba, le ponía pijama, luego me echaba en su cama y le leía un cuento. Un día le hice una broma a Zoe: "¿Dónde se ha visto que una niña de tres años duerma en una cama queen?". "Niña queen", me contestó. A pesar de ser tan pequeña tenía esos momentos de absoluta genialidad. La nana a ratos estaba ahí, a ratos bajaba a hacer sus cosas en la cocina o a ver televisión. No me decía nada pero yo podía sentir su incomodidad. Podía sentir que le molestaba que yo pasara tanto tiempo con Zoe. Cuando le decía que yo iba a acompañarla hasta que se durmiera, ella bajaba y dejaba el monitor de bebés encendido para escucharnos. Se me hacía un poco rudo decirle: deja el monitor acá. Esa era yo en ese momento. Entonces lo que hacía era bajarle el volumen al que estaba en el cuarto para que no pudiera escucharnos. Mientras mi hija se quedaba dormida yo la miraba y le acariciaba la cabeza. "Eres lo mejor que me pasó en la vida", le susurraba al oído. Me costaba decirlo, porque yo sentía que cada palabra volvía a abrir mi corazón. El mío era un corazón que se había ido cerrando con los años. Comenzó a cerrarse cuando decidí no llorar más por las peleas de mis padres, continuó cuando descubrí que mi novio me engañaba con otras mujeres y terminó de cerrarse cuando Jaime me dejó sentada en la puerta de mi edificio esperándolo de madrugada, cuando dejó de contestar mis mails sin ninguna explicación haciéndome sentir que él sí era capaz de dejar de querer de un momento para otro. Luego había sido madre y por alguna razón había seguido amando a mi hija así, con cierta distancia, pero sobre todo con miedo. Supongo que en el fondo me asustaba amar demasiado a mi hija y perder a mi esposo. Me había tomado tiempo decirle que lo amaba, ser capaz de confiar en él, y no quería perder todo eso. Si pudiera volver en el tiempo me encantaría desnudarme y meterme a la tina con mi hija en su primer baño. Poner música tranquila, estar a solas, echarla en mi pecho, mirar sus manos tan pequeñitas jugando con mis dedos, sus ojos achinados mirándome, sus piernas largas bajo el agua. Me encantaría comprarle una de esas cunas portátiles que ahora se consiguen tan fácil en Amazon. Hay unas que incluso se unen a la cama, otras que hacen ruiditos relajantes. Le cambiaría casi todos los pañales, la tendría mucho tiempo en brazos y la llevaría a todas partes. No tengo ganas de tener otro hijo porque sé lo duro que es, sobre todo cuando lo tienes por cesárea. Pero si pudiera volver en el tiempo, lo haría todo de nuevo por ella. Tal vez mi relación de pareja no hubiera sido tan estrecha, tal vez sí, eso no lo sé. Solo sé que yo era muy joven cuando Zoe nació y estuvo bien que todo ocurriera así porque desde el primer momento en que la tuve en mis brazos empecé a cambiar, supe mejor lo que quería y también lo que no quería, pero sobre todo aprendí a decir que no. Y eso me llevó un par de años. Pero al ser tan joven y estar rodeada de gente toda bastante mayor que yo, fue inevitable que me entregara y confiara en ellos. Por ejemplo, cuando acababa de dar a luz, a la segunda noche Jaime decidió que Zoe dormiría junto con los demás bebés para que yo pudiera descansar. Esa decisión no fue mía y no digo que fuera mala, porque Jaime solo quería que yo durmiera bien después de dos días de haber trasnochado. Tal vez fue una buena decisión, pero no fue mía.

O cuando la nana trajo un esterilizador de biberones sin consultarme. Es verdad que yo no tenía uno, pero no fue mi decisión. Y así ella fue ganando terreno, porque yo no sabía o estaba adolorida. Si algo tengo claro es que a pesar de que yo nunca había estado cerca de un bebé recién nacido, con todo y errores, Zoe hubiera sobrevivido. Digamos, no es que alguien salvó la vida de mi bebé porque yo estaba de fiesta o de paseo. Yo estaba terminando de consolidar mi relación de pareja y procesando el hecho de ser mamá, que no es fácil. Porque en las películas se ha vendido mucho la idea de que el bebé sale de la vagina con dolor, pero luego ponen al bebé en el pecho de la madre y enseguida empieza a tomar leche como si fuera así en todos los casos. La madre llorando, rendida de amor, cuando a muchas mujeres nos toma unos días entender que ese ser humano que estuvo nueve meses dentro de ti ahora no está más ahí, ahora está en tus brazos y llora cada dos horas toda la noche porque tiene hambre, sueño, calor. Es la madre quien tiene que aprender a interpretar cada uno de esos llantos, porque, además, si no lo hace pronto, se ve mal a los ojos de los demás. Está mal visto que una mujer no tenga instinto maternal. Si tiene una nana que la ayuda, muy mal. Cuando escribía en mi blog que tenía una o dos nanas, me llovían criticas como si fuera una madre que no quería a su hija. Yo a duras penas podía caminar. Odiaba sentirme hinchada, gorda, aturdida. Ser madre es lo mejor que me pasó en la vida, pero no es que nace el bebé y la madre sabe qué hacer enseguida "porque las mujeres hemos nacido para eso". No, las mujeres no hemos nacido para ser madres. Cuando decidimos serlo, lo aprendemos y nos toma tiempo. A veces el instinto toma tiempo, incluso en los animales, que se supone que sobreviven gracias a eso.

Ser madre no es fácil y la vida no es justa. Pero quienes tomamos la decisión de ser madres sabemos que toma tiempo aprender. Yo estaba no solo feliz, sino también orgullosa hasta los huesos de mi hija. Y entregarme por completo a ella, amarla sin miedos y sin culpas, era una manera de encontrarme conmigo misma, de conectar con mi lado más sensible o vulnerable. Y ahora no me bastaba con haber reconocido plenamente en mí el amor que tenía por ella. Ahora estaba lista para empezar a tomar mis propias decisiones.

Lo primero que hice fue decirle a la nana que por las tardes yo quería estar a solas con Zoe. Lo mismo los sábados por la mañana. Y a veces no era fácil. Mi hija era brillante, pero insistente cuando quería hacer algo. Muchas veces nos sentábamos a armar rompecabezas o hacer juegos de mesa, yo le pedía que siguiera las reglas, pero se aburría y se iba. Le gustaba jugar con animales. También tenía un juego que era como una manzana con las letras del abecedario. El juego preguntaba en inglés con qué letra comenzaba el nombre de tal animal, Zoe nunca fallaba, se aburría pronto y lo dejaba. Era difícil seguirle el ritmo. Llegaba un momento en el que me daban ganas de prender el televisor, pero eso no era algo que le interesara. Estar con Zoe a solas era como correr detrás de alguien que va más rápido que uno. Yo trataba de hacer que jugase a las muñecas, a darles la leche, sacarles el chanchito. No porque pretendiera que más adelante fuese una madre, sino para hacer un juego interactivo, didáctico. Yo misma no sabía en ese momento si ese juego hacía sentido, solo trataba de que ella jugara a lo mismo que yo cuando tenía su edad. Ella me miraba largo rato darle el biberón, luego se ponía de pie y buscaba un juego más.

Un día Jaime me dijo que estaba preocupado porque había leído en internet algunos comentarios de gente diciendo qué le pasa a Jaime, por qué está tan lento, por qué habla así. Fue entonces cuando me dijo: "¿Crees que necesito ayuda?", y entonces le dije que sí, que por supuesto que había que hacer algo. Me dijo: "Okay, busca un médico en Miami y voy a verlo".

Entonces llamé a la madre de Jaime. Le conté lo que había estado ocurriendo. Me dijo que mandaría a un doctor de Lima, pero luego entendimos que no tenía mucho sentido, porque no lo iba a poder medicar allá. Pensamos que lo mejor era ver al doctor Bertello, un neurocirujano que a ella le había operado la columna pocos años atrás, y que con suerte podía dar recomendaciones en la ciudad. Fuimos a ver al doctor Bertello, que era peruano y sabía perfectamente quién era Jaime Baylys. Nos hicieron pasar enseguida a la consulta. Jaime se tomó media hora en explicar sus problemas para dormir, cada pastilla que había venido tomado. El doctor lo escuchaba sin decir una palabra, yo podía sentir su perplejidad. Cuando Jaime terminó de hablar, le dijo que le enviaría por correo dos o tres referencias de doctores.

Volvimos a casa con las mismas dudas, pero al menos sentía que él ya era más o menos consciente de que tenía un problema. Cuando volvía a casa de estas consultas con Jaime, Zoe me recibía con un abrazo y me hacía sentir que me había extrañado. Yo empecé a sentir algo que no había sentido antes. El tiempo que Zoe estaba con las nanas no era tiempo bien aprovechado. Ahora tenía claro que lo mejor era que Zoe estuviera conmigo. Pero de nuevo me tenía que partir en dos.

Lo que Jaime tenía era depresión, estaba segura. Y ya no quería pasar mucho tiempo a su lado, porque siempre me decía cosas que me angustiaban, que me dolían. Me hacía sentir que ya no quería estar conmigo. Me hablaba de irse lejos y estar solo. Me hablaba de desparecer por completo del mapa afectivo de su familia y los pocos amigos que le quedaban. Me hablaba de propiciar su muerte si algún doctor le decía que tenía una enfermedad. Todo a su lado de pronto era sombrío, triste, negativo, vengativo. Por eso, cuando llegaba de la televisión, yo no lo esperaba en "nuestro" cuarto, me quedaba en el mío. En el cuarto que en un principio era mío, con cama de plaza y media y un balcón, pero que luego dejó de serlo cuando me mudé al cuarto principal con él. Volví entonces sin ganas al cuarto del balcón, el cual terminé adoptando como refugio emocional, como lugar para llorar, escribir, tomar vino para sentirme atractiva, fumar marihuana ciertas noches de desapego emocional con el amor, echarme un par de gotas de Rivotril bajo la lengua cuando no podía conciliar el sueño, prender una vela y rezar, aunque mi catolicismo fuera cada vez más enclenque. En mi nuevo cuarto había aprendido por fin a encontrar algo de paz.

Pero Jaime empezaba a sentir que algo no estaba bien con él. Supongo que por los comentarios que le dejaban sus fans, quizás porque los fines de semana ya nunca íbamos al cine, a lo mejor porque su hija ya no entraba a su cuarto ni pedía jugar con él. Yo despertaba cada mañana y lo encontraba en algún lugar distinto de la casa. Me sorprendía ver que había abierto una de mis cervezas y había bebido de ella con la esperanza de que eso lo adormeciera. A veces dormía con medio cuerpo dentro de la piscina, otras en alguna de las tumbonas, o en alguno de los cuartos del segundo piso. Muchas veces estaba desnudo de la cintura para abajo y con varias camisetas encima y tres pares de medias. Se quedaba dormido con la boca abierta, a veces balbuceaba cosas que nunca lograba descifrar, pero siempre parecía que estaba peleando con alguien en sus sueños. "Tú me has traicionado", me pareció escuchar una vez. Otra vez escuché: "Pregúntale a Fritz, el panadero".

La madre de Jaime me llamaba a menudo y yo le decía que no sabía qué hacer. Ella insistía en mandar a Miami a su doctor de Lima, y cuando yo le decía: "¿Qué pasa si él no lo quiere ver?", entonces ella se echaba atrás porque sabía que cuando Jaime no quería ver a alguien no había quien lo hiciera cambiar de opinión.

Un día dije basta, tenía que hacer algo. Jaime había alejado a todas las personas que lo querían y que él quería. Ya no jugaba nunca con Zoe. Los fines de semana ya no me decía para ir al cine como habíamos hecho desde que nos mudamos a Miami. Tampoco salía de la casa, se quedaba en su cuarto a oscuras, tratando de escribir o durmiendo. Tener una conversación con él era imposible. Muchas veces hablar con una persona que está deprimida es igual que hablar con una pared. No solo no hay respuestas coherentes, es como si la persona no escuchara, no prestara atención a lo que le están diciendo. Y uno puede estar teniendo un muy mal rato, como cuando me sacaron tres muelas del juicio y estuve casi una semana en cama, pero él nunca se asomó a mi cuarto a ver cómo estaba. Hay falta de empatía, desapego con los seres queridos, ganas de no estar en el mundo. Y todo eso es doloroso para las personas cercanas, porque sienten que de pronto esta persona ha perdido no solo el interés, sino también el cariño. Y no es así, en el fondo es un desorden químico, no es culpa de ellos, es solo un neurotransmisor que no está llegando al cerebro y que les hace ver todo oscuro, triste. Nunca sentí que fuera la intención de mi madre dejarme con los tallarines en salsa de tomate en el plato, tampoco parecía que era la intención de Jaime hacernos a un lado. Sabía que aunque no me hablara, aunque me dijera que quería irse a Costa Rica o a la concha de la lora, aunque me buscara pelea por la razón que fuera, todo eso era una manera de hacerme sentir su profunda tristeza que no parecía tener un motivo.

Por eso decidí que no podía esperar más una repentina mejoría para hablarle y convencerlo de que aceptase ayuda. Decidí que tenía que hacer algo para ayudarlo. Era el padre de mi hija, mi esposo, y tenía además dos hijas que seguramente no entendían por qué su padre estaba tan distante en los últimos tiempos.

Me senté en mi computadora y le volví a escribir un mail al que había sido su doctor en Lima, el que lo había medicado y ordenado con las pastillas unos años atrás. Le dije directamente que Jaime no estaba durmiendo hacía días, que yo era su esposa y vivía con él hacía cuatro años, que Jaime no iba a escribirle "autorizándome" a nada, porque él no era consciente de que necesitaba ayuda, porque estaba día y noche en la cama o tratando de escribir a oscuras, con la luz apagada y, sin embargo, no lograba dormir por más de dos horas de corrido. Le dije que tenía que ayudarme. Pocas veces soy así de directa. Su respuesta me sorprendió. Eran solo dos líneas: "Medicación de emergencia, solo por esta noche: Seroquel de 50 mg. Me cuentas cómo les fue". Corrí a la farmacia.

En Estados Unidos no venden casi ningún medicamento sin receta. Los farmacéuticos de la isla ya habían notado que Jaime iba a menudo buscando Oxicodyn, y yo los tenía advertidos de no venderle nada que lo dopara más. Sin embargo, esa noche se trataba de otra cosa. "He hablado con un médico en Perú y hay una pastilla que puede que lo ponga a dormir", les dije. Lo dudaron un poco y me dijeron esa pastilla era para esquizofrénicos, bipolares, era antipsicótica. Pero yo insistí, casi suplicante porque a lo mejor esa era la pastilla que iba a salvarlo. Me dieron tres tabletas de Seroquel del 50mg. Esa noche volví a casa y le dije a Jaime que le había traído una pastilla que lo iba a hacer dormir, sin saber realmente si era cierto. Pero algo de confianza tenía en el doctor de Lima. Justo esa semana Jaime estaba de vacaciones. Esperé a que fuesen las diez de la noche. Entré a su cuarto y le dije:

—Toma esta pastilla, te va a ayudar a dormir, me la recomendó el doctor Fernández de Lima.

—¿Estás segura?

Y se tomó la pastilla. Luego bajó al primer piso y se echó en el sofá de la sala del televisor pensando quizás que no dormiría en un par de horas, o tal vez en lo que quedaba de la noche. Me senté a su lado como si nada hubiera pasado, como si él no hubiera tomado una nueva pastilla, tratando de hablarle de cualquier cosa aunque no me estuviera escuchando. A la media hora noté que los ojos se le cerraban. Hacía mucho que no veía eso. Lo ayudé a subir a su cama. Cada paso pesaba un poco más, parecía extenuado. Una parte de mí recordó cuando alguna vez mi padre llegó borracho a casa y tuve que ayudarlo a llegar a su cama de la misma manera en que ahora estaba ayudando a mi esposo: su brazo sobre mis hombros, mi brazo en su cintura. La historia se repetía.

Esa noche dejé a Jaime en su cama, apagué las luces, cerré la puerta, y me senté afuera a escuchar el sonido de su respiración. En el tiempo que llevábamos juntos había aprendido a identificar cuando estaba molesto, cansado, de mal humor, dopado, durmiendo, solo con escuchar su respiración. Me senté afuera y esperé. Recé. A los cinco minutos escuché sus ronquidos. La pastilla había funcionado. Se me salieron un par de lágrimas por la emoción y solo dije en voz baja: "Gracias, gracias, gracias", con la cabeza recostada en la pared.

Lo mejor está por venir

Y esa noche por fin yo también pude dormir bien. Al día siguiente, desperté a eso de las one de la mañana, salté de la cama y fui a su cuarto. Me asusté cuando vi la puerta abierta. "¿Amor?", dije en voz alta. "Acá estoy", respondió. Fui a verlo y estaba bañado y cambiado, sentado en su escritorio, mirando la computadora, escribiendo. No podía recordar cuándo había sido la última vez que lo había visto así. Después de abrazarlo, le pregunté si pudo dormir. "Sí, dormí muchísimo, como hacía mucho tiempo no dormía", me contestó. Me puse feliz, porque en ese momento supe que habíamos encontrado la pastilla adecuada. Le pedí que le escribiera al doctor Fernandez contándole cómo le había ido. Me dijo que lo haría. Yo sabía que luego teníamos que hacer la consulta por Skype, y que Jaime no se sentía cómodo ni siquiera con la idea de hablar por teléfono con alguien. Pero era importante que el doctor lo viera a la cara, aunque solo fuera por una cámara en la computadora. Y yo estaba dispuesta a hacer lo que fuese para convencerlo de hacer esa llamada.

Era recién mediodía y las nanas no pudieron ocultar su impresión cuando lo vieron bajando por las escaleras al primer piso. Jaime tomó un jugo, me dijo para salir a pasear un rato y luego buscar a Zoe a la salida del Prekinder. Todavía no estaba del todo bien, todavía iba lento, pero por lo menos se le veía tranquilo, en paz consigo mismo. Fuimos por Zoe y luego, mientras estaba en su cuarto jugando con la nana, le dije sobre la consulta vía Skype. Su respuesta fue dubitativa y me preguntó si estaba segura de que era una buena idea. Yo le dije: "Son solo quince minutos, lo que te dio fue una pastilla de emergencia, estoy segura de que tiene que terminar de corregir tu medicación". Y luego agregué, mirándolo a los ojos: "Amor, yo en este tiempo nunca te he pedido que hagas algo. Siempre he seguido lo que tú decías y confiado en tu instinto. Ahora te pido que confíes en el mío, te pido que si esto no lo quieres hacer por ti, lo hagas por mí".

Una hora después, Jaime estaba sentado en mi escritorio, frente a mi computadora, conmigo al lado, listo para hablar con el doctor. Conectamos la llamada y por suerte la conversación fluyó bien. Jaime le contó sin pudor que había estado deprimido, que esa depresión no tenía un motivo aparente, cuando el doctor le preguntó si había tenido pensamientos suicidas, le contestó que sí. Esto último no me sorprendió en absoluto porque yo había visto a Jaime hundido mental y emocionalmente en un pantano. Y porque cuando tenía veinticinco años había intentado suicidarse con pastillas para dormir porque no podía acostumbrarse a la idea de que también podía gustarle un hombre. Entonces el doctor nos dijo algo que fue más un alivio que una sorpresa. Nos dijo: Jaime es bipolar, del tipo dos, es decir, que tiene altos y bajos, pero tiende más a deprimirse. Nos habló de los cambios de ánimo repentinos. Nos dijo que, si él ahora no podía dormir, no era porque tuviera un problema de insomnio primario, sino que eso era una consecuencia de una inestabilidad emocional química. Nos dijo que eso se corregía con una pastilla llamada Valcote, que era una variante del litio y que lo estabilizaría emocionalmente. Lo que el doctor decía me hacía todo el sentido del mundo. Me pareció que conocía muy bien a

Jaime, y claro, él lo había visto en el 2008. También le dijo que si había respondido tan bien al Seroquel, era una confirmación más del diagnóstico.

El doctor le preguntó cuántas horas había dormido de corrido con 50 mg de Seroquel. Jaime le dijo que cuatro, pero que luego había tomado otra pastilla más y había dormido otras cuatro más. El doctor se sobresaltó y le dijo que de ninguna manera podía hacer eso. Que la medicación se tomaba una vez antes de dormir y nada más. Le dijo que no tomara ninguna pastilla más y se quedara con tres: Seroquel de 100mg, Valcote de 500mg, y Remerón de 30mg. Me pareció un buen plan y luego terminamos la llamada.

Jaime y yo nos miramos y no pudimos evitar sonreír. Todo este tiempo la respuesta había sido: bipolar. Ahora todo tenía sentido: sus cambios de humor repentinos, sus reacciones dramáticas o exageradas a pequeñas contrariedades sin importancia, su creciente insomnio, sus ganas de ser presidente un día y desaparecer el mundo al día siguiente. Nos abrazamos. Después de varios meses, y aunque él todavía no estuviera del todo consciente, sentí que me quería. Me dijo que estaba cansado y que iría a tomar una siesta. Lo dejé, pensé que por hoy había hecho suficiente, considerando que hacía dos días no se paraba de la cama ni para tomar agua.

Él volvió a la cama y yo miré el papel donde había apuntado la nueva medicación. Pensé: "Ojalá que en la farmacia de acá vendan Valcote, sino estoy cagada". Fui a la farmacia, pero no tenían la pastilla. El farmacéutico me ofreció otra pastilla con componentes parecidos. Le dije que mejor no y volví a casa. Estuve un rato jugando con mi hija, la bañé, la acosté. Cuando Jaime salió de su cuarto a eso de las ocho de la noche, le dije que teníamos que encontrar la forma de que nos mandaran el Valcote de Lima. No pareció muy preocupado con el tema. Se sentó a leer un rato, lo cual era una buena señal también, y luego volvió a la cama. Además del Valcote, había otra cosa que me preocupaba y era que en dos semanas teníamos programado un viaje a Disney, en Orlando. El viaje lo habíamos planeado hacía mucho tiempo, no recuerdo exactamente cuándo, pero me quedaba claro que fue en un momento en el que Jaime estaba en modo: quiero ser presidente. Yo dudaba, a ratos pensaba que era una buena idea, luego me decía que mejor nos quedásemos. Lo hablé con Jaime, él me dijo que fuésemos, que ya estaba mejor. La nana nos acompañaría. Y así fue.

Dos semanas después, estábamos los cuatro en el auto; camino a Disney. Jaime había reservado las dos mejores suites del Grand Floridian, que costaban una fortuna. Manejamos cuatro horas desde Miami y me sorprendió ver que Jaime estaba manejando bastante mejor, considerando que todavía no estaba del todo bien. Ni me atrevía a preguntarle si yo podía manejar, principalmente porque sabía que él me diría que no, y luego porque odio manejar tramos largos, me da mucha ansiedad. Llegamos, entramos a nuestros cuartos. Eran las mejores suites del hotel. Había cuadros de Walt Disney en las paredes, cocina, sala, tres cuartos en cada suite, una locura. Pero no sé, no pude celebrarlo, porque enseguida Jaime dijo que se iba a dormir solo a la otra suite. Si bien las suites estaban una al lado de la otra, lo que correspondía era que la nana durmiera en la otra suite. Y también dentro de nuestra suite, las habitaciones estaban una tan alejada de la otra, que tranquilamente hubiéramos estado cómodos los cuatro, en fin. Yo tenía para mí una cama king, en la otra habitación había dos camas, en una dormiría Zoe, en la otra la nana. Todo se veía lindo y de lujo, pero no sé, una parte de mí estaba triste, pero si algo había aprendido en la vida era a no quedarme triste en la cama. Desde niña aprendí que llorar no arregla nada. Una vez, a los cinco años, me caí y me hice una herida en la rodilla, quise llorar y luego pensé: "Llorar no va a hacer que me duela menos". Creo que por eso me cuesta tanto llorar. Al día siguiente desperté a las ocho de la mañana, fui al cuarto de Zoe, se acababa de despertar. Nos vestimos y salimos a Magic Kingdom. El parque de diversiones nos quedaba cerca, era solo cuestión de tomar el tren rápido que salía del mismo hotel y en diez minutos te dejaba en la puerta del parque. Todo fluyó más o menos bien, Zoe parecía contenta con el paseo, el castillo, los disfraces a su alrededor. A eso de la una de la tarde me llamó por teléfono Jaime a decirme que ya estaba en pie, que lo esperásemos en el parque. "Genial", pensé, pero no fue tan genial. Porque cuando llegó, noté que otra vez estaba muy drogado, balbuceando, caminando despacio, a ratos zigzagueando. Traté de llevarlo caminando al Starbucks más cercano, que nos quedaba a media cuadra dentro del parque, pero me decía que estaba bien, que no necesitaba café. Yo le dije que sí lo necesitaba y entré con él, pedimos un iced coffee venti y sin leche para llevar. Me parecía rarísimo tener que ser yo quien lo obligaba a tomar café, cuando antes él tomaba tantos que a veces ni podía dormir. Yo a menudo le decía que había reemplazado la cocaína por el café. Nunca conocí a nadie que tomara tanta cafeína como Jaime. Pero desde su época de depresión, había dejado el café por completo y eso era algo que también me preocupaba. Entramos a Dumbo, Zoe se reía, yo también, Jaime la pasaba más o menos bien. Luego entramos a Happy Land, el barquito que te lleva mostrándote las distintas culturas del mundo mientras suena "It's a small world after all". Nos subimos solos los tres y le dijimos a la nana que nos esperase afuera. No era gran cosa. De hecho, era bastante aburrido, pero nuestra hija tenía tres años y miraba fascinada los muñecos moverse, a ratos los señalaba, yo la celebraba, pero al mismo tiempo notaba que Jaime seguía drogado y tenía la boca semi abierta y no estaba presente en el momento. Lo odié un poco, porque con esa actitud estaba arruinando los pocos momentos que teníamos a solas como familia. Por suerte mi hija tenía la inteligencia de ignorarlo por completo en esos momentos.

Después de los muñecos bailando, fuimos a comer algo. Nos sentamos en un restaurante, estaba lleno de gente, todos pedimos hot dog, menos Jaime que dijo que no comería nada, y apenas se sentó en la silla, empezó a decir que ese lugar era un infierno, y cuando decía ese lugar, no se refería al restaurante, se refería al parque de Disney. Yo solo pensaba: baja la voz, que te van a escuchar. Decía que había demasiada gente y toda era vulgar, gorda, gritona. Tenía razón, pero no era el momento para decirlo. Mi hija hacía como si no lo estuviera escuchando. La nana tampoco decía nada. Yo le dije que si no le gustaba, volviera a su cuarto y nos esperara ahí. Pero no se fue, y después fuimos a un juego en el que había que disparar a muñequitos que se movían. Zoe y la nana nos esperaron afuera. No fue divertido para mí, porque Jaime estaba demasiado lento y dopado, y mientras yo había alcanzado los veinte mil puntos, él tenía solo veinte. No exagero. Aun así, los ánimos mejoraron un poco, porque desde que estaba embarazada nos gustó competir: en ping pong, fulbito de mano, ajedrez. Y ahora que él andaba dopado, yo tenía las de ganar. Y él lo sabía, o por lo menos lo supo cuando vio nuestros puntajes finales.

Salimos algo más contentos, pero ahora había alguien que no estaba de buen humor. Era la nana. No sé si fue el calor, la espera, o que la habíamos apartado una vez más para hacer nuestros juegos en familia o en pareja, el hecho es que no tenía buena cara. Decidimos volver al hotel y, para nuestra sorpresa, la nana empujaba el coche de Zoe a toda velocidad. Caminaba muy rápido y yo tenía que ir al lado de Jaime, que ya iba menos dopado, pero igual seguía lento y no podía dejarlo del todo. Era jodido sentir que la nana se llevaba a mi hija por donde ella decidía, y al mismo tiempo yo tenía que apurar el paso agarrada del brazo de mi esposo. Porque alguna gente lo reconocía y le pedía fotos, y cuando notaban que estaba así, pensaban que estaba pasado de copas. Porque esa era la impresión que daba.

Tenía a Mickey haciéndome adiós por un lado y a mi esposo hablando del infierno por el otro. Llegamos al hotel y la nana entró tan rápido al cuarto que la perdimos de vista. Yo acompañé a Jaime a su suite. Lo ayudé a ponerse ropa cómoda, conversar un rato con él, felicitarlo por haber ido al parque un rato con nosotras. Yo sabía que al final lo importante era que se sintiera tranquilo, contento, solo así iba a seguir mejorando. Le dije que iba al baño un momento, y cuando entré a su baño entendí por qué estaba tan dopado.

Había llevado a Orlando todas las pastillas posibles, no se había ceñido a las tres pastillas que el doctor le había dicho. Había Vicodin, Dormonid, Alprazolam, un frasco de una sustancia parecida al Valcote que él le había comprado al farmacéutico mientras no conseguíamos la pastilla que el doctor nos había dicho. Salí del baño y le dije que nunca iba a mejorar si seguía tomando todas esas pastillas. Su respuesta fue: "Cuando tomo el Seroquel y la otra pastilla parecida al Valcote, solo puedo dormir cuatro horas de corrido. Después me despierto, y como el doctor me dijo que no puedo repetir la dosis, tomo Vicodin y con eso sí logro dormir un poco más". Lo entendí, pero no lo disculpé. Le dije: "¿Te acuerdas que vimos Breaking Bad? ¿Te acuerdas cuando iban a cocinar la metanfetamina y Jesse decía que cualquier ingrediente parecido también funcionaba a la hora de cocinar, y Walt le decía que en la química no hay parecidos? ¿Que las fórmulas químicas son solo unas, y que una mínima alteración cambia completamente el resultado?". Se lo dije así de apasionada, porque me daba cólera que Jaime fuese tan inteligente para algunas cosas y tan tonto para otras. Estaba claro que la medicación tomaba tiempo en hacer su efecto completo. Me fui de su cuarto decepcionada y volví al mío, decepcionada también de la nana y su actitud en el parque. Entré al cuarto mientras ella no solo dormía, roncaba, y levanté a mi hija de su cama y la llevé a la mía.

Esa noche dormimos juntas, después de años, como esas dos primeras noches en el hospital. Al día siguiente nos dimos una ducha juntas. Fue divertido, pero sobre todo lindo. Cada momento que tenía a solas con ella creaba un lazo más entre nosotras. Cuando salimos del cuarto para tomar desayuno, la nana ya estaba despierta, bañada y cambiada. Tenía mala cara. Bajamos a tomar desayuno al restaurante del hotel. Las tres en una mesa, fue todo muy tenso. Pero yo trataba de reírme con Zoe y ahora me parecía absurdo que la nana tuviera tanto poder en mi familia. Fuimos al parque, solas las tres esta vez. Le pregunté a Zoe si quería hacerse una foto con Mickey y Minnie, me dijo que sí. Entonces hice la fila veinte minutos, quizás fue media hora. Hacía mucho calor, había mucha gente, yo solo pensaba: "Menos mal Jaime no está acá". Cuando finalmente llegamos a hacernos la foto con el bendito muñeco de Disney, por alguna razón Zoe se incomodó y en vez de salir corriendo, me tiró un manotazo en la cara. Yo volteé confundida, sin saber qué mierda pasaba, y ella parecía no querer estar ahí, y había decidido que pegarme era la solución. Entonces de pronto en nuestra foto con Mickey y Minnie, mi hija me agarró a golpes y yo sinceramente sentí que no era justo. Cuando salimos yo estaba tan furiosa que la regañé, le dije que había hecho esa fila por ella, que yo era su madre y no tenía por qué pegarme. Estaba furiosa con la situación, me jodía haber quedado como la madre que no sabe cómo controlar a su hija frente a toda la gente que había visto la escena perpleja. Cuando llegamos al cuarto, lo único que yo quería era estar sola y tomarme una cerveza helada. Pero antes de salir, la nana puso a Zoe a dormir la siesta y se me acercó diciendo: "No me parece que sea tan violenta con la niña, no me parece la manera en que la está criando". Mi respuesta fue seca, rápida: "¿Me hablas de violencia, cuando tú misma me habías dicho que a tus hijos les pegabas con una correa?". "Eso es distinto, señora". Me hacía gracia que me llamara "señora", y al mismo tiempo fuera tan irrespetuosa. Porque esa conversación no duró cinco minutos, duró media hora y llegó a un punto en el que yo pensaba: "Por último, si fuera el caso de que yo hice mal con mi hija, ¿quién eres tú para venir a criticarme con esa altanería?". Si hubiera sido mi madre, lo hubiera aceptado, pero no lo era.

Salí del cuarto y me tomé mi cerveza a solas, respiré hondo y pensé: Por fin, paz. Jaime despertó a esa hora, como a las dos de la tarde, de nuevo drogado, intentando actuar como si no lo estuviera. Yo ya no hacía nada, lo acompañaba al spa y, mientras él se hacía baños de vapor, yo me metía al jacuzzi lleno de burbujas y me traían champagne, y aunque yo soy más de vino o cerveza, en ese momento cualquier droga era bienvenida.

Esa noche volví a dormir con mi hija y al día siguiente le dije a la nana que se quedara en el hotel con Zoe, en la zona de juegos para niños, que yo tomaría un taxi a Universal Studios.

Le dije que saldría a las ocho de la mañana y volvería a la una de la tarde. Así fue. Salí tan temprano que dejé a mi hija dormida en mi cama. Y me dio pena, pero de veras necesitaba ese rato a solas. Me subí a un taxi del hotel, llegué a Universal Studios cuarenta minutos después. Me subí a cuanta montaña rusa pude, y entraba fácilmente porque ahí te dejan ir en una fila donde nunca hay mucha gente que dice "Single Rider" y te sientan en cualquier asiento disponible. Me subí a todas, todas las montañas rusas posibles. Y cuando estuve en Hulk y en Harry Potter, con los pies en el aire, me forcé a gritar porque, aunque no era lo que me nacía, cuando mi vagón bajaba la pendiente a toda velocidad decidí gritar y fue entonces cuando descubrí una nueva forma de terapia. Porque en esos alaridos tal vez estaba liberando toda la rabia contenida, los miedos, la culpa, las palabras no dichas. Me subí a todo lo que pude y luego volví a la hora pactada. Al llegar al hotel, llamé a la nana y le pregunté dónde estaba. Me dijo en tal lugar. La encontré. La saludé con cariño y le dije: "¿Ya almorzaste?", y su respuesta fue horrible. Me miró con mala cara y me gritó: "Usted sabe que yo no hablo inglés y yo acá no puedo pedir nada". Y en ese momento me pareció que me estaba manipulando. Esta señora vivía hacía más de veinte años en Miami y, siendo verdad que no hablaba inglés, se hacía entender cuando quería. Porque siempre que podía era autoritaria, mandona. Alguna vez nos contó que había peleado con el chofer del bus, que ni siquiera hablaba español, porque no la había dejado donde ella le había indicado. Además, estaba el kiosko del hotel, que quedaba en el primer piso, y que ella conocía perfectamente, era como un Seven Eleven porque solo entrabas, sacabas el sándwich o la comida que preferías, y luego pagabas. Listo. Además, Jaime le había dado quinientos dólares para sus gastos personales esa semana. Porque Jaime, por más deprimido o dopado que pudiera estar, nunca dejó de ir un día al trabajo, o encerrarse a escribir, o pagar las cuentas, o el sueldo de las nanas, a las que les pagaba fortunas. Por eso me indignó tanto su respuesta. "Solo te estoy preguntando", le contesté, aunque me jodió tener que contestarle. Mi hija se daba cuenta de la tensión, pero no decía una palabra y yo pensaba que nada de esto era justo para ella. En ese momento me empecé a desencantar de la nana. Ella no jugaba en equipo conmigo. Se había acostumbrado a seguir sus propias reglas y no toleraba que ahora tuviésemos que ir al ritmo de otra persona. Y esa otra persona a ratos era Jaime, a ratos era yo.

La última noche en Orlando, fui al cuarto de Jaime y pedimos room service. Ambos pedimos el medallón de lomo con ensalada. Yo pedí una copa de vino tinto. Él pidió jugo de naranja. Había una tensión sexual en el aire. Fuimos al cuarto y me eché a su lado. Hablamos mucho, luego nos besamos. No era la persona que yo conocía en la cama. Me besaba, pero se quedaba echado, su cuerpo no reaccionaba, y a pesar de que ambos tratamos, no se le paró. Jaime se levantó de la cama y me dijo asustado: "Algo está mal conmigo". Esa noche no queríamos tener sexo por placer, ambos queríamos hacer el amor para encontrarnos, terminar de reconciliarnos. Pero no se pudo y cuando él se paró de la cama, de pronto parecía consciente, sobrio. No le había gustado no poder hacerme suya y, sin que se lo pidiera, me dijo que a partir de esa noche dejaría el Vicodin, el Rivotril, el Dormonid y solo tomaría lo que el doctor le había recetado. Antes de irme a mi cuarto, lo besé largo rato en los labios y le dije que yo lo amaba siempre. Él me miró a los ojos y me dijo que me amaba más de lo que yo imaginaba. Cuando entré a mi cuarto y me eché en mi cama, pensé que al final, dadas las circunstancias, quizás esa era la manera más verídica de demostrarnos amor.

Al día siguiente manejamos de regreso a casa. Jaime parecía lúcido, me dijo que solo había tomado las pastillas recetadas. Le creí, porque, aunque todavía parecía un poco ido, estaba bastante más lúcido que el día anterior. Cuando llegamos a casa, la nana parecía molesta. Ni bien entramos a la casa, Jaime, Zoe y yo nos pusimos ropa de baño y nos metimos a la piscina, un poco para celebrar que estábamos por fin alejados de la gente y el ruido. La nana estaba realmente molesta. Ordenó su ropa en la cómoda de su cuarto, lavó algunos tuppers o thermos de Zoe que habíamos llevado a Disney, y todo lo hacía bruscamente, tirando los cajones, las puertas. Jaime y yo escuchábamos todo desde la piscina y nos mirábamos perplejos.

Las cosas cambiaron con ella desde entonces. Se instaló entre ella y nosotros una barrera invisible.

Jaime me había prometido tomar las pastillas parecidas al Valcote hasta que se le terminaran. Por esa época su madre de anunció que iría pronto a Miami con una de las hermanas de Jaime. Entonces yo dije, perfecto, ellas nos traen el Valcote, y cada noche me dediqué a sacarle una o dos pastillas del frasco de esta otra pastilla parecida al Valcote. Pensaba: cuando antes se le termine, antes empezará a tomar el Valcote, y su madre viene la semana que viene con la pastilla adecuada.

Mis cálculos fueron perfectos, porque para cuando la madre llegó de visita, Jaime tenía cinco pastillas en el frasco. "Mi madre llegó justo a tiempo con el Valcote", me dijo. Y yo: "¡Imagínate!".

La visita de su madre y su hermana fue muy buena. Yo me divertí mucho, porque le tengo un gran cariño a la madre de Jaime. Él estaba todavía un poco lento, pero no había punto de comparación con lo que había sido un mes atrás. Yo sentía que la mejoría era lenta pero segura. La hermana de Jaime, en un momento en que nos quedamos a solas, me preguntó si así estaba todos los días. Le contesté que estaba peor y ella no lo podía creer. Sí me pareció curioso que aún lo vieran mal, porque a mis ojos estaba mucho mejor que hacía seis meses. Sobre todo, porque por fin estaba tomando la dosis adecuada, no más. Por supuesto en mis idas a su baño a sacar pastillas, también me iba llevando el Vicodyn, frascos de Rivotril, cajas de Dormonid. Pero lo iba haciendo de a pocos, no tanto para que no se diese cuenta, era más porque sabía que si me llevaba todo de golpe, era una movida brusca que podía jugarle o jugarme en contra.

Pero algo que sí me jugó a favor fue que Jaime tenía un viaje programado a Bogotá para promocionar su última novela, que había salido hacía un año en otros países, pero por alguna razón acababa de salir en Colombia, y entonces le escribían de la editorial pidiéndole que fuese a la ciudad a dar entrevistas y hacer una presentación. A diferencia de los últimos viajes que debió hacer a ciudades como Madrid y Barcelona, presentaciones que canceló, alegando estar mal de salud, cuando todavía no había entrado en la crisis depresiva, esta vez dijo que iría. Era la última semana de noviembre, justo cuando se celebra Thanksgiving. Pero le dije que fuera, que cumpliera con la editorial. También me parecía que era una buena manera de terminar de desintoxicarse, porque antes de que se fuera, miré su maleta y me aseguré de que estuviera cumpliendo con lo que me había prometido: llevar solo las pastillas recetadas.

Antes de ir al aeropuerto, se despidió de nosotras con los ojos llorosos, yo también me quedé triste. Esos días aproveché para armar el árbol de Navidad, ordenar mi clóset, que ahora estaba lleno de ropa, tanta que me faltaba espacio, entonces reuní tres bolsas con ropa para donar. También hice algo que antes no me hubiera atrevido: compré una cabecera y una base nueva para la cama grande, para nuestra cama. Compré dos lámparas para cada mesa de noche, para la de su lado y la del mío. Antes no me hubiera atrevido a hacer un cambio así sin consultarle, pero pensé que sería una bonita sorpresa y si no le gustaba, podíamos quitarlo. Tampoco era que estaba pintando la pared de rojo, solo estaba poniendo mi toque decorativo, mi opinión, en una casa que hasta entonces había sido decorada enteramente por él.

Los días que él estaba en Bogotá nos escribimos mails hasta tarde, como cuando él vivía en Miami y yo en Lima. Lo sentía cerca, más que en su época depresiva, en la que, a pesar de estar a mi lado, era como si no estuviera ahí. Pero ahora nos extrañábamos a morir, a pesar de que se había ido por solo una semana. Era la primera vez que él hacía un viaje sin mí, y creo que sirvió para echar en falta todo lo que uno hacía por el otro. Porque si yo no dejé a Jaime en los momentos en los que, por estar deprimido, me trataba mal, era porque sabía que ese no era él. Yo lo conocía y quería demasiado como para dejarlo ir así nomás. Sabía que su intención no era herirme, que él mismo estaba sufriendo y las palabras duras eran una manera de demostrarme que estaba mal, aunque no me lo dijera directamente. Y si yo no me ponía fuerte con él, no sé si hubiera podido rescatarlo. Fue un aprendizaje para ambos.

Algunas de sus noches en Bogotá fueron complicadas, porque hacía frío en el cuarto y despertaba a menudo con dolor de cabeza. Siento que, si hubiera tenido un Dormonid o un Vicodin al lado, estando solo, quizás hubiese caído en la tentación de tomarlo de nuevo. Yo creo que esos días allá fueron como un détox. Fueron días en los que su cuerpo le pedía la droga prohibida por el médico y su mujer, y esa necesidad se manifestaba en dolores de cabeza, sudoración de noche, pesadillas, temblores en las manos.

Cuando volvió de Bogotá, ya era de noche y Zoe lo esperaba en su pijama de enterizo azul. Cuando Jaime cruzó la puerta de la casa, Zoe corrió a sus brazos. Lo abrazó como no lo abrazaba en meses. Él miró sorprendido el árbol de Navidad, luego se sentó en el suelo y empezó a sacar los regalos de su carry on. A Zoe le trajo peluches de Mickey y Minnie, a mí una ropa de Bershka, que es una tienda que me encanta y que no hay en Miami. Nos sorprendió con un nacimiento de cerámica. Jaime y Zoe empezaron a jugar con las ovejitas y los burritos. Hacía mucho que no los veía jugar así. En un momento noté que las manos de Jaime temblaban mucho. Supuse que era una reacción de su cuerpo a la falta de esas antiguas pastillas. Pero verlo sonriente, feliz de estar con nosotras, me hizo sentir que esos días que nos habíamos extrañado habían servido no solo para que Jaime terminase de ordenarse con las pastillas, también para recordarnos cuánto nos adorábamos. Yo sonreía viendo a Jaime cargar a Zoe, haciéndola volar por los aires, y reencontrarme con esas carcajadas que hacía mucho no escuchaba. En ese momento pareció que Zoe le había perdonado los meses malos a su padre.

Luego la llevamos a su cama, y como todas las noches, la nana se echó a dormir en la cama de al lado. Eso por supuesto hacía un tiempo que no me gustaba nada, pero ya encontraría el momento para cambiarlo.

Cuando entramos Jaime y yo al cuarto, le pregunté si le gustaba lo que había comprado. Me dijo que sí, que le encantaba. Había cambiado también el cubrecama y había puesto almohadones nuevos. Nos echamos en la cama en pijama, nos cubrimos con el edredón nuevo, conversamos largo rato. Luego hicimos el amor. Fue un placer besarlo y sentir su pasión, pensé que hice muy bien en quedarme a su lado. Porque alguna vez escuché que el amor al final era eso: paciencia.

La Navidad del 2014 fue feliz. Jaime había hecho las paces con sus hijas. Les había dicho que por supuesto les seguiría pagando la universidad o una maestría, si así lo querían. Ellas le mandaron mails cariñosos en Nochebuena. Nosotros comimos pavo, abrimos regalos y fue una noche feliz, porque todos en la familia parecíamos contentos de estar en el lugar donde estábamos. Para Año Nuevo, Jaime y yo fuimos a una fiesta en el hotel Ritz de la isla. Ambos nos pusimos muy elegantes para recibir el 2015. Cenamos, tomamos champagne, bailamos. Bailamos juntos por primera vez, tomados de la mano, mirándonos a los ojos.

Luego, en febrero, vino su cumpleaños número cincuenta. Hicimos una comida en la casa, invitamos a todos sus hermanos. De sus diez hermanos, vinieron solo tres. Los demás se disculparon y entendimos, porque no era tan fácil viajar de Lima a Miami por un fin de semana, para una fiesta de cumpleaños. Pusimos un toldo en el jardín, estufas porque hacía frío esos días de febrero, luces bajas, compramos platos, copas y cubiertos nuevos en Crate and Barrel. Sus hijas mayores no quisieron estar en la comida, pero vinieron unos días antes a saludarlo, y aunque se negaron a venir a la casa a saludarme y a conocer a su hermana, me pareció que para Jaime era positivo y dejé que ocurriera sin afectarme gran cosa.

Todo esto ya era comienzos del año 2015 y yo sentía que tenía a Jaime de vuelta. Lo veía tranquilo, contento. Despertaba lúcido, sin balbucear. Tenía menos arranques de ira, menos cambios de humor repentinos. Eso sí, ya no lo dejaba hacer la siesta. Sabía lo importante que era que durmiera bien de noche, y para eso no debía hacer la siesta. Si algún día veía que se echaba en la cama, me aseguraba de hacer ruido, o ir a hablarle, o que Zoe entrara al cuarto, hacía lo que tuviera que hacer para que no se quedara dormido. Porque, además, por alguna razón, cada vez que Zoe lo veía echado en la cama con las luces apagadas, se ponía a llorar. Eso me terminó de confirmar que ella siempre supo lo que estaba pasando. Igual, eso no pasaba casi nunca, pero si ocurría yo lo evitaba. También contaba las pastillas y controlaba cada mañana que la noche anterior hubiese tomado la medicación correcta.

Al cabo de un par de meses, yo sentía que Jaime no solo había vuelto, sino que ahora era la mejor versión de sí mismo. Siempre dispuesto a jugar con Zoe un rato más, siempre mirándome a los ojos, tocándome el poto cuando nadie nos veía, yendo a comer juntos y luego al cine solos todos los fines de semana, como antes. Yo ahora lo adoraba sin ocultarlo, sin miedo a equivocarme. Pero si pensaba en mi hija, me daba cuenta de que todavía tenía que solucionar algunos temas que estaban pendientes hacía no poco tiempo.

Adiós nanas

Esos días ocurrió algo que terminó de nublar mi cariño por la nana. Era un sábado, yo desperté a las diez de la mañana, llamé a la nana, me dijo que estaba en el parque, fui a buscarlas. Como en las últimas veces, yo llegaba y le decía que volviera a casa, que quería estar a solas con mi hija. Pero Zoe ya estaba de mal humor cuando llegué, y siguió de mal humor todo el camino de regreso a casa. No entendía por qué estaba tan contrariada y me era inevitable pensar que la nana le estaba transmitiendo su mal humor, su mala energía. ¿Por qué el mal humor? No lo sabía bien. Quizás, porque sabía que había perdido poder, o por haber tenido que ir a Disney, no lo sé. El hecho es que tuve una mañana muy complicada con Zoe, y cuando la nana entró al cuarto de juegos le pregunté qué habían hecho, adónde habían ido. Su respuesta fue: "Lo mismo de todos los sábados, le di su desayuno, luego la llevé a comer un croissant, se comió tres, por cierto, con su jugo de naranja, y después fuimos al parque". Le pregunté si darle tres croissants a una niña de tres años le parecía prudente y su respuesta fue: "Fue lo que ella me pidió". "En adelante, por favor no vayan a comer croissants, vayan de frente al parque", le dije. Y su respuesta me superó: "¿O sea que usted está diciendo que yo la cuido mal a mi niña?". Y yo pisé el palito: "No digo eso, pero es raro que los sábados que se queda sola contigo por las mañanas siempre está de mal humor y el señor Jaime también lo ha notado". Discutimos, ella salió del cuarto, yo me quedé al lado de mi hija que, a pesar de los gritos, todavía hacía la siesta. Media hora después, la nana entró abruptamente al cuarto y me dijo: "El señor dice que yo a Zoe la cuido muy bien, se lo acabo de preguntar". "Si se acaba de despertar, lo último que quiere es pelear", le dije, antes de salir del cuarto.

Corrí a ver a Jaime. En efecto, acababa de despertar, y estaba todavía un poco atontado. No podía creer que esta mujer hubiera tenido la poca delicadeza de confrontarlo en ese momento. Me pareció que no tenía el más mínimo respeto por nosotros. "Vamos a dar una vuelta", le dije a Jaime. Y creo que él me vio tan contrariada que me obedeció y cuando estábamos a dos cuadras de la casa se lo dije: "Se acabó, tenemos que despedir a las nanas".

Por suerte, Jaime me hizo caso. Si no, hubiera sido muy jodido estar en paz en la casa. Entonces empezamos a buscar empleadas sin que la nana o su hermana lo supieran. Después del viaje a Disney, Jaime y yo tomamos una distancia de la nana, y preferíamos salir a almorzar juntos, porque no nos provocaba sentarnos a almorzar a la mesa con ella mirando qué comíamos y qué no. Estar con ella en la casa se había vuelto un poco tenso. Yo le pedía educadamente cada vez más espacio. Me sentaba a jugar con Zoe y le decía que fuera a descansar un rato, que si necesitaba algo la llamaría. Entonces se iba, pero de mala gana. Y cuando Jaime se iba a trabajar, después de despedirse de Zoe y de mí, bajaba a la cocina y veía a la nana sentada a la mesa del comedor con mala cara. Él le preguntaba si estaba todo bien, y la nana le contestaba que yo ya no la dejaba estar con Zoe. Jaime trataba de explicarle en pocas palabras que no era nada contra ella, que yo solo quería tener momentos a solas con Zoe. Y eso era verdad. Pero cada día que pasaba la situación se hacía más tensa con ella. Había momentos en los que estaba de muy mal humor y nos contestaba mal. Había otros momentos en los que parecía contenta y nos hacía bromas como antes, pero ya nada era lo mismo entre nosotros. Sobre todo, entre ella y yo. Porque yo había sentido en Disney que ella había sido muy malcriada conmigo y con Jaime, y muy desagradecida con él, que siempre les había pagado a ella y a su hermana mucho más de lo que ganaba una empleada en este país. Les pagaba por semana, en efectivo, el doble o el triple de lo que ganaban las empleadas como ellas. Les había pagado no solo su sueldo, sino también los gastos médicos, les había dado ayuda en momentos en los que sus familias lo habían necesitado. A la nana le dio dinero para que terminara de construir su casa en Lima, donde vivían sus hijos y sus nietos. Y sí, me decepcionó que ella no tolerara no estar en control de la situación y tener que caminar lento para esperar a Jaime. Ella agarraba el coche y se iba a toda prisa, tanto que muchas veces la perdíamos de vista. Me dolió que no supiera comprender la situación. Jaime estaba así no porque fuera malo, sino porque se sentía mal, se estaba acomodando a una nueva medicación y no era justo que ella le hablara como le habló esos días.

Un día estábamos los tres en la piscina y la nana salió de la casa trayendo toallas para nosotros. Luego nos dijo: "Quiero hablar con ustedes cuando tengan tiempo". Lo dijo de una manera tan cortante y autoritaria que cuando se fue, Jaime y yo nos miramos como: qué onda. Por un momento pensamos que iba a renunciar, luego nos convencimos de que no haría eso, aunque si se iba, nos haría un gran favor, porque entonces nos quitaría la culpa que implicaba tener que despedirla. No era fácil decirle chau, vete, porque había trabajado cuatro años con nosotros, y porque si ella hacía una escena de llanto o rabia, y nuestra hija estaba ahí, iba a ser un mal momento para todos. Esa noche, mientras Zoe dormía, nos sentamos con ella en la sala de la casa. Nos dijo: "Yo quiero saber por qué están fríos conmigo". Jaime tomó la palabra y le preguntó: "¿De qué manera sientes que estamos fríos contigo?". Ella balbuceó un rato y luego alegó que ya no pasaba tanto tiempo con la niña. Yo le dije que esa había sido mi decisión y que tenía que recordar que yo era la madre. Luego agregué algo que había querido decirle desde hacía un tiempo: "Tú puedes haber criado a muchos niños y sentir que sabes hacer muy bien tu trabajo. Pero yo soy la mamá y quiero estar con mi hija, y sobre todo quiero tener la oportunidad de equivocarme sin que nadie me diga qué tengo y qué no tengo que hacer". Cuando dije eso sentí la cara roja, quemando, porque nunca le había hablado tan directo a la nana, siempre ella había sido la nana experimentada que lo sabía todo y yo era la mamá joven, inexperta, dubitativa. Por suerte las luces estaban bajas y eso ayudaba a que mi repentino enrojecimiento se notase menos. Ella se defendió diciendo que nunca había sido su intención interponerse entre mi hija y yo, que yo era la señora de la casa y yo mandaba, y que ella y su hermana tenían que hacer lo que yo dijera, así no nos guste. Esa me pareció una frase reveladora. Luego dijo algo así como que desde que habíamos vuelto de Disney, nosotros habíamos cambiado nuestra actitud con ella. Lo decía en tono de víctima, y en ese momento tuve ganas de sacarle en cara cada momento en el que había sido despiadada o por lo menos desubicada con la familia que le había dado tanta confianza y cariño. Pero no le dije nada, porque recordé que esa noche ella dormiría con mi hija. Luego mencionó algo así como: "Este año no me han dado gratificación". Jaime le recordó que, a diferencia del Perú, en los Estados Unidos no se daba gratificaciones a los empleados de casa, y aunque la razón exacta no la conocía, suponía que era porque en este país una empleada del hogar ganaba por semana, en promedio, lo que en Lima una señora ganaba al mes, haciendo el mismo trabajo.

Yo sinceramente sospechaba que lo que a ella más le molestaba era sentir que había perdido todo el control sobre nosotros. Porque ya ni siquiera Jaime estaba dispuesto a comer sus lentejas solo para complacerla. Básicamente, porque sentía que no lo merecía, igual que la gratificación, aunque en años anteriores no hubiese dudado en dárselas a ella y a su hermana.

Ella estaba en pie de guerra y no convenía despedirla frente a frente, porque ella empezaría a gritar, nosotros también, y no nos parecía conveniente que nuestra hija tuviera que ver o escuchar esa escena. En otras palabras, le teníamos un poco de miedo. Por eso ideamos un plan: ella se iría a Lima de vacaciones dos semanas después del cumpleaños de Zoe, que es a fines de marzo. Por supuesto, esas dos semanas estaba dejando a su hermana de suplente, así que la noticia se la daríamos a ella, que era bastante más dócil, y había sido monja veinte años, así que pensamos que ae tomaría las cosas con más calma.

Celebramos el cumpleaños de Zoe con una gran fiesta en la casa. Toldo, música, animadoras. Fue una alegría ver a Zoe cumplir cuatro años rodeada de tantos niños que la querían y la pasaban bien en su fiesta.

La semana siguiente la nana se fue de vacaciones, cuando se despidió de mí supe que no la iba a ver más. Para entonces yo ya tenía a la nana sustituta. Una colombiana joven, de veintiséis años, gorda, muy gorda, pero agradable de cara. Se llamaba Iliana. Entonces un día Jaime llamó a la hermana de la nana a la sala, yo me quedé en el cuarto de juegos con Zoe. Le dijo con mucho cariño que necesitábamos estar un tiempo a solas como familia, pero que si no encontraban trabajo pronto, él las iba a ayudar económicamente. La respuesta de la hermana fue sorprendente, fue fría, no hizo escenas, como si ya lo hubiera visto venir. Porque yo en algún momento, en una de mis tantas conversaciones con ellas, por separado claro, había entendido lo siguiente: la nana quería quedarse hasta que Zoe cumpliera los cinco años. Zoe acababa de cumplir los cuatro y un año se dice fácil, pero cuando tu hija no habla todo lo que debería para su edad, cuando sientes que el cariño de las nanas es tan posesivo que solo está dañando a tu hija, un año te parece que es un montón de tiempo. Porque al mismo tiempo yo sabía que en un año yo sola podía hacer una diferencia. La hermana era bastante más desapegada emocionalmente, y cuando Jaime le dio la noticia, dijo "está bien", y se paró y empezó a hacer sus cosas. Jaime le preguntó si necesitaba maletas para empacar sus cosas, que él podía darle las suyas. Yo, mientras tanto, en el cuarto de juegos con Zoe, la puerta con seguro cantando

"Ring around the Roses", o lo que en español se conoce como jugar a la ronda.

Por la ventana vi cómo la hermana metía sus maletas en el taxi que Jaime le había pedido. Luego de subir todas sus cosas y las de la nana principal a la camioneta del jardinero, entró sin tocar al cuarto de Jaime y le dijo que su hermana estaba al teléfono y quería hablar con él. Jaime tomó la llamada solo para escuchar a la nana gritarle: "De la señora Silvia me espero cualquier cosa, ¡¿pero de usted?! Qué decepción, señor Jaime". Entonces Jaime, que es muy bueno, pero cuando le tocan los cojones reacciona, le dijo: "No te permito que hables así de Silvia", y cortó el teléfono. Miró mal a la hermana y le dijo: "No debiste imponerme una llamada sin consultarme. Ahora puedes irte de mi casa". Y la señora se fue sin decir una palabra, con la cabeza en alto. No la vimos más, como tampoco vimos a su hermana.

Y la verdad, fue un gran alivio en la casa. Por supuesto, tuve muchas llamadas y mensajes de la nana que no contesté, porque me pareció que su comentario había sobrepasado cualquier límite del respeto o la gratitud que nos debía. Reafirmé mi intuición de haberlas despedido a ella y a su hermana. Cuando Jaime vino al cuarto de juegos y me dijo que ya se habían ido, miré a Zoe y no pude evitar sonreír, respirar hondo, sentir que ahora nadie se interpondría entre nosotras. Esa tarde nos bañamos los tres en la piscina haciendo tantas bromas que hacíamos rebalsar el agua. Cuando entramos a la casa, caímos en cuenta de que además podíamos quitarnos el traje de baño sin temor a que alguien que no era de la familia nos viese. Fue un momento genial de libertad absoluta.

Al día siguiente llegó la nueva empleada, y era tan dócil que a ratos no sabía si la estaba pasando bien, o si yo estaba siendo muy dura. Yo hice con ella una limpieza del cuarto de servicio, botamos papeles que no servían, movimos la cama y encontramos cacas de lagartija detrás, polvo por doquier. Nos tomó dos horas limpiar y ordenar de vuelta la habitación. Pero yo lo hacía con ganas, porque me parecía que, al limpiar, estaba terminando de deshacerme de la mala energía que estas mujeres habían dejado. Las tareas de ella eran claras, simples: preparar el desayuno de Zoe, lavar los platos, cocinar el almuerzo, limpiar un poco la casa en sus ratos libres. Yo había decidido que ahora nadie dormiría al lado de mi hija. Y parte de la remodelación fue sacar la cama extra del cuarto de Zoe. Todo esto no parecía molestarle a Jaime y, aunque le hubiera molestado, yo sentía que era lo que tenía que hacer. Yo siempre fui una mujer de instinto, y en ese momento estaba segura de que todos esos cambios le iban a hacer mucho bien a la familia, pero sobre todo a mi hija.

Dejar a mi hija durmiendo sola no fue en absoluto un problema. Antes de acostarla le dije que yo estaría durmiendo en el cuarto de al lado y que, si necesitaba algo, solo tenía que llamarme o venir a buscarme. Otra cosa que me sorprendió gratamente fue que no preguntó mucho por sus nanas.

Yo me puse como meta llenar el espacio de las nanas en todos los sentidos para que mi hija no sintiera su ausencia. Ahora era yo quien la llevaba al colegio temprano, la pasaba a buscar a la salida, le daba el almuerzo, jugaba con ella a solas en la tarde, le daba un baño, la acostaba, le contaba cuentos, le decía cuánto la amo.

Para ese entonces yo me partía en dos para hacer feliz a mis dos amores. Esperaba a Jaime despierta hasta medianoche, luego nos quedábamos conversando hasta las dos de la mañana, luego despertaba un poco antes de las ocho para vestir y llevar a mi hija al colegio. Desde que se fueron las antiguas nanas, para mí el concepto de tener una nana había cambiado, ahora era solo un apoyo, no más que eso. No pretendía que la bañara, ni que jugara con ella. Solo que hiciera el desayuno, la lonchera, el almuerzo y estuviera con ella cuando yo salía un momento a solas con Jaime, sobre todo los fines de semana.

No era fácil dormir así, entrecortado, porque cuando dejaba a Zoe en el colegio había dormido apenas cuatro horas, pero lo hacía contenta, tranquila, sonriendo. El primer día que fui a dejarla al colegio, Zoe parecía confundida. Era comprensible, porque todo este tiempo la nana la había llevado al colegio en la mañana. Me preguntó dónde estaba, y luego se echó a llorar. Yo sentí su pena y me bajé del auto, la abracé, la miré a los ojos y le dije, sin saber si me iba a entender bien: "A partir de ahora, yo te voy a traer al colegio. A partir de ahora, yo me voy a hacer cargo de ti. A partir de ahora, yo voy a estar a tu lado, siempre, pase lo que pase. Yo soy tu mamá y quiero estar más tiempo contigo". La besé, la abracé, y desde ese momento honré mi promesa.

Por esos días decidí empezar una nueva terapia para Zoe, para mí. Me pareció que podía ser una buena manera de "ponerse al día" de todo ese tiempo en que las nanas habían hecho todo por ella. La llevé a un lugar cerca de la casa donde hacían terapia de lenguaje y otras cosas más que no conocía. Yo estaba súper nerviosa. Fui con Zoe. Entramos a una habitación muy grande con juegos de todo tipo. Había una piscina de pelotas, colchonetas de colores, un pasamanos y un tobogán que daba a unos cojines enormes de animales. Había muchos colores, y el ambiente era relajado. No había nadie. Zoe se fue a jugar en la piscina de pelotas y yo me senté con Marcela, la terapista. Le conté todo lo que me preocupaba de Zoe y lo que había ocurrido con las nanas. Me dijo que la evaluaría. Que haría dos exámenes: uno de lenguaje y otro sensorial. En ese momento la palabra sensorial me sonaba a chino. Pero luego tuvo todo el sentido del mundo.

Una semana después, me senté con ella para que me diera los resultados. Yo estaba nerviosa, pero ella me daba calma, porque me hacía sentir que todavía había mucho por hacer. Me dijo que su lenguaje sí estaba algo atrasado para su edad, pero que casi con seguridad era por falta de estímulo, porque su nivel cognitivo era sorprendentemente alto. No era común ver a un niño o niña de tres años identificar las letras, números y colores. Me dijo que la parte sensorial sí necesitaba terapia y que creía que eso podía estar retrasando el lenguaje. Entonces quedamos en hacer terapia dos veces por semana y al cabo de dos meses, llevarla a un doctor especialista para que nos descartara o diera un diagnóstico. A mí esto último me daba pánico. Pero Marcela me decía que tranquila, que ella veía a niños con algún diagnóstico todos los días y que no le parecía que Zoe fuera el caso.

Entonces, dos y hasta tres veces por semana yo pasaba a buscarla un poco antes del Prekinder y manejaba a Brickell a hacer la terapia. Muchas veces me quedaba mirando a Marcela interactuar con Zoe y pensaba que esa mujer tenía una paciencia infinita con los niños. Cada día aprendía algo de ella. Por la manera en que se dirigía a mi hija, cómo le explicaba los juegos, cómo le trazaba los límites, con firmeza, pero con cariño. En cierta forma era una terapia para mí también. Zoe pasaba la sesión contenta, porque cada ejercicio era como un juego para ella. Un día, terminando la sesión, Marcela me dijo: "Muchas veces, los desórdenes sensoriales son hereditarios. Yo he visto a Jaime en la tele y me atrevería a decir que él tiene algunos. ¿Por qué no le hacemos un test sensorial a él también?". Me pareció una gran idea y se lo comenté a Jaime. Él aceptó. Le hicieron el test y salió fuera de los rangos "normales" en tres de los cuatro aspectos que se evalúan. En conclusión, descubrimos que Jaime también tiene desordenes sensoriales y era muy probable que Zoe los hubiese heredado de él. Cuando se habla de desórdenes sensoriales, mucha gente piensa en el autismo, pero no es así. Se puede tener desórdenes sensoriales y no tener un diagnóstico. Las dificultades de procesamiento sensorial consisten en que una persona procesa ciertos estímulos visuales, auditivos, táctiles, de manera distinta al promedio de la gente. Se dice que todos tenemos algún tipo de desorden sensorial. El más común: las uñas rascando la pizarra, el cuchillo chirriando en el plato de comida. También hay distintos grados y eso es lo que muchas veces determina un diagnóstico de Asperger o Autismo. Es un tema complejo y yo no soy una doctora, pero sí es verdad que el tema me pareció fascinante, porque no mucha gente sabe siquiera qué es eso, cómo detectarlo. Pero conforme iban pasando los días fui dándome cuenta de cuáles eran las dificultades sensoriales en Jaime, en Zoe. Ambos se aturdían si entraban a un restaurante y había mucho ruido. Jaime no tolera la luz del sol, por eso casi siempre lleva lentes oscuros y un sombrero o una gorra, y nunca va a la playa. Zoe se incomodaba al tacto suave, si alguna vez la besaba por sorpresa, o muy despacio, se alejaba. Eso ya no le ocurre. Pero Jaime todavía usa muchas camisetas y medias, y no es porque tenga frío necesariamente, es porque le gusta sentir la presión de la ropa en el cuerpo. Zoe no podía caminar sin zapatos o en sandalias. Jaime hasta el día de hoy no puede, así como tampoco puede usar shorts, incluso si es verano. Por eso digo que la terapia de Zoe también me ayudó a mí, para entenderlos mejor. Para entender por qué Jaime se pone de mal humor en un lugar donde hay mucha gente caminando cerca de él, no porque se sienta un divo, sino porque la situación lo supera. También pude entender mejor por qué los sábados que iba al parque con Zoe, ella casi siempre salía llorando. Porque entre el calor, los gritos de los niños, la altura de los juegos, todo eso era mucho para ella. Pero era una gran cosa saberlo. Jaime estaba feliz con su diagnóstico de bipolaridad y ahora de desorden sensorial. No se cambiaba por nadie, porque por fin se entendía a sí mismo.

Yo también estaba contenta y como sabía que esos días eran cruciales para la "recuperación" de ambos, vivía para ellos. La nana colombiana duró poco, porque me di cuenta de que su problema de gordura era serio y a veces la encontraba desayunando la pizza que habíamos cenado el día anterior. Porque nunca la vi tomar agua, solo gaseosa. Nunca la vi comer una fruta. Y tanto Jaime como yo fuimos muy claros en decirle que podía servirse lo que quisiera. Entonces el problema era que sus elecciones afectaban directamente a mi hija, que miraba con pavor que la nana desayunara pizza. O, por ejemplo, me decía: "¿Me puedo comer el yogurt de chocolate de Zoe?". Yo le decía que sí, claro, pero me parecía que había pasado de tener nanas viejas a tener a una chiquilla que no tomaba en serio su trabajo. Y decidí despedirla el día en que encontré un chicle en mi alfombra. Yo cada tanto la veía mascar chicle, pero no decía nada, porque pensaba: "Mientras le calme la ansiedad por comer...". Y un buen día encontré un chicle verde pegado en la alfombra y yo no como chicle, Zoe tampoco, Jaime menos. Ahí se cerró el capítulo nanas, al menos por un tiempo.

Entonces empecé a hacer lo que debí haber hecho desde el comienzo, cuando Zoe nació. Me despertaba temprano, la vestía, la peinaba lindo, le daba el desayuno más saludable posible, la dejaba en el Pre Kinder escuchando música feliz. La besaba y le decía que volvería a la salida. Era increíble ver cómo cada uno de estos pequeños momentos tenía un efecto inmediato en nuestra relación. A veces pienso que la mejor terapia fue despedir a las nanas y hacerme cargo yo misma de mi hija. Y esa es una culpa que pesará en mí para siempre: no haber hecho las cosas bien desde el comienzo. Aunque más de un psicólogo me haya dicho que lo deje ir, que lo que importa es el presente. Yo no me olvido de que no estuve ahí para mi hija todo lo que pude haber estado en sus tres primeros años. Aunque estaba claro que Zoe era y es brillante, no había desarrollado hasta entonces las habilidades sociales que hubiera podido tener si yo hubiera estado ahí para ella. Pero fue gracias a la culpa que tenía, que no dudé en entregarme por completo a mi hija luego. Yo me dormía a las dos, a veces a las tres de la mañana por estar con Jaime después del programa. Porque ese era nuestro momento a solas, de total complicidad, aunque no siempre hiciéramos el amor, hablar con la luz baja, planear viajes, contarnos cosas de nuestro día nos hacía amigos, cómplices, amantes. Y creo que ambos sabíamos que habíamos pasado una crisis que no fue fácil superar, y solo por eso creo que nos queríamos más. Él me quería y respetaba más por haberlo ayudado. Yo lo quería y respetaba más por haberse dejado ayudar y ser la mejor versión de sí mismo, por haberme enseñado tanto. De pronto esta nueva versión de él era mejor que la del hombre de quien yo me había enamorado.

Decía que me dormía a las tres de la mañana y me despertaba a las ocho para llevar a Zoe al colegio. Lo hacía de buena gana. La dejaba y me echaba a dormir un poco más. Luego me daba una ducha y a la una de la tarde Jaime ya estaba despertando, ambos íbamos a buscarla al Pre Kinder. Íbamos a almorzar a nuestro restaurante preferido. Escuchábamos música en el auto. Nos reíamos juntos. Con cada risa, cada broma, cada mirada, Zoe y Jaime crearon un vínculo de amistad y amor incondicional que no he visto antes. Jaime miraba a Zoe y se derretía por ella. Zoe buscaba cada vez más a su papá y a ratos parecía que la pasaba mejor con él que conmigo. Y yo feliz. Porque con su papá hacía todo tipo de juegos imaginarios. Él no le ponía límites en el juego y la dejaba llevar los jabones a la sala para hacer "carrera de jabones", otras veces se disfrazaban de osos, en realidad solo se ponían mucha ropa encima hasta que se veían más grandes, otras veces jugaban a que se casaban y yo les decía que serían felices para siempre. Cada día que pasábamos solos en la casa, sin una nana mirándonos de lejos, retándonos, diciéndonos que ya era la hora de dormir de Zoe, era un día en el que nos uníamos más y más. Los tres íbamos juntos a todas partes. Los fines de semana organizábamos paseos, íbamos al cine, nos metíamos en la cama a leer las noticias del día. Yo parecía haber encontrado una nueva oportunidad para ser una mejor mamá, una mejor esposa. Y aunque durmiera cinco horas al día, sabía que eso era lo que tenía que hacer. Tenía que recuperar el tiempo perdido, tenía que capturar de alguna forma todos esos momentos en los que no había estado con mi hija.

El aire de libertad que se respiraba en la casa era indescriptible. Yo compraba muebles, redecoraba ciertas partes de la casa, decidía dónde poner qué, sin que alguien más me cuestionara cada cambio. Ahora yo tenía una voz, quería tomar decisiones. Antes me daba igual y prefería que otros decidieran por mí. Ahora éramos dos los que mandábamos en la casa, bueno quizás tres, porque ahora Zoe también se hacía sentir cuando quería algo, y cuando no lo quería también.

La terapia iba muy bien. Zoe estaba muy receptiva a cada sesión y cada día hablaba un poco más. Cada noche antes de dormir, yo le hacía los ejercicios y masajes que me habían aconsejado. El cepillo, las compresiones en las coyunturas de los brazos y piernas. Todo eso me tardaba media hora más después del baño. Aun así, lo hice cada noche, tranquila, contenta. Quienes son madres entenderán lo que es tener que dedicar una rutina de ejercicios y masajes al final del día, cuando el cansancio abruma y la paciencia se acorta. Pero una de las cosas que me motivaban era que las terapistas me decían que estaban sorprendidas de lo rápido que avanzaba Zoe. Ahora solo faltaba ir donde el doctor para ver si había un diagnóstico para ella. Yo estaba preparada para cualquier cosa. Me daba miedo, pero tanto Jaime como yo sentíamos que nuestra hija era muy genial como para que un posible diagnóstico nublase nuestra felicidad con ella.

Y cuando digo que cada uno de mis esfuerzos tardíos daba frutos, lo digo en serio. Lo supe particularmente una noche en que acosté a Zoe en su cama, apagué la luz antes de irme y le dije como siempre: "Te amo". Yo nunca esperaba una respuesta, pero esa noche escuché su voz, todavía de bebé, diciéndome: "Yo también".

Por qué no tuve más hijos

Los días fluían más o menos así: me dormía a la misma hora que Jaime, a eso de las tres de la mañana. Despertaba un poco antes de las ocho para dejar a Zoe en el colegio. Luego me echaba en mi cama y volvía a dormir. Me gustaba dormir sola. No sé si era porque ya me había acostumbrado o qué, pero ahora no entendía a las parejas que duermen siempre juntas. Mucha gente piensa que una pareja que duerme junta siempre hace el amor, y las que no duermen juntas no tienen sexo nunca. Yo, o mi matrimonio, es la prueba de que eso es falso. En mi caso, dormir en camas separadas nos daba ese respiro, ese momento a solas que uno siempre necesita. Sobre todo porque Jaime siempre está en la casa durante el día, durmiendo en las mañanas o tratando de escribir por las tardes. Y no imagino lo que sería vernos todo el día y luego tener que dormir juntos. Estaríamos uno encima del otro todo el tiempo. Quizás para parejas que trabajan fuera y no se ven todo el día, les funcione dormir juntos. Eso lo puedo entender. Pero nosotros estábamos juntos todo el día, desde que nos despertábamos hasta que nos dormíamos, salvo, claro, las horas en que él escribía o se iba al programa. Horas que luego se convirtieron en mi momento sagrado de ocio porque mi hija ya estaba durmiendo, entonces podía ver una película en

Netflix, tomar una copa de vino, bailar sola. Pero decía que me encantaba mi cama y me había comprado un edredón de plumas y un cobertor de lino y algodón. Tenía cuatro almohadas y dormía rodeada de ellas. Aprendí a amar mi cama, mi espacio, mis momentos a solas. Despertaba por segunda vez a mediodía y me daba una ducha, ponía en orden las cosas del día, a veces aprovechaba para salir a correr. Era una muy mala hora por el calor que hace en Miami, pero era realmente la única hora en que podía salir. Jaime despertaba al rato, buscábamos a nuestra hija del Pre Kínder, íbamos a almorzar juntos. Luego volvíamos a casa y Jaime se encerraba en su estudio a escribir, mientras yo pasaba la tarde jugando con Zoe. A veces salíamos a pasear un rato juntos. A eso de las seis de la tarde le daba de comer a Zoe, mientras Jaime se alistaba para ir a la televisión. Luego la bañaba, le ponía pijama. Jaime se despedía de nosotras, mientras yo estaba acostando a Zoe. Cuando Zoe se dormía, yo era una mujer libre, pero también agotada. Porque ahora no tenía ayuda en la casa y lavaba platos, barría la cocina, ordenaba los cuartos, era mamá, esposa y todo lo hacía feliz, porque sentía que era lo que me tocaba en ese momento. Ya había tenido suficientes vacaciones. Eran días felices, porque mi hija me miraba a los ojos y me decía "mami, te quiero", porque Jaime, el amor de mi vida, estaba a mi lado y parecía contento, lúcido, sano.

Tres meses después de haber comenzado la terapia, Marcela me dijo que era un buen momento para ir a ver al doctor. Me habló de un pediatra del desarrollo que era buenísimo y solía ver a los niños que ella le llevaba para diagnósticos o revisiones generales. Llamé, hice la cita para la siguiente semana.

La cita era durante la mañana y preferí ir sola con la terapista y Zoe. El doctor nos recibió en un cuarto muy grande donde había una mesa con rompecabezas. El doctor se sentó en una silla para estar a la altura de Zoe y empezó a hacerle las pruebas. Zoe seguía sus instrucciones sin problemas. Cuando terminó con Zoe, se dirigió a mí y dijo que veía que su desarrollo era el adecuado para una niña de su edad. Me dijo que hablaba un poco menos que el promedio de niños de su edad, pero que no le preocupaba, porque la veía muy presente y observadora. Me dijo que Zoe era una niña perfectamente normal y que no tenía nada de qué preocuparme. Sentí que la cara se me enrojecía cuando le dije algo así como: "¿Estás seguro?". Él sonrió y me dijo: "Este es mi trabajo, veo en promedio a sesenta niños por día. Si hubiera algún problema con tu hija, lo hubiera notado desde que entraron por esa puerta".

Salí del consultorio con el pecho inflado de felicidad, con ganas de correr adonde no me viera nadie y gritar con todas mis fuerzas. Sentí que todas mis últimas decisiones habían valido la pena: despedir a las nanas, dedicarme a Zoe día y noche, las cinco horas que dormía por día, no faltar un solo día a la terapia, no dejar de hacerle sus masajes una sola noche, admitir que me había equivocado, tenerme fe, empezar de nuevo. Porque desde que me lo propuse, no hubo un solo día que dijera: tengo flojera, hoy mejor descanso. Yo siempre supe que un día más de esfuerzo podía hacer una diferencia. Y que ahora me dijeran que Zoe estaba perfecta, que no tenía ningún problema de desarrollo ni de nada, me hacía sentir que todo mi esfuerzo en ese año había valido la pena. A pesar de mi caída de pelo y mis ojeras cada día más visibles, ambas consecuencias de dormir poco.

Volvimos a casa, le di la noticia a Jaime en un momento en que estuvimos a solas. Se alegró mucho, por supuesto. Pero en el fondo él adoraba tanto a Zoe que todo hubiera estado bien si el doctor me hubiese dicho algo distinto.

Después de ese momento, todo siguió igual, aunque a mí sí me habían hecho una diferencia las palabras del doctor. Por alguna razón, tenía menos temor de retarla a hacer cosas que sabía que, por su leve desajuste sensorial, podían incomodarle. Yo intuía que mientras más la expusiera al mundo real, más rápido iba a entenderlo y acomodarse a eso. Porque cuando estaba con las nanas, se la pasaba en un cuarto con la televisión prendida. Mal por mí, ya lo sé. Por eso decidí llevarla a todas partes a las que yo iba. Un lugar genial era el supermercado, porque ella me ayudaba a poner las manzanas en la bolsa, a elegir qué yogurt quería que comprase para ella, a que no le incomodase demasiado la música a todo volumen, o toda la gente caminando a su alrededor. Jaime hasta el día de hoy odia ir al supermercado, solo va cuando es inevitable. Y yo no quería que eso le ocurriese a Zoe, entonces la exponía a esa y cualquier situación parecida. Y generalmente respondía bien, caminaba de un lado a otro, mirándolo todo, sin dejarse abrumar por nadie a su alrededor. Yo también estaba tranquila, porque sabía que estaba en control y que, si ella se ponía a llorar, por la razón que fuera, yo sabría cómo calmarla. Ahora tenía algo que no había tenido antes: confianza en mí. Y creo que ella percibía eso.

Fue justamente en el súper, en la sección de lácteos, cuando escuché a Zoe decir: "Silk", y señalar un tipo de leche. Volteé y pensé: "¿Lo leyó? ¿Cómo así?". No entendía, porque yo nunca compraba ese tipo de leche, entonces no tenía de dónde escuchar que esa leche se llamaba así. Agarré la caja de leche, me agaché y le pregunté qué decía en la línea de abajo. "Choclat", me contestó y sí, decía "chocolate". Algo asustada, dejé la leche de vuelta en la repisa. Fue así como descubrí que Zoe a los tres años y medio, era capaz de reconocer algunas palabras.

Cuando Zoe cumplió cuatro años, hicimos nuestro primer viaje en avión con ella. Compramos tickets a Key West, que era un vuelo de solo media hora, pero nos serviría para ver cómo le iba en el avión. Fue un viaje muy feliz. No solo porque Zoe se portó muy bien en el avión. Yo por supuesto fui preparada y en mi mochila tenía toda clase de juegos y entretenimientos. Estuvo medio vuelo jugando en su ipad en una aplicación de Matemáticas, en el que tenía que sumar dos más dos, dos más tres, cuatro más cuatro, y así. Cuando el avión bajaba, le di un chupetín por si le dolían los oídos, había escuchado que era un gran recurso para ayudarlos a destapar los oídos. Yo me había convertido en una experta y ya era capaz de identificar cuando mi esposo y mi hija estaban abrumados o de mal humor por algo sensorial, o si estaban simplemente siendo engreídos. Jaime era en general un hombre feliz, pero a ratos tenía como cortos circuitos, es decir, pequeños arranques de mal humor, y yo en esos casos no le contestaba, es decir, no peleaba ni discutía, y me iba por otra parte. Luego, cuando él estaba ya tranquilo, lo hablaba con él si lo creía necesario. Pero la verdad es que la gran mayoría del tiempo estábamos riéndonos y haciendo bromas tontas que solo nosotros entendíamos. En Key West pasábamos el día en la piscina o en las tumbonas, aliviando el calor con pequeñas toallas heladas con olor a eucalipto que nos ofrecían como cortesía del hotel. Por la noche íbamos en taxi o caminando a algún restaurante lindo por ahí. Comíamos bien, tomamos buen vino, en realidad solo yo tomo vino, Jaime no toma alcohol, por suerte, y lo digo así, porque cuando algo le gusta tiende a llevarlo al extremo. Entonces yo me tomaba mi copa de vino y luego volvíamos los tres riendo al hotel. Porque Jaime se ponía a payasear solo para hacer reír a nuestra hija. Y se bajaba el pantalón al lado de un arbusto y se agachaba como si estuviera yendo al baño, y nuestra hija se reía sin parar. Por supuesto nadie lo veía porque las calles eran oscuras y casi ni pasaba gente. Otro momento divertido eran las carreras que hacían Zoe y Jaime en los pasillos del hotel. En una de esas carreras mi hija se tropezó y, como veníamos de la piscina, tenía puesto un vestido sin nada abajo. Yo tenía su ropa de baño mojada en la mano. Pero ella se cayó y el vestido se levantó por completo, Jaime y yo veníamos atrás y hasta el día de hoy nos reímos cuando recordamos esa imagen. Y como ese viaje fue tan divertido, vinieron muchos otros viajes. Luego vinieron Houston, Montreal, Buenos

Aires, New York, Puerto Rico, Santiago de Chile, North Carolina, Montevideo, Washington, Mont Tremblant, Los Ángeles, Vail, Vancouver. Todos fueron viajes felices, llenos de sonrisas y, sobre todo, de momentos los tres a solas.

Fue justo antes del viaje a Houston que un buen día las hijas de Jaime le escribieron diciéndole que querían venir a visitarnos y conocer a Zoe. A mí me pareció genial, porque la verdad hacía tiempo que Jaime las había invitado, pero ellas siempre se habían negado y él en cierta forma ya se había acostumbrado a eso. La visita se dio en los términos más cordiales. Zoe estuvo contenta de conocer a sus hermanas. Ellas fueron cariñosas conmigo y sobre todo con su padre. Todo por fin parecía estar bien. Si bien no había mucha confianza, por lo menos estábamos en buenos términos.

Houston fue un viaje feliz. Pero creo que los mejores han sido los que hemos hecho a la nieve. El primero fue excelente, porque Jaime tenía un trauma con el frío, decía que se resfriaba con facilidad, que cuando había ido a Valle Nevado con sus hijas hacía años se había resfriado mal y a ratos me decía que tenía miedo del viaje. Yo le dije que confiara en mí, que lo que teníamos que hacer era comprar ropa de nieve. Él, por supuesto, no tenía y yo tampoco, porque la verdad es que nunca antes había estado en la nieve. Un fin de semana fuimos los tres a una tienda de ski en Miami, aunque esto suene improbable, sí hay tiendas de ski en Miami, y compramos todo lo necesario para no pasar frío en la nieve. Desde las camisetas hasta las botas, los pantalones impermeables, las casacas de plumas resistentes al agua. Guantes, gorros, bufandas, chalecos. Yo sabía que lo pasaríamos bien. Y así fue. Fue incluso mejor de lo que esperábamos, porque ya estando allá, en Canadá, nos animamos a esquiar. Yo, por supuesto, en mi vida me había subido a un par de equís, nuestra hija menos, y de nuevo, Jaime decía que él no podía esquiar, que había tratado en aquel viaje a Chile con sus hijas, pero que había fracasado y no estaba dispuesto a intentarlo de nuevo. Por suerte pude convencerlo de que era cuestión de contratar a un profesor, porque aprender a esquiar solo, sin ayuda, no era algo que todos podían hacer. Pero como yo me tengo fe para los retos físicos, decidí que esquiaría en la pista de niños, sin profesor. Pero antes ayudé a Zoe y a Jaime a ponerse las botas. Fue más difícil ponerle las botas a Jaime que a Zoe, porque a ratos decía que lo dejase solo, que ya no iba a esquiar. Y de nuevo, me tocaba armarme de paciencia, no putearlo, callarme, seguir poniéndole la bota. Y no me parecía que mi papel fuera sumiso en ese momento. Todo lo contrario, yo tenía el poder, porque estaba logrando algo que parecía imposible: Jaime Baylys esquiando.

Yo me lancé por la pista de niños una y dos veces sin caerme, pero aún así me dije que contrataría a un profesor antes de entrar a las pistas grandes. Porque esquiar en Canadá es cosa seria. De hecho, debo confesar que después de esquiar en la pista de niños me fui a la montaña sola. A pesar de estar en una de las pistas más sencillas, al final estaba bajando una tremenda montaña y terminé cayéndome un par de veces. Nada serio, pero era una pista angosta, empinada, y desde ahí me dije que contrataría un profesor. Además, cuando veía a Jaime con su instructor, veía que había toda una técnica detrás que no me quería perder.

Después de eso esquiamos en Sugar Mountain, y aunque las pistas me parecieron en general más fáciles que las de Saint Saveur, fue un placer ver a Jaime bajar por la montaña a toda velocidad, sintiendo que lo disfrutaba, que había adrenalina corriendo en su sangre en ese momento, que estaba vivo, que ya no estaba más en una cama diciendo que quería estar solo y morirse pronto. Era emocionante verlo bajar la montaña a toda velocidad, mientras yo subía una vez más por el funicular.

Para ese entonces Zoe ya daba muestras de genialidad. Acababa de cumplir cuatro años y no solo hablaba perfecto inglés y español, ya se sabía de memoria todas las capitales de América y la mayoría de Europa. Veía las noticias con su padre con gran interés. Ellos tenían un vínculo muy fuerte, porque Jaime se veía en ella. Veía en ella al niño curioso, sabiendo que un día había sido él. Porque Zoe está todo el tiempo haciendo preguntas y si hay un rasgo que la define es que si le dices una palabra que no sabe, la pregunta enseguida. No deja pasar por alto ninguna palabra que no conozca. Y conforme iban pasando los días, Jaime se iba encontrando en ella, recordando en sus preguntas y sus gestos, rasgos que ya había olvidado de sí mismo. Cosas que tal vez se obligó a olvidar por dolor. Porque Jaime venía de un padre que siempre odió tener un hijo preguntón, sensible, intelectual. Pero ahora él veía en su hija una oportunidad para cerrar esa herida, y por eso no había pregunta que no le contestara. Porque yo a veces me canso y le digo: "No sé, no sé, no hagas preguntas difíciles", pero Jaime tiene una pizca más de paciencia y eso lo hizo siempre un buen padre.

Estábamos en Buenos Aires y Zoe jugaba en su iPad a identificar las capitales del mundo. Puedo volver a la noche en que estábamos en el restaurante Fervor y ella hablaba con su padre sobre Sudán del Sur, Sudán del Norte, que Teherán era la capital de Irán, y Bagdad la capital de Irak, y de la diferencia entre musulmanes chiítas y sunnitas. Yo bebía un sorbo más de vino porque no sabía de qué mierda hablaban. Pero la verdad no me sentía mal, porque cuando se trataba de darle retos emocionales y habilidades sociales a mi hija, ahí estaba yo, que sabía reírme con ella cuando su padre tenía momentos de inexplicable mal humor. En general él ya estaba bien, pero todavía tenía estos pequeños momentos, que ocurrían una vez al mes más o menos, en los que se ponía ansioso o de mal humor por cosas sin aparente importancia. Por ejemplo, si la comida tardaba un poco más de lo normal en algún restaurante. Nunca me parecía de más recordarle a Zoe que era una niña sensible y encantadora.

Porque adónde iba, la gente se fijaba en ella. Incluso si estábamos en Canadá y nadie sabía quién coño éramos. Una vez estábamos en la piscina de un hotel increíble en Los Ángeles, yo estaba saliendo del baño cuando vi a mi cantante preferido, estrella mundial, Justin Bieber, sentado al borde de la piscina mirando a mi hija nadar, conversando con ella. No me sorprendió que la mirara más a ella que a mí. Zoe tiene magia. Y yo siento que, al final, ese encanto vino de la mezcla de dos mentes que se entendieron, de dos cuerpos que se amaron desde el primer momento. Zoe es finamente lo mejor de su madre y de su padre. Por eso no me he atrevido a tener otro hijo más.

La Navidad del 2016 la pasamos en Lima y creo que fue una de las mejores navidades que hemos pasado hasta entonces. Porque recibir las fiestas de fin de año a solas, alejados del resto de la familia, tiene su encanto, pero nosotros ya habíamos tenido mucho de eso. Y la verdad es que desde que llegamos a Lima, todo fluyó bien, nos quedamos en el departamento de Jaime. El de abajo, donde habían vivido Sandra y sus hijas, estaba vacío. Durante un par de años había sido algo así como un departamento fantasma, un lugar al que nadie quería entrar porque solo traía malos recuerdos. Pero por suerte para fines del 2016 todo estaba bastante superado, las hijas estudiaban ambas en Nueva York, Sandra vivía feliz con su nuevo novio en la casa que había comprado con el dinero de la madre de Jaime. Paolo, el chofer y asistente de Jaime, se había ocupado de amoblar mínimamente el lugar, poniendo camas, inodoros, refrigeradora, tapas a los enchufes, manijas en los lavamanos, en las puertas, cortinas, focos y lámparas. Como para que el lugar no tuviera tanto eco, digamos. Igual la mayor parte del tiempo estábamos en el departamento de Jaime. En realidad, casi no estábamos en casa del todo, porque nuestra llegada a Lima había causado conmoción en la familia y nos invitaban a almorzar, a comer, a tomar el té. Zoe estaba fascinada de conocer a sus primos, que, entre la familia de Jaime y la mía, eran casi treinta. Ella había descubierto todo un mundo de afectos que no había imaginado tener. Fue en Lima, en el jardín de su abuela, que aprendió a jugar "matagente", "chapadas", a saltar la soga. Jugó fútbol, escondidas, se bañó en la piscina de noche, se columpió en la hamaca con sus primos preferidos. Los sobrinos de Jaime se conocieron con las hijas de mis hermanos una tarde, hicieron grupo, se divirtieron a morir. A mí me sorprendió sentir el cariño de los hermanos de Jaime, de mis cuñadas. A algunos ya los conocía, a otros no, pero todos me saludaban con cariño, como si alguien les hubiera hablado muy bien de mí. Y me quedaba claro que era la madre de Jaime. Porque desde el primer día en que fui a conocerla, fui encontrando en ella cariño maternal, bondad, complicidad, risas. Ella es, ante todo, una buena mujer, y al final las cosas habían caído por su propio peso, se habían acomodado solas. Quizás Sandra se quedó con la casa que le regalaron, pero yo me quedé con el cariño y el apoyo de la madre de Jaime. Porque desde que ella le había contado a Jaime sobre la casa, tanto Sandra como las hijas de Jaime no volvieron a hablarle a la señora Dorita. Dejaron de llamarla por su cumpleaños, de saludarla por Navidad. Por suerte la señora Dorita es una mujer práctica, que no se detiene un segundo para sufrir por nadie. Ella tiene siempre un número infinito de cosas que hacer en el día, y aunque la exesposa de su hijo mayor estuviera en la puerta de su casa a las siete de la mañana, en pijama, confrontándola por haberle contado a su hijo Jaime sobre el millón de dólares que había recibido para no "quedarse en la calle", ella no tenía miedo en decirle: "Disculpa, Sandrita, hablamos otro día, voy a llegar tarde a misa". Siempre tuvo, o quizás aprendió a tener con los años, una sabiduría para evitar ese tipo de distracciones, aquellas que vienen cargadas de gritos y amenazas, y seguir con lo que había planeado hacer ese día. Por ejemplo, el veinticuatro por la noche hizo una comida en su casa. Invitó a sus diez hijos, con sus esposas y sus hijos. Y sabiendo que algunos de sus hijos no se hablaban hacía un tiempo, había decidido hacer la comida navideña de todas formas. Quizás era una manera de imponer respeto, de no temerle a la posibilidad de un momento de tensión. Quizás era una forma de hacerles saber a sus hijos que ella ya había aprendido a navegar su propio barco y si ellos provocaban una marea encabritada, ella sabría sortear la tormenta para llegar a su destino. Que en este caso era: celebrar la Navidad con todos sus hijos. Justamente por eso, la nochebuena la pasamos en casa de la madre de Jaime. Al día siguiente fuimos a almorzar con mis padres, mis hermanos, sus esposas, y mis sobrinas. Esos días lo pasé particularmente bien porque la madre de Jaime me había conseguido a una chica llamada Tamara para que me ayudara con Zoe. La chica resultó buena, responsable, respetuosa. Por un momento pensé ofrecerle venir a Miami a trabajar con nosotros, pero enseguida me dije que eso podía acabar con la dinámica de ir juntos a todas partes, que tan bien nos había funcionado en ese último año, desde que despedimos a las nanas. Yo, en ese momento, seguía sintiendo que tenía que estar ahí, al pie del cañón, y tener a la nana en Lima estaba bien, pero solo como vacaciones. Esos días sentimos tanto cariño de parte de nuestras familias, que nos prometimos volver pronto. No nos pudimos quedar en Lima más de dos semanas, porque Jaime tenía que volver al programa, Zoe tenía que volver al prekínder, y yo tenía que volver a mi rutina de madre y mujer solitaria feliz.

Fue en esa época que empecé a notar que Jaime se molestaba más a menudo, me decía que estaba cansado y se iba a hacer una siesta. En estos momentos, no solo yo me asustaba, Zoe también. Me preguntaba dónde estaba papá, y si entraba al cuarto y lo veía durmiendo, se ponía a llorar y trataba de despertarlo. Solo por eso me queda claro que Zoe, a pesar de ser tan pequeña, se dio cuenta del mal momento que había tenido su padre. Pero yo ya había aprendido mi lección, sabía que era yo quien tenía que hacer algo, no esperar a que mejorase, si acaso, con los días.

Por eso le avisé a Jaime de que tenía una cita por Skype con el doctor, tal día a tal hora. No le di opción a pensarlo, a decir que no. El doctor le ajustó la dosis. Un par de días después, noté a Jaime más ecuánime, no volvió a necesitar la siesta.

En ese momento confirmé que yo soy el sostén emocional de Jaime. Él es el sostén económico, porque paga las cuentas de la familia. Y siento que, en nuestro caso, ambas partes pesan por igual. Además, por suerte, después de varios años viviendo juntos, seguimos siendo compatibles en las decisiones básicas del día a día, en las bajas pretensiones con el lujo, en la fascinación por el comportamiento de los gatos, en aquellos poemas de Borges, en ciertos partidos de fútbol en los que ambos sufrimos por igual, en la competitividad cuando jugamos ajedrez o cualquier otro deporte, en la constante autocrítica humorística, en la ley básica de la felicidad que dice que cada uno es como es y ninguno pretende cambiar al otro. Finalmente, creo que, aunque la convivencia puede que tenga sus pequeños momentos de aspereza, todo se difumina, se disuelve en el momento en que nuestros labios se juntan, y por un segundo es como si nos besáramos por primera vez.

Nunca seremos normales

A comienzos del 2016 Zoe dejó la terapia. Me dijeron que realmente no tenía que seguir yendo, había mejorado todos los aspectos en los que le faltaba "ponerse al día". Yo sentía que la que había tenido que ponerse al día había sido yo misma. Y por eso Zoe ahora estaba hablando tan bien, diciendo frases geniales como: "Cuando sea grande no quiero casarme ni tener hijos porque es una gran responsabilidad", "Cuando alguien me pida matrimonio le diré que no porque es mucho mejor tener un perrito", "Mami, ¿los reyes magos hacen magia?", "¿Por qué cada vez que celebramos algo comemos animales?", "¿Cuándo te mueres vuelves a nacer con la misma edad o te mueres y quedas muerto?", "¿Las princesas también se tiran pedos cuando comen mucho?", "Charles Dickens nació en el año 1812 y murió en el 1870", "Si Dios existe ¿por qué se esconde?".

Zoe, con casi cinco años, era una rareza absoluta, una mente brillante, leía de corrido sola en su cuarto, en inglés y en español, hacía sumas y restas y, siendo tan pequeña, tenía la capacidad de disminuirme con solo una pregunta. No había palabra nueva que dejara pasar: "¿Qué es 'obsoleto'?".

A mediados del 2016 Zoe terminó el preknder y tuvimos que decidir a qué colegio la mandaríamos. No fue fácil, en la isla había tres opciones: uno religioso católico, un Montessori, y el colegio público de la isla. El primero quedó casi descartado porque nosotros no habíamos bautizado a Zoe, pero nos atraía porque nos decían que académicamente era relajado. El segundo también parecía una opción relajada porque cuando fui a visitarlo me dijeron que no ponían nota para no alterar la autoestima del niño, y no dejaban tareas, y si dejaban alguna nunca era para el día siguiente. El método Montessori es bastante conocido y me atraía, pero igual tenía dudas. El colegio religioso me desencantó cuando fui a visitarlo y vi un mural que decía "Dios te está mirando", en inglés. Pensé que yo no querría ir a un colegio así, Jaime menos. Tenía miedo de que frases como esa apagaran su magia. Todo bien con creer en Dios, pero esas frases muchas veces tienen un impacto muy grande en los niños. Muchas veces los adultos no ven esas cosas. Pero yo lo sé porque cuando era adolescente y quería tocarme bajo las sábanas, me torturaba la idea de que mis abuelos pudieran estar viéndome desde "el Cielo".

Por eso el colegio público parecía una buena opción, pero nos decían que académicamente era muy exigente y mandaban demasiadas tareas y proyectos. Yo sabía que mi hija era muy inteligente, pero no sabía si le iba a ir bien en una clase con más de treinta niños. Tenía dudas pero finalmente decidimos que entrara al público. Yo por supuesto me anoté de madre voluntaria, no tanto para ayudar a la profesora, sino para poder ver de cerca cuán contenta o descontenta estaba mi hija con el colegio. Zoe tenía cinco años, pasaba a kindergarten, el colegio era realmente grande, la cafetería era exactamente a lo que se ve en las películas: un ambiente enorme, bancas largas, distintos grados, todos haciendo lío, algunos quitándole la comida a otros. Imaginar a mi hija en medio de ese lío me daba ansiedad. Pero por otro lado sabía que podía ser un reto, la última valla que le faltaba pasar: valerse por sí misma. Para entonces ella ya sabía que tenía una madre siempre disponible y un padre que la adoraba, que no ponía límites en sus juegos imaginarios. Yo sentía que había llegado el momento de dejar que volase un poco sola. Solo un poco.

Por eso al final elegimos ese colegio. Porque además consultamos con una psicóloga y nos dijo que, dadas las circunstancias de Zoe —una casa sin hermanos cercanos y con dos padres prácticamente a sus órdenes—, ella pensaba que entrar un poco "en la jungla", que era como le llamaban al colegio público de la isla, no le vendría nada mal.

A fines del 2016, mediados del año escolar en los Estados Unidos, me llamó la profesora de Zoe y me pidió una reunión.

"No es normal, porque sus padres no somos normales", quise decirle a la profesora en la reunión, pero me ganó el orgullo, la emoción. Porque la profesora me decía que Zoe estaba muy adelantada para la clase y la estaba recomendando para entrar a una clase especial, para niños académicamente avanzados. Me dijo que mientras ella estaba enseñando el sonido de las letras, Zoe ya sabía leer y a ratos se aburría en clase. También me dijo que no aconsejaba adelantarla un año, porque veía que era una niña a la que le costaba decir que no a la hora del juego, y no creía conveniente rodearla de niños un tanto mayores que ella.

Fuimos a un doctor especialista que le tomaría el test de IQ. Se quedó a solas con Zoe y yo esperé afuera algo preocupada. Pero desde afuera podía escuchar a lo lejos su voz y la del doctor. Sentía que la estaba pasando bien. Cuando el doctor me abrió la puerta veinte minutos después, Zoe se estaba riendo mientras sostenía en su dedo índice un pájaro de mentira. Era uno de esos pájaros que hacen equilibrio sobre el pico. Me dijo que repasaría las respuestas y me enviaría un reporte en un par de días. Y efectivamente a los dos días tenía en mi correo el resultado del IQ de Zoe. Lo vi sola, por suerte, porque en ese momento Jaime se estaba duchando para salir al canal y Zoe estaba a su lado acompañándolo. El reporte del doctor era tan detallado que a ratos no entendía. A primera vista solo tuve claro que Zoe leía como una niña de ocho años, y tenía una memoria fotográfica acojonante, y, sí, estaba arriba de 130 en su IQ.

En ese momento el sentimiento que había tenido desde que Zoe había nacido se había confirmado: no era normal. Esta vez lo veía como algo positivo y, a diferencia de otras veces, pensaba que me encantaba que no sea normal. También sentía que todo había valido la pena. Cada lágrima, cada espejo roto, cada momento de angustia, cada impulso que habíamos dado contra la corriente. Porque todo indicaba que lo mío con Jaime no era solo algo físico, sexual y pasajero. Si en ese momento les hubiera pedido consejo a mis padres o a mis amistades, todos me hubieran dicho que eso no llegaría a nada bueno. Y si yo les hubiera hecho caso, Zoe no estaría acá. Pero había algo dentro de mí que me decía que debía hacerlo, debía atreverme a tener un hijo con ese hombre que me decía que no tenía muchas ganas de seguir viviendo. Y me animé sin pensarlo dos veces, quizás con la esperanza de salvarlo, pero sobre todo para juntar nuestros corazones, nuestras almas, nuestros ADN. Porque esa noche que hicimos el amor en mi departamento de Lima, ambos sabíamos que había algo bueno esperando por nosotros. Y ese algo salvó no solo la vida de Jaime, sino también la mía. Porque yo antes de Zoe era una chica a la que todo le daba igual, y gracias a ella me convertí en una mujer que quiere hacerlo todo bien.

Me convertí en la mujer que lava platos sin agitarse, que dobla con entusiasmo los calzoncillos de su esposo solo cuando le provoca, es decir una vez cada dos meses. La mujer que casi todas las noches toma una, dos, quizás tres copas de vino tinto y baila sola en la sala de su casa porque está contenta con lo que ha conseguido hasta ahora, o quizás para volver a sentirse la chica sin preocupaciones que hace no muchos años corría sola por el malecón de noche sin saber qué quería hacer con su vida. Me convertí en la mujer que dice que no y no cambia de opinión. Me convertí en la mujer que mueve o cambia los muebles de su casa sin pedir permiso a nadie. Me convertí en la mujer que le dice a su esposo "confía en mí" cuando él no está seguro de algo.

Y todo es gracias a Zoe. Sin ella no sería la mujer que soy ahora. Ahora sé quién soy: soy la mujer que quiere hacerlo todo bien. Soy la mujer que no llora, aunque ya no se avergüenza de sus lágrimas. Soy la mujer que cuenta sus lágrimas, porque sabe que cada lágrima es una lección por aprender. Soy la mujer que alguna vez tuvo miedo de amar y hoy ama rendida. Soy la mujer que aprendió que a veces el amor te arrastra aunque no quieras, y es solo cuestión de aprender a naufragar en los malos momentos. Uno siempre puede amar un poco más, es decir; tener un poco más de paciencia.

Cuando Jaime tuvo su crisis depresiva hubo un momento en el que en verdad pensé que todo se había terminado entre nosotros, que no había una salida. Sentí que había dejado de quererme y traté de acostumbrarme a la idea, y eso me enseñó algunas cosas. No fue fácil resignarme a que el amor de mi vida podía irse de un día para el otro. En ese momento recordé la época en que Jaime entraba y salía de mi vida. Esa constante sensación de tenerlo y no tenerlo. Pero luego, en vez de esperar a que él hiciera algo, decidí que iba a ser yo quien moviera una pieza del tablero imaginario de ajedrez que muchos terminamos jugando cuando se trata de amor. Me resigné a dejarlo ir, si eso era lo que él quería. Yo iba a ayudarlo a salir de esos días oscuros, aunque cuando volviera en sí y recobrase la lucidez me dijera que ya no quería estar conmigo. Por suerte ese no fue el caso. A pesar de que, cuando volvió, se encontró con que su esposa ya no era una niña. No sé si otro hombre me hubiera dado la oportunidad de crecer a su lado como yo lo hice con Jaime. Él no solo me dejó crecer, también me validó como su esposa, como la mujer que lo había ayudado cuando él más lo necesitaba, y por eso le estaré siempre agradecida. Él no se asustó, me dejó ser. Creyó en mí cuando en el 2007 le dije en un estudio de televisión que quería ser escritora, creyó en mí siete años después cuando, ya viviendo juntos y en medio de las tinieblas, le dije que se tomara una pastilla que lo iba a ayudar a dormir. Por eso lo amaré siempre; por darme una hija, un lugar en su vida, por darle a mi opinión el mismo valor que la suya.

Los tres hemos logrado muchas cosas en estos últimos años: no depender de ninguna nana para estar en casa, saber que Jaime es bipolar y por eso debe estar bien medicado, aprender a esquiar, ser dos papás que van juntos por su hija al colegio, que salen a comer con ella un sábado por la noche, ser ese tipo de pareja que ciertas noches se mira a los ojos y recuerda por qué se enamoraron.

A pesar de todo eso, sé que nunca seremos normales. Pero tampoco pretendo que lo seamos. Jaime no es normal por su fama, sus libros, sus programas, sus manías de ermitaño siempre demasiado abrigado. Yo no soy normal por mi apariencia de madre adolescente, de loca rebelde que se viste un poco como hombre. Por lo tanto, nuestra hija tampoco es normal. Porque su inteligencia y sentido del humor nunca dejan de sorprenderme, y porque su felicidad me recuerda que proviene de dos padres anormales que la noche que hicieron el amor no solo estaban jugando con la idea de tenerla, también se rindieron uno frente al otro, como si se dijeran en silencio: "No sé quién eres, pero te amo". Tal vez porque intuían que sus genes eran tan compatibles que el resultado de un encuentro improbable como ese solo podía traer cierta genialidad al mundo.

Zoe es la promesa de amor que un día nos hicimos Jaime y yo mirándonos a los ojos a medianoche en un estudio de televisión.

Somos felices porque entre nosotros no hay reglas. En nuestra casa se respira libertad, nadie pretende que el otro cambie porque nunca hay nadie en la casa salvo nosotros tres. Porque hacemos bailes absurdos por la tarde, porque nos tomamos el pelo todo el tiempo, porque ella lo acompaña todas las tardes mientras él se afeita antes de salir a trabajar, porque ella me abraza y me dice que soy "la mejor mamá del mundo". Quizás por eso, y también por tantos lugares que hemos visitados juntos, donde la gente a ratos se ha confundido y ha pensado que Jaime es mi padre o yo soy la hermana mayor de Zoe, por eso y por todos esos momentos en los que no hemos tenido miedo de ser quienes somos, hemos logrado ser felices.

La felicidad

Han pasado diez años desde que Jaime y yo nos conocimos. Zoe ya tiene siete años y es una niña linda, inteligente, con mucho sentido del humor. Pero sobre todo es una niña feliz. La miro y no puedo creer que sea mi hija. Que una mente tan brillante haya podido crecer en mi barriga. Luego recuerdo la inteligencia de su padre y me digo que ella vino de ahí. Ella no vino solo de mí. Me alegra que todo haya ocurrido como ocurrió. Me alegra haber sufrido lo que sufrí. Es curioso porque ciertas noches todavía sueño con eso: estoy en la cama de mi antiguo cuarto cuando vivía en casa de mis padres y le escribo un mail, pero no me contesta. Pasa un día, pasan dos, pasa una semana, y no sé nada de él, y de nuevo surge la angustia en mi pecho. Luego despierto y me digo tranquila que está durmiendo en el cuarto de al lado. Así como sueño con eso, también sueño mucho con esa chica de la que me enamoré cuando iba al colegio. Diría que es mi sueño más recurrente, aunque ya no la deseo. Diría que los sueños son antiguos cajones que uno abre mientras duerme, y en mi caso solo se abren los que están conectados a emociones intensas. Y Jaime también es así, por eso no tenemos miedo de contarnos nuestros sueños. No somos ese tipo de pareja que no confiesa sus atracciones, sus deseos, sus fantasías. Creo que eso estrecha entre nosotros un lazo de amistad, de lealtad, de complicidad. Y eso, mostrarnos tal cual somos, ha hecho que el amor dure estos diez años.

Yo diría que la felicidad consiste en poder ser quien eres y hacer todo lo que tengo escrito en mi agenda para cada día, por ejemplo. También dormir bien, hacer ejercicio, vestirme a mi estilo, saludar con cariño a Jaime, ir a almorzar con él, luego ir juntos a buscar a nuestra hija al colegio, ayudarla a hacer las tareas aunque sean muchas, llevarla a sus clases en la tarde, verla jugar tenis de lejos mientras converso con las madres de sus amigas; lo que me hace sentir, aunque no sea del todo cierto, que tengo algunas nuevas amigas. O volver a casa, bromear con Jaime, ayudar a Zoe a bañarse, ponerse pijama, leer con ella un cuento antes de dormir —en realidad escuchar cómo ella lee el cuento a mi lado—, y subordinarme todos los días a sus preguntas y comentarios al pasar: "¿Qué hace exactamente la NASA?", "Mongolia es parte de Asia, porque está arriba de la China", "¿Cuántos años tenías cuando yo nací?", "Mira, mami, ahí está la bandera de Canadá y justo atrás la de Corea del Sur".

Para mí la felicidad es mirar a Jaime a los ojos y sentir que lo adoro, que no me equivoqué al elegirlo. No tener miedo de ser yo misma y saber por fin quién soy. Pero sobre todo es ver todos los días la sonrisa de mi hija, reconocer en ella lo mejor de su padre y lo mejor de mí. Fue una improbable y feliz coincidencia habernos encontrado.

Este libro se terminó de imprimir
en los talleres gráficos de:
....
en el mes de julio de 2018
Lima - Perú

www.ingramcontent.com/pod-product-compliance
Lightning Source LLC
Chambersburg PA
CBHW030645020726
47493CB00006B/1878